A CIDADE DAS FERAS

ISABEL ALLENDE

A CIDADE DAS FERAS

Tradução
MARIO PONTES

16ª edição

Rio de Janeiro | 2022

Editora-executiva
RENATA PETTENGILL
Subgerente editorial
LUIZA MIRANDA
Auxiliares editoriais
BEATRIZ ARAUJO
GEORGIA KALLENBACH
Preparação de original
RAQUEL ZAMPIL

Revisão
MAURO BORGES
Projetos de capa e miolo
RENATA VIDAL
Imagens de capa
ANASTEZIA LUNEVA / CREATIVE MARKET;
RAWPIXEL

CIP-BRASIL. CATALOGAÇÃO NA PUBLICAÇÃO
SINDICATO NACIONAL DOS EDITORES DE LIVROS, RJ

A427c

    Allende, Isabel, 1942-
      A cidade das feras / Isabel Allende ; tradução Mario Pontes. - 16. ed. - Rio de
Janeiro : Bertrand, 2022.

    Tradução de: La ciudad de las bestias
    ISBN 978-65-5838-083-2

    1. Ficção chilena. I. Pontes, Mario. II. Título.

22-76513

CDD: 868.99333
CDU: 82-3(83)

Gabriela Faray Ferreira Lopes - Bibliotecária - CRB-7/6643
10/03/2022 15/03/2022

Copyright © Isabel Allende, 2002
Título original: *La ciudad de las bestias*

Texto revisado segundo o novo Acordo Ortográfico da Língua Portuguesa.

Todos os direitos reservados.
Não é permitida a reprodução total ou parcial desta obra, por quaisquer meios, sem a prévia autorização por escrito da Editora.

Direitos exclusivos de publicação em língua portuguesa somente para o Brasil adquiridos pela:
EDITORA BERTRAND BRASIL LTDA.
Rua Argentina, 171 — 3º andar — São Cristóvão — 20921-380 — Rio de Janeiro — RJ
Tel.: (21) 2585-2000,
que se reserva a propriedade literária desta tradução

Seja um leitor preferencial. Cadastre-se no site www.record.com.br e receba informações sobre nossos lançamentos e nossas promoções.

Atendimento e venda direta ao leitor:
sac@record.com.br

Para Alejandro, Andrea e Nicole,
que me pediram esta história.

1

O PESADELO

Alexander Cold despertou ao amanhecer sobressaltado por um pesadelo. Sonhava que um enorme pássaro preto se chocava contra a janela com um fragor de vidros estilhaçados, entrava na casa e levava sua mãe. No sonho ele observava impotente como o gigantesco abutre agarrava Lisa Cold pela roupa com suas garras amarelas, saía pela janela quebrada e sumia em um céu carregado de nuvens escuras. Foi despertado pelo ruído da tempestade, o vento açoitando as árvores, a chuva caindo no telhado, relâmpagos e trovões. Acendeu a luz com a sensação de estar em um barco à deriva e abraçou-se ao grande cão que dormia ao seu lado. Calculou que a poucas quadras de sua casa o Oceano Pacífico rugia, lançando-se em ondas furiosas contra a costa. Escutava a tormenta, pensando no pássaro preto e em sua mãe, esperando que as batidas de tambor que sentia no peito se acalmassem. Continuava enredado nas imagens daquele sonho ruim.

Olhou o relógio: seis e meia, hora de se levantar. Lá fora mal começava a clarear. Concluiu que aquele seria um dia fatal, um desses dias em que o melhor seria continuar na cama, pois tudo sairia errado. Desde que sua mãe havia adoecido, muitos dias eram assim; às vezes o ar da casa era pesado, como se estivessem no fundo do mar. Em tais dias, o único alívio era escapar, sair correndo pela praia com Poncho até perder o fôlego. Mas fazia uma semana que chovia e chovia, um verdadeiro dilúvio; além disso, Poncho fora mordido por um cervo e não queria se mover. Alex estava convencido de que era dono do cão mais bobo do mundo, o único labrador de quarenta quilos a ser mordido por um cervo. Em seus quatro anos de vida Poncho tinha sido atacado por guaxinins, pelo gato do vizinho e agora por um cervo, isto sem contar as ocasiões em que fora molhado pelos gambás, sendo necessário banhá-lo em molho de tomate para suavizar o cheiro. Alex saiu da cama sem perturbar Poncho e se vestiu, tremendo; a calefação era ligada às seis, mas seu quarto continuava frio, porque era o último do corredor.

Na hora do desjejum Alex estava de mau humor e não se sentiu com ânimo de elogiar o esforço do pai para fazer panquecas. John Cold não era exatamente um bom cozinheiro: só sabia fazer panquecas que mais pareciam tortilhas mexicanas de borracha. Para não o ofender, seus filhos levavam as panquecas à boca, mas aproveitavam qualquer descuido para cuspi-las na lata de lixo. Haviam tentado, em vão, habituar Poncho a comê-las: o cão era tolo, mas não tanto.

— Quando é que mamãe vai melhorar? — perguntou Nicole, procurando espetar com o garfo sua borrachuda panqueca.

— Cala a boca, sua burra! — replicou Alex, farto de ouvir a irmã menor repetir a mesma pergunta várias vezes durante a semana.

— Mamãe vai morrer — disse Andrea.

— Mentirosa! Ela não vai morrer! — protestou Nicole.

— Vocês são umas fedelhas, não sabem o que dizem! — exclamou Alex.

— Vamos, meninos, acalmem-se. Mamãe logo ficará boa — interrompeu John Cold sem convicção.

Alex sentiu raiva do pai, de suas irmãs, de Poncho, da vida em geral, e até de sua mãe por ter adoecido. Saiu da cozinha marchando, disposto a partir sem tomar o café da manhã, mas tropeçou no cão e desabou de bruços.

— Sai do meu caminho, sua besta! — gritou, e Poncho, alegre, deu-lhe uma sonora lambida na cara, deixando-lhe os lábios cobertos de saliva.

Sim, definitivamente aquele era um dia nefasto. Segundos depois seu pai descobriu que um dos pneus da caminhonete estava arriado e ele teve de ajudá-lo a fazer a troca, de modo que os três meninos perderam minutos preciosos e chegaram atrasados à escola. Na pressa de sair, Alex não terminou o exercício de matemática, o que acabou por deteriorar sua relação com o professor. Considerava-o um homenzinho patético que havia se proposto a arruinar sua existência. Como se não bastasse, também se esqueceu da flauta, e naquela tarde tinha ensaio com a orquestra da escola; ele era o solista e não podia faltar.

A flauta foi o motivo pelo qual Alex teve de sair durante o recreio do meio-dia para ir até sua casa. A tempestade já havia passado, mas o mar ainda estava agitado, e assim ele não pôde encurtar caminho pela praia, porque as ondas rebentavam por cima da praia, inundando a rua. Tomou o caminho mais comprido, correndo, porque só dispunha de quarenta minutos.

Nas últimas semanas, desde que a mãe adoecera, uma diarista vinha arrumar a casa, mas naquele dia tinha avisado que não viria por causa da chuva. De qualquer modo, não adiantava muita coisa, porque a casa continuava suja. Mesmo de fora dava para notar a desarrumação, como se a propriedade estivesse triste. O ar de abandono começava no jardim e se estendia pelas salas e quartos, até o último.

Alex pressentia que sua família estava se desintegrando. Sua irmã Andrea, que sempre fora um tanto diferente das outras meninas, agora vivia pelos cantos e perdia-se durante horas em seu mundo de fantasia, no qual havia bruxas espreitando dentro dos espelhos e extraterrestres nadando na sopa. Não tinha mais idade para isso; aos doze anos devia estar interessada nos garotos e em furar as orelhas, era o que ele pensava. Por sua vez, Nicole, a menor da família, estava formando um zoológico, como se quisesse compensar a atenção que sua mãe não podia lhe dar. Alimentava alguns guaxinins e gambás que rondavam a casa; havia adotado seis gatinhos órfãos e os mantinha escondidos na garagem; salvara a vida de um passarão que havia aparecido com uma asa quebrada e guardava uma cobra de um metro e meio dentro de uma caixa. Se sua mãe encontrasse a cobra, morreria na mesma hora de susto, embora não fosse provável que isso acontecesse, porque, quando não estava no hospital, Lisa Cold passava o dia na cama.

Salvo pelas panquecas do pai e por uns sanduíches de atum com maionese, especialidade de Andrea, fazia meses que ninguém cozinhava na família. Na geladeira havia apenas suco de laranja, leite e sorvetes; ao entardecer telefonavam pedindo pizza ou comida chinesa. Inicialmente foi quase uma festa, porque assim cada um comia a qualquer hora o que lhe desse na telha, principalmente açúcar, mas todos já sentiam falta da dieta saudável dos tempos normais. Naqueles meses Alex pôde dimensionar quão importante era a presença da mãe e quanto pesava agora sua ausência. Sentia saudade de seu riso fácil, de seu carinho e até de sua severidade. Ela era mais exigente e astuta do que o pai: seria impossível enganá-la, pois tinha um terceiro olho para ver o invisível. Não se ouvia mais sua voz cantando em italiano, não havia música, nem flores, nem aquele cheiro característico de biscoito recém-saído do forno, nem pintura. Antes, a mãe organizava as coisas de modo a trabalhar várias horas em seu estúdio, manter a casa impecável e esperar os filhos com biscoitos; agora apenas se levantava por alguns minutos e andava pelos cômodos com um ar desconcertado, como se não reconhecesse mais o ambiente, consumida, os olhos fundos e rodeados de olheiras. Suas telas, que antes pareciam verdadeiras explosões de cores, agora permaneciam esquecidas nos cavaletes, e o óleo secava nos tubos. Lisa Cold parecia ter-se deixado derrotar, era apenas um fantasma silencioso.

Alex já não tinha a quem pedir que lhe coçasse as costas ou que lhe levantasse o ânimo quando amanhecia sentindo-se como um bicho. Seu pai não era homem de carinhos. Saíam juntos para escalar montanhas, mas falavam pouco; além do mais, como todos na família, John Cold havia mudado. Não era mais a pessoa serena de antes, irritava-se com frequência, não só com os filhos, mas também com a mulher. Às vezes reclamava, aos gritos, que Lisa não comia o bastante e não tomava seus medicamentos, mas em seguida se arrependia de sua zanga e lhe pedia perdão, angustiado. Tais cenas deixavam Alex trêmulo: não suportava ver a mãe sem forças e o pai com os olhos cheios de lágrimas.

Ao chegar em casa naquele meio-dia, estranhou a presença da caminhonete do pai, que àquela hora estava sempre trabalhando na clínica. Entrou pela porta da cozinha, sempre sem chave, com a intenção de comer alguma coisa, apanhar sua flauta e sair disparado de volta à escola. Olhou ao redor e viu apenas os restos fossilizados da pizza da noite anterior. Resignado a passar fome, abriu a geladeira em busca de um copo de leite. Nesse instante ouviu o choro. Pensou inicialmente que se tratava dos gatinhos de Nicole na garagem, mas em seguida percebeu que o som vinha do quarto de seus pais. Sem ânimo para olhar, aproximou-se e empurrou suavemente a porta entreaberta. O que viu o deixou paralisado.

No centro do quarto estava sua mãe vestida em camisola de dormir, descalça, sentada em um banquinho, com o rosto entre as mãos, chorando. De pé atrás dela seu pai empunhava uma velha navalha de barbear, que havia pertencido ao avô. Grandes mechas de cabelo negro cobriam o chão e os ombros frágeis da mãe, enquanto seu crânio pelado brilhava como mármore na luz pálida que se filtrava pela janela.

Durante alguns segundos o garoto permaneceu gelado de estupor, sem compreender a cena, sem saber o que significava o cabelo no chão, a cabeça raspada com aquela navalha na mão de seu pai, brilhando a milímetros do pescoço inclinado da mãe. Quando conseguiu recuperar os sentidos, um grito terrível subiu-lhe dos pés e uma onda de loucura sacudiu-o por inteiro. Avançou contra John Cold, derrubando-o com um empurrão. A navalha descreveu um arco no espaço, roçou seu rosto e cravou-se de ponta no assoalho. A mãe começou a chamá-lo, puxando-o pela roupa a fim de afastá-lo do pai, enquanto ele continuava a esmurrá-lo às cegas, sem ver onde seus punhos acertavam.

— Basta, filho, acalme-se, não está acontecendo nada — suplicava Lisa Cold, segurando-o com suas poucas forças, enquanto o pai protegia o rosto com os braços.

Por fim a voz da mãe penetrou-lhe a mente e em um instante sua ira amainou, dando lugar à surpresa e ao horror pelo que havia feito. Pôs-se de pé e retrocedeu cambaleando; em seguida correu e fechou-se em seu quarto. Arrastou a escrivaninha, trancou a porta e tapou os ouvidos para não escutar os chamados dos pais. Durante muito tempo permaneceu apoiado contra a parede, com os olhos fechados, tratando de controlar o furacão de sentimentos que o sacudia até os ossos. Em seguida se pôs a destroçar sistematicamente tudo que havia no quarto.

Arrancou os cartazes das paredes e os rasgou um a um; pegou seu bastão de beisebol e o arremeteu contra quadros e vídeos; esmigalhou sua coleção de carros antigos e aviões da Primeira Guerra Mundial; arrancou as páginas dos livros; estripou com seu canivete suíço o colchão e os travesseiros; cortou em tiras suas roupas, os lençóis e finalmente reduziu o abajur a cacos. Realizou toda essa destruição sem pressa, com método, em silêncio, como quem realiza uma tarefa fundamental, e só se deteve quando as forças lhe faltaram e não havia nada mais para destruir. O chão ficou coberto de penas, de chumaços de estofo do colchão, de vidros, de papéis, de trapos e de pedaços de brinquedos. Aniquilado pelas emoções e pelo esforço, atirou-se no meio daquele naufrágio, encolhido como um caracol, a cabeça nos joelhos, chorando até adormecer.

Alexander Cold foi despertado horas mais tarde pelas vozes de suas irmãs e demorou alguns minutos para lembrar-se do ocorrido. Quis acender a luz, mas o abajur estava quebrado. Aproximou-se da porta, tateando, tropeçou e soltou um palavrão ao sentir que sua mão havia caído sobre um caco de vidro. Não se lembrava de ter movido a escrivaninha e teve de empurrá-la com todo o corpo para poder abrir a porta. A luz do corredor iluminou o campo de batalha em que havia se transformado seu quarto e os rostos assombrados das irmãs na soleira da porta.

— Está redecorando o quarto, Alex? — zombou Andrea, enquanto Nicole cobria o rosto a fim de abafar o riso.

Alex fechou-lhes a porta nos narizes e sentou-se no chão, pensativo, apertando com os dedos o corte que havia feito na mão. A ideia de morrer sangrando pareceu-lhe tentadora — pelo menos o livraria de enfrentar os pais depois de tudo que havia feito —, mas logo mudou de ideia. Devia lavar o ferimento antes que infeccionasse, decidiu. Além do mais, a ferida já começava a doer, devia ser um corte profundo, podia dar-lhe tétano... Saiu com passo vacilante, tateando, porque mal via adiante; seus óculos haviam se perdido no desastre e tinha os olhos inchados de chorar. Abriu a porta da cozinha, onde estava o restante da família, inclusive sua mãe, com um lenço de algodão na cabeça, o que lhe dava uma aparência de refugiada.

— Lamento... — balbuciou Alex, os olhos cravados no chão.

Lisa conteve uma exclamação ao ver a camiseta do filho manchada de sangue, mas, quando o marido lhe fez um sinal, ela pegou as duas meninas pelos braços e as levou sem dizer nada. John Cold aproximou-se de Alex para cuidar de sua mão ferida.

— Não sei o que me deu, pai... — murmurou o menino, sem atrever-se a olhar para o pai.

— Eu também estou com medo, filho.

— Mamãe vai morrer? — perguntou Alex com um fio de voz.

— Não sei, Alexander. Ponha a mão embaixo do jorro de água fria — ordenou o pai.

John Cold lavou o sangue, examinou o corte e decidiu injetar um anestésico em Alex para poder retirar os fragmentos de vidro e suturar a ferida. Alex, que costumava se mostrar fraco quando via um pouco de sangue, desta vez suportou o curativo sem fazer um só gesto, grato por ter um médico na família. O pai aplicou uma pomada antisséptica e cobriu a mão do filho.

— É verdade que mamãe ia perder o cabelo de qualquer maneira? — perguntou o garoto.

— Sim, por causa da quimioterapia. Foi preferível cortá-lo de uma vez a vê-lo cair aos poucos. Não se preocupe, filho, ele voltará a crescer. Sente-se, vamos conversar.

— Desculpe, papai... Vou trabalhar para repor tudo que quebrei.

— Está bem; imagino que você precisava mesmo desabafar. Não falemos mais disso, tenho outras coisas mais importantes para dizer. Terei de levar Lisa para um hospital no Texas, onde ela fará um tratamento longo e complicado. É o único lugar onde podem fazê-lo.

— E com isso ela ficará boa? — perguntou o garoto, ansioso.

— É o que espero, Alexander. Irei com ela, é claro. Teremos de fechar esta casa durante algum tempo.

— O que acontecerá com as minhas irmãs e comigo?

— Andrea e Nicole ficarão com a avó Carla. Você irá para a casa da minha mãe — explicou o pai.

— Kate? Não quero ir para a casa dela, papai! Por que não posso acompanhar minhas irmãs? A vovó Carla, pelo menos, sabe cozinhar...

— Três crianças dariam muito trabalho para minha sogra.

— Tenho quinze anos, papai, idade de sobra para que ao menos peça a minha opinião. Não é justo que me mande para a casa de Kate, como se eu fosse um pacote. É sempre assim, você toma as decisões e tenho de aceitá-las. Não sou mais um menino! — alegou, furioso.

— Mas, às vezes, você se comporta como se ainda fosse — replicou John Cold, apontando-lhe o corte na mão.

— Foi um acidente, pode acontecer com qualquer um. Prometo me comportar bem na casa de Carla.

— Sei que as suas intenções são boas, filho, mas às vezes você perde a cabeça.

— Já disse que vou pagar pelo que quebrei! — gritou Alexander, dando um murro na mesa.

— Viu como você perde o controle? De qualquer modo, Alexander, isso não tem nada a ver com a destruição do seu quarto. Antes dela, as coisas já estavam acertadas com a minha sogra e a minha mãe. Vocês três terão de ir para as casas das avós, não há outra solução. Dentro de dois dias você viajará para Nova York — disse o pai.

— Sozinho?

— Sozinho. De agora em diante você terá de fazer muitas coisas sozinho. Leve seu passaporte, pois acho que vai viver uma aventura com a minha mãe.

— Onde?

— Na Amazônia...

— A Amazônia! — exclamou Alex, com espanto. — Vi um documentário sobre a Amazônia. É um lugar cheio de mosquitos, jacarés e bandidos. Há todo tipo de doença, até lepra.

— Minha mãe deve saber o que faz. Não levaria você a um lugar onde sua vida corresse perigo, Alexander.

— Kate é capaz de me empurrar em um rio cheio de piranhas, pai. Com uma avó assim não preciso de inimigos — murmurou o garoto.

— Sinto muito, mas você terá de ir de qualquer maneira, filho.

— E a escola? Estamos na época das provas. Além disso, não posso abandonar a orquestra de um dia para o outro...

— Temos de ser flexíveis, Alexander. Nossa família está passando por uma crise. Você sabe quais são os caracteres chineses para escrever a palavra *crise*? Perigo + oportunidade. Talvez o perigo da doença de Lisa ofereça a você uma oportunidade extraordinária. Vá arrumar as suas malas.

— Arrumar o quê? Não tenho muita coisa — murmurou Alex, ainda aborrecido com o pai.

— Então levará pouca coisa. Agora vá dar um beijo em sua mãe, que anda muito sensível com o que está acontecendo. Para Lisa é muito mais duro do que para qualquer um de nós, Alexander. Devemos ser tão fortes quanto ela — disse John Cold com ar triste.

Até dois meses antes, Alex se sentia feliz. Jamais tivera uma grande curiosidade que o levasse a explorar para além dos limites seguros de sua existência; achava que, se não fizesse bobagens, tudo sairia bem. Seus planos para o futuro eram simples: pensava em ser um músico famoso, como seu avô Joseph Cold, casar-se com Cecilia Burns, caso ela o aceitasse, ter dois filhos e viver perto das montanhas. Estava satisfeito com a sua vida, era bom como estudante e esportista, embora não chegasse a ser excelente, era afável e não se metia em grandes enrascadas. Considerava-se uma pessoa bastante normal, pelo menos em comparação com as aberrações da natureza que existiam pelo mundo, como aqueles meninos que haviam entrado armados de metralhadoras em um colégio do Colorado com o intuito de massacrar os companheiros. Nem necessitava ir tão longe: em sua própria escola havia alguns tipos repugnantes. Não, ele não era um desses. Na verdade, desejava somente voltar à vida de uns meses atrás, quando a mãe estava sadia. Não queria ir ao Amazonas com Kate Cold. Aquela avó lhe causava um pouco de medo.

Dois dias mais tarde, Alex despediu-se do lugar onde haviam transcorrido os quinze anos de sua existência. Levou consigo a imagem da mãe na porta de casa, um gorro cobrindo-lhe a cabeça raspada, sorrindo e dando-lhe adeus com a mão, enquanto as lágrimas lhe corriam pelo rosto. Parecia pequenina e vulnerável, mas, apesar de tudo, bonita. O garoto embarcou no avião pensando nela e na aterradora possibilidade de perdê-la. Não, não posso me sentir assim, devo ter pensamentos positivos, minha mãe vai ficar boa, murmurava de vez em quando no decorrer da longa viagem.

A AVÓ EXCÊNTRICA

Alexander Cold estava no aeroporto de Nova York, no meio de uma grande e apressada multidão que passava ao seu lado arrastando maletas e pacotes, empurrando, atropelando. Pareciam autômatos, a metade deles com um telefone celular colado na orelha, falando para o ar, como loucos. Ele estava só, com sua mochila nas costas e uma nota amarrotada na mão. Levava outras três dobradas e metidas nas botas. Seu pai lhe aconselhara cautela, porque naquela cidade enorme as coisas não eram como no lugarejo da costa californiana onde viviam e onde nunca nada acontecia. Os três jovens Cold haviam se criado brincando na rua com outros meninos, conheciam todo mundo e entravam nas casas dos vizinhos como se fosse na sua.

O garoto tinha viajado seis horas, cruzando o continente de um extremo ao outro, sentado junto a um homem corpulento, que avançava pela sua poltrona reduzindo seu espaço à metade. De vez em quando o homem se agachava com dificuldade, apanhava a bolsa de provisões e se punha a mastigar alguma guloseima, não lhe permitindo dormir ou ver o filme em paz. Alex sentia-se muito cansado e contava as horas que faltavam para terminar aquele suplício, até que, finalmente, aterrissaram e ele pôde esticar as pernas. Desembarcou sentindo-se aliviado; procurou a avó com os olhos, mas não a viu no portão, como esperava.

Uma hora mais tarde, Kate Cold ainda não havia aparecido e Alex começava a sentir-se seriamente angustiado. Duas vezes pedira para chamarem-na pelo alto-falante, mas, como não obtivera resposta, agora teria de trocar sua nota por moedas, a fim de usar o telefone. Felicitou-se pela sua boa memória: era capaz de lembrar-se do número sem vacilar, do mesmo modo que se lembrava do endereço, sem nunca ter estado ali, só pelos cartões-postais que ela lhe escrevia de vez em quando. O telefone da avó tocava e tocava, enquanto ele tentava, por meio da força mental, que alguém levantasse o fone. E agora, o que faço?, murmurou, desanimado. Veio-lhe à mente a ideia de uma chamada de longa distância para o pai, a fim de pedir-lhe instruções, mas isso podia custar-lhe todas as suas moedas. Por outro lado, não queria se comportar como um menininho. De tão longe, que podia fazer o pai? Não, decidiu, não podia perder a cabeça só porque sua avó estava um pouco atrasada; talvez estivesse presa no trânsito ou dando voltas no aeroporto, procurando por ele; talvez tivessem passado um pelo outro sem se ver.

Outra meia hora transcorreu e então já sentia tanta raiva de Kate Cold que seria capaz de insultá-la se a encontrasse. Lembrou-se das brincadeiras de mau gosto que ela havia feito com ele durante anos, como a caixa de chocolates recheados com pimenta que lhe mandara em um dos seus aniversários. Nenhuma avó normal se daria ao trabalho de tirar o recheio de cada bombom com uma seringa, substituí-lo por tabasco, embrulhar os chocolates em papel prateado e botá-los de volta na caixa, só para rir à custa dos netos.

Também se lembrou dos contos de terror com os quais ela os assustava quando ia visitá-los e como insistia em contá-los com a luz apagada. Agora essas histórias já não surtiam grande efeito, mas na infância quase o haviam matado de medo. Suas irmãs ainda eram vítimas de pesadelos com vampiros e zumbis fugidos de suas sepulturas e invocados na escuridão por aquela avó malvada. Mesmo assim, não podiam negar que eram viciados em histórias truculentas. Não se cansavam de ouvi-la falar dos perigos, reais ou imaginários, que havia enfrentado em suas viagens pelo mundo. A história favorita era a de uma píton de oito metros de comprimento, na Malásia, que havia engolido sua câmera fotográfica. "Pena que ela não tenha engolido você, vovó", Alex comentou, quando ouviu pela primeira vez a história da píton, mas a avó não se ofendeu. Ela também lhe ensinara a nadar em menos de cinco minutos, empurrando-o para dentro de uma piscina quando tinha apenas quatro anos. Alcançara a outra margem nadando, por puro desespero, mas poderia ter-se afogado. Lisa Cold tinha bons motivos para sentir-se nervosa quando sua sogra ia visitá-la: era necessário redobrar a vigilância para preservar a saúde dos filhos.

Depois de uma hora e meia de espera no aeroporto, Alex já não sabia o que fazer. Imaginou o quanto Kate Cold se divertiria ao vê-lo tão angustiado e resolveu não lhe dar esse prazer; iria agir como um homem. Vestiu a jaqueta, acomodou a mochila nos ombros e saiu para a rua. O contraste entre a calefação, o bulício e a luz branca dentro do edifício com o frio, o silêncio e a escuridão da noite lá fora quase o fez dar meia-volta. Não imaginava que o inverno em Nova York fosse tão desagradável. Cheirava a gasolina, a neve suja cobria o passeio e um vento gelado picava-lhe o rosto. Deu-se conta de que, na emoção de se despedir da família, havia esquecido as luvas e o gorro, peças de vestimenta que jamais usara na Califórnia e por isso viviam guardadas em um baú na garagem, junto com seu equipamento de esquiar. Sentiu latejar o ferimento na mão esquerda, que até aquele momento ainda não o havia incomodado, e pensou que tão logo chegasse à casa da avó devia trocar o curativo. Não tinha ideia da distância do apartamento nem de quanto custaria a corrida do táxi. Necessitava de um mapa, mas não sabia onde consegui-lo. Com as orelhas geladas e as mãos metidas nos bolsos, tomou o rumo da parada de ônibus.

— Oi, está sozinho? — perguntou-lhe uma jovem.

A moça tinha uma bolsa de lona a tiracolo, um chapéu enterrado até as sobrancelhas, as unhas pintadas de azul e uma argola de prata pendurada no nariz. Alex olhou para ela maravilhado; era quase tão bonita quanto seu amor secreto, Cecilia Burns, apesar das calças largas, das botas de soldado e de seu aspecto mais para o sujo e o famélico. Tinha como único abrigo uma jaqueta curta de couro artificial alaranjado, que mal lhe cobria a cintura. Não usava luvas. Alex murmurou uma resposta vaga. Seu pai o aconselhara a não falar com estranhos, mas aquela moça não podia representar perigo nenhum, era apenas uns dois anos mais velha que ele, quase tão magra e baixa quanto sua mãe. Na verdade, Alex sentiu-se fortalecido ao lado dela.

— Para onde vai? — insistiu a desconhecida, acendendo um cigarro.

— Para a casa da minha avó. Ela mora na Rua 14 com a Segunda Avenida. Sabe como posso chegar lá?

— Claro, eu vou para aquele mesmo lado. Podemos pegar o mesmo ônibus. Sou Morgana — apresentou-se a jovem.

— Nunca tinha ouvido esse nome — disse Alex.

— Eu mesma o escolhi. A burra da minha mãe me pôs um nome tão vulgar quanto ela mesma. E você, como se chama? — perguntou a moça, soltando fumaça pelas narinas.

— Alexander Cold. Me chamam de Alex — respondeu ele, meio escandalizado pela maneira como ela falara da própria família.

Aguardaram na rua, batendo com os pés na neve a fim de aquecê-los, durante uns dez minutos, tempo que Morgana aproveitou para fazer um breve resumo de sua vida: fazia anos que não ia à escola — isso era coisa para idiotas — e tinha fugido de casa porque não aguentava o padrasto, um porco repugnante.

— Vou entrar para uma banda de rock, este é o meu sonho — acrescentou ela. — Só preciso de uma guitarra elétrica. O que tem nessa caixa que você leva na mochila?

— Uma flauta.

— Elétrica?

— Não, a bateria — brincou Alex.

Quando suas orelhas estavam se transformando em cubinhos de gelo, o ônibus apareceu e ambos embarcaram nele. O garoto pagou sua passagem e recebeu o troco, enquanto Morgana procurava alguma coisa nos bolsos da jaqueta alaranjada.

— Minha carteira! Acho que a roubaram... — gaguejou.

— Sinto muito, moça. Terá de descer — disse o motorista.

— Não tenho culpa se me roubaram! — exclamou ela quase aos gritos, para perplexidade de Alex, que sentia horror em chamar a atenção.

— Também não é culpa minha. Procure a polícia — replicou secamente o motorista.

A jovem abriu sua bolsa de lona e esvaziou todo o conteúdo no corredor do veículo: roupas, cosméticos, batatas fritas, várias caixinhas e pacotes de tamanhos diferentes, além de uns sapatos de salto alto que pareciam pertencer a outra pessoa, pois era difícil imaginá-la com eles nos pés. Revistou todas as peças de roupa com incrível lentidão, virando-as e revirando-as, abrindo cada caixa e cada pacote, sacudindo as roupas íntimas aos olhos de todo mundo. Alex desviou a vista, cada vez mais perturbado. Não queria que as pessoas pensassem que ele e aquela moça andavam juntos.

— Não posso esperar a noite toda, moça. Tem que descer — repetiu o motorista, desta vez em tom ameaçador. Morgana o ignorou. A essa altura já havia tirado a jaqueta alaranjada e estava examinando o forro, enquanto os outros passageiros do ônibus começavam a reclamar do atraso.

— Me empresta algum! — pediu, finalmente, dirigindo-se a Alex.

O garoto sentiu derreter-se o gelo de suas orelhas e supôs que elas estavam corando, como lhe ocorria nos momentos críticos. Elas eram a sua cruz: aquelas orelhas que sempre o traíam, sobretudo quando estava diante de Cecilia Burns, a garota pela qual era apaixonado desde o jardim de infância, sem a menor esperança de ser correspondido. Alex havia concluído que não existia qualquer razão para que Cecilia o notasse, quando podia escolher entre os melhores atletas do colégio. Ele em nada se distinguia, sendo seus únicos talentos escalar montanhas e tocar flauta, e nenhuma garota com a cabeça no lugar iria se interessar por flautas ou encostas. Estava condenado a amá-la em silêncio pelo resto da vida, a menos que ocorresse um milagre.

— Me empresta o dinheiro da passagem — insistiu Morgana.

Em circunstâncias normais, Alex não se importaria de perder seu dinheiro, mas naquele momento não estava em condições de se mostrar generoso. Por outro lado, concluiu que um homem não podia abandonar mulher nenhuma naquela situação. Tinha a quantia certa para ajudá-la, sem necessidade de recorrer às notas escondidas em suas botas. Pagou a segunda passagem. Morgana atirou-lhe um beijo brincalhão com as pontas dos dedos, estirou a língua para o motorista, que a olhava indignado, recolheu suas coisas rapidamente e seguiu Alex até a última fileira de poltronas do veículo, onde se sentaram juntos.

— Você me salvou a pele. Pago assim que puder — garantiu ela.

Alex não respondeu. Tinha um princípio: se você empresta dinheiro a uma pessoa e não volta a vê-la, o dinheiro foi bem gasto. Morgana inspirava-lhe um misto de fascínio e rejeição, sendo totalmente diversa de qualquer das garotas de seu vilarejo, mesmo as mais atrevidas. Para não ficar olhando-a boquiaberto, como um bobo, fez a maior parte da longa viagem em silêncio, com os olhos fixos no vidro escuro da janela, no qual se refletiam Morgana e seu próprio rosto magro, os óculos redondos e o cabelo escuro como o de sua mãe. Quando começaria a barbear-se? Não tinha se desenvolvido como vários de seus amigos; ainda era um garotinho imberbe, um dos mais baixos de sua turma no colégio. Até Cecilia Burns era mais alta que ele. Sua única vantagem era que, ao contrário de outros adolescentes de seu colégio, tinha a pele saudável, pois, mal lhe aparecia uma espinha, seu pai fazia no local uma aplicação de cortisona. Sua mãe lhe assegurava que não devia se preocupar, uns espichavam antes, outros depois; na família Cold todos os homens eram altos. Ele sabia, porém, que a herança genética é caprichosa, e bem podia ter saído à família de sua mãe. Lisa Cold era baixa, mesmo para seu sexo; vista de costas, parecia uma garotinha de quatorze anos, sobretudo desde que a doença a havia reduzido a um esqueleto. Ao pensar nela, sentiu que o peito se fechava e que ficava sem ar, como se um punho gigantesco o houvesse agarrado pelo pescoço.

Morgana não tornara a vestir a jaqueta de couro alaranjado. Usava uma blusa curta de renda negra, que lhe deixava a barriga descoberta, e uma gargantilha de couro com pontas metálicas, como a coleira de um cachorro bravo.

– Estou morrendo de vontade de dar um trago – disse ela.

Alex mostrou-lhe o aviso de que era proibido fumar no ônibus. Ela olhou em volta. Ninguém lhes prestava atenção; vários assentos estavam vazios ao redor e os outros passageiros liam ou cochilavam. Depois de verificar que ninguém olhava para eles, ela tirou do decote um saquinho imundo. Deu uma leve cotovelada em Alex e sacudiu o saquinho diante do nariz dele.

— Erva — murmurou.

Alexander Cold fez que não com a cabeça. Não se considerava um puritano e, como quase todos os companheiros do ginásio, já havia experimentado algumas vezes álcool e maconha, mas não conseguia entender a atração por ambos, exceto pelo fato de serem proibidos. Não gostava de perder o controle. Escalando montanhas havia tomado gosto pelo êxtase de estar no controle do corpo e da mente. Voltava daquelas excursões com o pai esgotado, dolorido e faminto, mas absolutamente feliz, repleto de energia, orgulhoso de ter vencido mais uma vez seus temores e os obstáculos da montanha. Sentia-se eletrizado, poderoso, quase invencível. Em tais ocasiões o pai lhe dava uma palmada amistosa nas costas, como uma espécie de prêmio pela proeza, mas nada dizia, para não lhe alimentar a vaidade. John Cold não era amigo de lisonjas, custava muito ganhar dele uma palavra de elogio, mas o filho não esperava ouvi-la, bastava-lhe aquela palmada viril.

Imitando o pai, Alex havia aprendido a cumprir suas obrigações da melhor maneira possível, sem nenhuma presunção, porém se gabando secretamente de três virtudes que considerava suas: coragem para escalar montanhas, talento para tocar flauta e clareza para pensar. Era mais difícil reconhecer seus defeitos, embora percebesse que havia pelo menos dois que devia tratar de corrigir, tal como sua mãe lhe havia feito notar em mais de uma ocasião: seu ceticismo, que o fazia duvidar de quase tudo, e seu mau gênio, que o fazia explodir nos momentos mais inesperados. Isso era algo novo, pois apenas alguns meses antes tinha confiança em si mesmo e andava sempre de bom humor. Sua mãe garantia que se tratava de coisas da idade e que logo passariam, mas Alex não se sentia tão certo quanto ela. Fosse como fosse, não o atraía a oferta de Morgana. Nas oportunidades em que havia experimentado drogas não tinha se sentido voando ao paraíso, como diziam alguns de seus amigos, mas com a cabeça cheia de fumaça e as pernas como se fossem de lã. Para ele não havia estímulo maior do que balançar-se de uma corda no ar a cem metros de altura, sabendo exatamente qual o passo que deveria dar a seguir. Não, as drogas não eram para ele. O cigarro também não, pois necessitava de pulmões sadios para escalar e tocar flauta. Não pôde evitar um breve sorriso ao lembrar-se do método empregado pela avó Kate para cortar pela raiz a tentação que o tabaco pudesse exercer sobre ele. Tinha então onze anos e, embora seu pai já lhe houvesse feito um sermão sobre o câncer pulmonar e outras consequências da nicotina, costumava fumar às escondidas com seus amigos atrás do ginásio. Kate Cold passou na companhia deles o Natal e, com seu nariz de cão farejador, não tardou a descobrir o cheiro, apesar do chiclete e da água-de-colônia com os quais ele procurava dissimulá-lo.

— Fumando ainda tão jovem, Alexander? — perguntou-lhe ela de muito bom humor. Ele tentou negar, mas a avó não lhe deu tempo. — Me acompanhe, vamos dar um passeio — disse ela.

O garoto entrou no carro, apertou bem o cinto de segurança e murmurou entre dentes uma súplica de boa sorte, porque sua avó era uma terrorista do volante. Com a desculpa de que em Nova York ninguém tinha carro, ela dirigia como se a estivessem perseguindo. Levou o neto entre estertores e freadas até o supermercado, onde comprou quatro charutos de tabaco negro. Depois se dirigiu para uma rua tranquila, estacionou longe de olhares indiscretos e acendeu um charuto para cada um. Fumaram e fumaram com as portas e janelas fechadas, até que a fumaça lhes impedisse de ver através dos vidros. Alex sentia que a cabeça dava voltas e que o estômago subia e descia. Chegou um momento em que não pôde mais, abriu a porta e se deixou cair como um saco na rua, enjoado até a alma. Sua avó esperou, sorrindo, que acabasse de esvaziar o estômago, sem se oferecer para sustentar-lhe a cabeça e consolá-lo, como teria feito sua mãe; o que fez foi acender um novo charuto e entregar-lhe.

— Vamos, Alexander, prove que é homem e fume mais este — desafiou ela, com a cara mais divertida do mundo.

Durante os dois dias seguintes o garoto teve de ficar de cama, verde como um lagarto e convencido de que as náuseas e a dor de cabeça iam matá-lo. Seu pai acreditou que se tratava de um vírus e sua mãe suspeitou da sogra, mas não se atreveu a acusá-la diretamente de envenenar o neto. A partir de então, o hábito de fumar, que tanto sucesso fazia entre alguns de seus amigos, revolvia as tripas de Alex.

— Esta erva é da melhor — insistiu Morgana, indicando o conteúdo de seu saquinho. — Também tenho isto, se você prefere — acrescentou, mostrando-lhe dois comprimidos brancos na palma da mão.

Alex voltou a fixar os olhos na janelinha do ônibus, sem responder. Sabia por experiência que era melhor calar-se e mudar de assunto. Qualquer coisa que dissesse soaria como uma idiotice e a moça iria pensar que ele não passava de um garotinho bobo ou de ideias religiosas fundamentalistas. Morgana deu de ombros e guardou seus tesouros à espera de uma ocasião mais apropriada. Estavam chegando à estação de ônibus, em pleno centro da cidade, e ali deviam descer.

Àquela hora não haviam diminuído nem o trânsito nem o número de pessoas nas ruas e, embora lojas e escritórios já estivessem fechados, havia bares, teatros, cafés e restaurantes abertos. Alex cruzava com as pessoas sem distinguir seus rostos; via apenas figuras curvadas, envoltas em abrigos escuros, caminhando depressa. Viu vultos sem forma que jaziam no chão junto aos bueiros da calçada, dos quais saíam colunas de vapor. Compreendeu que eram alguns sem-teto dormindo encolhidos junto às saídas de calefação dos edifícios, única fonte de calor na noite de inverno.

As duras luzes de neon e os faróis dos veículos davam às ruas molhadas e sujas um aspecto irreal. Pelas esquinas havia montes de sacolas escuras, algumas rasgadas, derramando lixo. Envolta em um abrigo esfarrapado, uma mendiga cutucava as sacolas com um pedaço de madeira, enquanto recitava uma litania sem fim em uma língua por ela mesma inventada. Alex teve de saltar de lado a fim de livrar-se de uma ratazana com a cauda mordida e sangrenta que ocupava um lugar na calçada e não se moveu quando passaram. O ar era cortado pelas buzinas dos carros, as sirenes da polícia e de vez em quando o uivo de uma ambulância. Um homem jovem, muito alto e desengonçado, passou gritando que o mundo ia acabar e pôs na mão de Alex uma folha de papel amassada, na qual uma loura de lábios grossos e seminua aparecia oferecendo massagens. Alguém que andava de patins, levando fones nos ouvidos, atropelou-o, atirando-o contra a parede.

— Olha por onde anda, imbecil! — gritou ao agressor.

Alexander sentiu que a ferida na mão recomeçava a latejar. Pensou que havia mergulhado em um pesadelo de ficção científica, no centro de uma pavorosa megalópole de cimento, aço, vidro, poluição e solidão. Foi invadido por uma onda de saudade do lugarejo junto ao mar onde havia passado sua vida.

Aquela cidadezinha tranquila e tediosa, de onde com tanta frequência havia desejado escapar, agora lhe parecia maravilhosa. Morgana interrompeu seus lúgubres pensamentos.

— Estou morta de fome. Poderíamos comer alguma coisa? — sugeriu.

— Já é tarde, tenho de chegar à casa da minha avó — desculpou-se Alex.

— Calma, cara, vou levar você à casa da sua avó. Estamos perto. Mas não seria mau forrarmos um pouco a barriga — insistiu ela.

Sem dar-lhe oportunidade para recusar, ela o arrastou pelo braço para dentro de um ruidoso local que cheirava a cerveja, café e fritura. Atrás de um balcão de fórmica, dois empregados asiáticos serviam pratos gordurosos. Morgana instalou-se em um banquinho diante do balcão e se pôs a estudar o cardápio, escrito com giz em um quadro-negro pendurado na parede. Alex compreendeu que teria de pagar a refeição e dirigiu-se ao banheiro a fim de resgatar as notas que levava escondidas dentro dos sapatos.

As paredes do banheiro estavam cobertas de palavrões e desenhos obscenos, e no chão havia papéis amassados e poças da água que gotejava dos canos oxidados. Entrou em um cubículo, fechou a porta com o ferrolho, deixou a mochila no chão e, apesar do nojo, teve de sentar-se no vaso para tirar as botas, tarefa difícil naquele espaço reduzido e com a mão enfaixada. Pensou nos germes e nas inumeráveis doenças que podem ser contraídas em um banheiro público, como dizia o pai. Tinha, porém, de cuidar do seu reduzido capital.

Contou o dinheiro com um suspiro; ele não comeria e esperava que Morgana se conformasse com um prato barato, pois não parecia ser uma daquelas que comem muito. Enquanto não estivesse a salvo no apartamento de Kate Cold, aquelas três notas dobradas e redobradas eram tudo que possuía neste mundo; representavam a diferença entre salvar-se e morrer de fome e de frio, atirado na rua, como os mendigos que tinha visto momentos antes. Se não acertasse com o endereço da avó, sempre poderia voltar ao aeroporto, passar a noite em algum recanto e voar para casa no dia seguinte: para isso tinha uma passagem de volta. Calçou novamente as botas, guardou o dinheiro em um compartimento da mochila e saiu do reservado. Não havia mais ninguém no banheiro. Ao passar diante da pia pôs a mochila no chão, ajeitou o curativo na mão esquerda, lavou meticulosamente a mão direita com sabão, passou bastante água no rosto para espantar o cansaço e o enxugou com papel. Ao inclinar-se para recolher a mochila, percebeu, horrorizado, que ela havia desaparecido.

Saiu disparado do banheiro, com o coração a galope. O roubo tinha ocorrido menos de um minuto antes, e o ladrão não podia estar longe: se fizesse um esforço, poderia alcançá-lo antes que sumisse na rua, em meio à multidão. No lugar **tudo continuava como antes**, os mesmos empregados cobertos de suor atrás do balcão, os mesmos fregueses indiferentes, a mesma comida gordurosa, o mesmo ruído de pratos e de *rock* a todo volume. Ninguém notou sua agitação, nem se voltou para olhá-lo quando gritou que o haviam roubado. A única diferença era que Morgana já não estava sentada diante do balcão onde a havia deixado. Não havia rastro dela.

Alex adivinhou em um instante quem o havia seguido discretamente, quem havia aguardado do outro lado da porta aberta do banheiro, calculando sua oportunidade, quem havia levado sua mochila em um abrir e fechar de olhos. Deu uma palmada na testa. Como podia ter sido tão inocente! Morgana o havia enganado como se ele fosse uma criança, despojando-o de tudo, salvo a roupa do corpo. Tinha perdido seu dinheiro, a passagem aérea de volta e até a sua preciosa flauta. Restara-lhe apenas o passaporte, que, por acaso, levava no bolso da jaqueta. Teve de fazer um tremendo esforço para não ceder à vontade de chorar como um bebê.

3

O ABOMINÁVEL HOMEM DA SELVA

"Quem tem boca vai a Roma" era um dos axiomas de Kate Cold. Seu trabalho a obrigava a viajar para lugares remotos, onde, com certeza, teria posto esse dito em prática muitas vezes. Alex era bem mais tímido, custava-lhe abordar um desconhecido a fim de averiguar alguma coisa, mas não havia outra solução. Mal conseguiu tranquilizar-se e recuperar a fala, aproximou-se de um homem que mastigava um hambúrguer e perguntou como podia chegar à Rua 14 com a Segunda Avenida. O sujeito deu de ombros e não respondeu. Sentindo-se insultado, o garoto enrubesceu. Vacilou durante alguns minutos e finalmente abordou um dos empregados atrás do balcão. Com a faca que trazia na mão o homem indicou uma direção e, aos gritos, deu-lhe algumas instruções por cima da barulheira que dominava o restaurante, mas seu sotaque era tão carregado que Alex não conseguiu entender uma palavra. Decidiu que era uma questão de lógica: devia descobrir para que lado ficava a Segunda Avenida e contar as ruas; muito simples. Mas não lhe pareceu tão simples quando constatou que se encontrava na Rua 42 com a Oitava Avenida e calculou quanto devia caminhar naquele frio glacial. Sentiu-se grato ao seu treinamento em escalar montanhas: se podia passar seis horas subindo rochas como se fosse uma mosca, podia muito bem caminhar umas tantas quadras em terreno plano. Puxou o zíper da jaqueta, meteu a cabeça entre os ombros, pôs as mãos nos bolsos e tratou de andar.

Já havia passado da meia-noite e começava a nevar quando finalmente chegou à rua da avó. O bairro parecia decrépito, sujo, feio, não havia uma só árvore em lugar nenhum e já fazia algum tempo que não se via gente. Pensou que só um desesperado como ele podia andar àquela hora pelas ruas perigosas de Nova York: só havia se livrado de um ataque porque bandido nenhum se animava a sair naquele frio. O edifício era um arranha-céu cinzento, no meio de muitos outros idênticos, cercado de grades de segurança. Tocou a campainha e logo a voz rouca e áspera de Kate Cold perguntou quem se atrevia a incomodá-la àquela hora da noite. Alex adivinhou que ela o estava esperando, embora fosse claro que jamais o admitiria. Ele estava gelado até os ossos e nunca em sua vida sentira tanta necessidade de cair nos braços de alguém, mas, quando por fim a porta do elevador se abriu no décimo primeiro andar e ele se achou diante da avó, estava determinado a não permitir que ela o visse fraquejar.

— Oi, vovó — saudou o mais claramente que pôde, tanto os dentes lhe batiam.

— Já disse para não me chamar de vovó! — censurou ela.

— Oi, Kate.

— Está chegando muito tarde, Alexander.

— Não acertamos que você iria me apanhar no aeroporto? — ele replicou, segurando as lágrimas.

— Não acertamos nada disso. Se você não fosse capaz de vir do aeroporto até minha casa, muito menos seria de ir comigo para a selva — disse Kate Cold. — Tire a jaqueta e as botas, vou fazer uma xícara de chocolate e preparar um banho quente para você, mas que fique claro que só faço isso para evitar que apanhe uma pneumonia. Tem de estar em forma para a viagem. Não espere que daqui por diante eu vá mimar você, estamos entendidos?

— Nunca esperei que você me mimasse — replicou Alex.

— Que houve com a mão? — perguntou ela, vendo o curativo úmido.

— É uma história comprida.

O pequeno apartamento de Kate Cold era escuro, atulhado e caótico. Duas das janelas, cujos vidros estavam imundos, davam para um fosso, e a terceira para uma parede revestida de ladrilhos, com uma escada de incêndio. Viu maletas, mochilas, pacotes, caixas atiradas pelos cantos, livros, revistas e jornais amontoados nas mesas. Havia um par de crânios humanos trazidos do Tibete, arcos e flechas de pigmeus africanos, cântaros funerários do Deserto de Atacama, escaravelhos petrificados do Egito e mil outros objetos. Uma comprida pele de cobra se estendia ao longo de toda uma parede. Havia pertencido à famosa píton que engolira sua câmera fotográfica na Malásia.

Até então Alex não tinha visto a avó em seu ambiente e teve de admitir que agora, ao vê-la rodeada por tantas coisas, ela lhe parecia muito mais interessante. Kate Cold tinha 64 anos, era magra, mas musculosa, pura fibra, a pele curtida pelas intempéries; seus olhos azuis, que tinham visto meio mundo, eram agudos como punhais. O cabelo encanecido, que ela mesma cortava a tesouradas sem nem se olhar no espelho, projetava-se em todas as direções, como se jamais tivesse visto um pente. Ela se gabava de seus dentes, grandes e fortes, capazes de quebrar nozes e abrir garrafas; também se orgulhava de nunca ter fraturado um osso, não haver jamais consultado um médico e ter sobrevivido a ataques de malária e picadas de escorpião. Tomava sua vodca de um trago e fumava tabaco escuro em um cachimbo de marinheiro. Inverno e verão, ela se vestia com as mesmas calças cheias de bolsos e um colete sem mangas, também com bolsos por todos os lados, nos quais levava o suficiente para sobreviver em caso de cataclismo. Em algumas ocasiões, quando era necessário vestir-se elegantemente, dispensava o colete e punha no pescoço um colar de dentes de urso, presente de um chefe apache.

Lisa, a mãe de Alex, tinha horror de Kate, mas os meninos sempre esperavam ansiosamente suas visitas. Aquela avó extravagante, protagonista de aventuras incríveis, trazia-lhes notícias de lugares tão exóticos que custava imaginá-los. Os três netos colecionavam seus relatos de viagem, que apareciam em diversos jornais e revistas, e os cartões-postais e fotografias que ela remetia dos quatro cantos da Terra. Embora às vezes se envergonhassem de apresentá-la aos amigos, no fundo sentiam-se orgulhosos de que um membro da família fosse quase uma celebridade.

Meia hora mais tarde, Alex encontrava-se aquecido com o banho e envolto em um roupão, com meias de lã, devorando almôndegas de carne e purê de batata, uma das poucas coisas que comia com agrado e a única que Kate sabia cozinhar.

— São as sobras de ontem — disse ela, mas Alex calculou que a refeição tinha sido especialmente preparada para ele. Não quis lhe contar sua aventura com Morgana, para não ficar com cara de bobo, mas teve de admitir que haviam roubado tudo que trazia.

— Aposto como vai me dizer para aprender a não confiar em ninguém — disse Alex, ruborizando-se.

— Pelo contrário, ia dizer que aprenda a confiar em você mesmo. Como vê, Alexander, apesar de tudo, conseguiu chegar ao meu apartamento sem problemas.

— Sem problemas? Quase morri congelado pelo caminho. Só iriam descobrir meu cadáver no degelo da primavera — replicou ele.

— Uma viagem de milhares de quilômetros sempre começa com tropeços. E o passaporte? — perguntou Kate.

— Salvou-se porque estava no bolso.

— Pregue-o com fita adesiva no peito, pois se você o perder estará frito.

— O que mais lamento é a minha flauta — comentou Alex.

— Vou lhe dar a flauta do seu avô. Pensava em guardá-la até que você demonstrasse algum talento, mas suponho que estará melhor em suas mãos do que largada por aí — disse Kate.

Procurou nas estantes que cobriam as paredes de seu apartamento do chão até o teto e entregou-lhe um empoeirado estojo de couro preto.

— Tome, Alexander. Seu avô a usou durante quarenta anos. Cuide dela.

O estojo continha a flauta de Joseph Cold, o mais célebre flautista do século, como tinham dito os críticos por ocasião de sua morte. "Teria sido melhor se houvessem dito isso enquanto o pobre Joseph estava vivo", Kate havia comentado ao ler os jornais. Tinham vivido trinta anos divorciados, mas, em seu testamento, Joseph Cold deixara metade de seus bens para a ex-mulher, incluindo sua melhor flauta, aquela que agora o neto tinha entre as mãos. Alex abriu com reverência a caixa de couro gasta e acariciou a flauta: era linda. Pegou-a delicadamente e a levou aos lábios. Ao sopro, as notas escaparam do instrumento com tal beleza, que ele próprio se surpreendeu. Era um som muito diferente daquele que produzia a flauta roubada por Morgana.

Kate Cold deu tempo ao neto para inspecionar o instrumento e agradecer-lhe calorosamente, como ela esperava; depois entregou a ele um livrinho amarelado, com a capa solta: *Guia de saúde do viajante audaz*. O garoto o abriu ao acaso e leu os sintomas de uma enfermidade mortal que se adquire ao comer o cérebro dos antepassados.

— Não como órgãos — disse ele.

— Nunca se sabe o que botam nas almôndegas — replicou a avó.

Sobressaltado, Alex observou com desconfiança os restos em seu prato. Com Kate Cold era necessário ter muita cautela. Era perigoso ter um antepassado como ela.

— Amanhã você terá de se vacinar contra meia dúzia de doenças tropicais. Deixe-me ver essa mão, não pode viajar com ela infeccionada — ordenou Kate.

Ela o examinou de maneira brusca, concluiu que seu filho, John, havia feito um bom trabalho, derramou meio frasco de desinfetante na ferida, por via das dúvidas, e anunciou que no dia seguinte ela mesma tiraria os pontos. Era muito fácil, disse, qualquer um podia fazê-lo. Alex estremeceu. Sua avó tinha vista ruim e usava umas lentes arranhadas que havia comprado em um mercado da Guatemala. Enquanto punha um novo curativo em sua mão, Kate explicou-lhe que a revista *International Geographic* havia financiado uma expedição ao coração da selva amazônica, entre o Brasil e a Venezuela, em busca de uma criatura gigantesca, possivelmente humanoide, já vista em várias ocasiões. Tinham encontrado pegadas enormes. Os que a tinham visto de perto diziam que o animal — ou ser humano primitivo — era mais alto do que um urso em pé, tinha braços muito compridos e o corpo todo coberto de pelos negros. Era o equivalente, em plena selva, do *yeti* das montanhas do Himalaia.

— Pode ser um macaco... — sugeriu Alex.

— Não lhe ocorre que muita gente já pensou nessa possibilidade? — interrompeu a avó.

— Mas não há provas de que ele exista de verdade... — atreveu-se Alex a dizer.

— Não temos uma certidão de nascimento da Fera, Alexander. Ah! Um detalhe importante: dizem que exala um cheiro tão penetrante que os animais e as pessoas desmaiam ou ficam paralisadas quando chegam perto dele.

— Se as pessoas desmaiam, então ninguém o viu.

— Com certeza. Mas, pelo rastro, sabe-se que caminha com duas patas. E não usa sapatos, caso seja esta a sua próxima pergunta.

— Não, Kate, minha próxima pergunta é se usa chapéu! — arriscou o neto.

— Não creio.

— É perigoso?

— Não, Alexander. É muito amável. Não rouba, não rapta crianças e não destrói a propriedade privada. Apenas mata. Coisa que faz com limpeza, sem ruído, quebrando os ossos e estripando as vítimas com a maior elegância, como um profissional — brincou a avó.

— Quantas pessoas já matou? — perguntou Alex, cada vez mais inquieto.

— Não muitas, se considerarmos a superpopulação do mundo.

— Quantas, Kate!

— Vários garimpeiros, dois soldados, alguns comerciantes... Mas não se sabe o número exato.

— Matou indígenas? Quantos? — perguntou Alex.

— Na realidade, ninguém sabe. Os indígenas só sabem contar até dois. Além disso, para eles a morte é relativa. Se acham que alguém lhes roubou a alma, que caminhou sobre seu rastro ou que se apoderou de seus sonhos, por exemplo, consideram isso pior do que estarem mortos. Em compensação, alguém que morreu pode continuar vivo em espírito.

— É complicado — disse Alex, que não acreditava em espíritos.

— Quem disse a você que a vida é simples?

Kate Cold explicou que a expedição seria chefiada por um famoso antropólogo, o professor Ludovic Leblanc, que havia passado anos investigando as pegadas do chamado *yeti*, o Abominável Homem das Neves, na fronteira da China com o Tibete, sem nunca tê-lo encontrado. Também havia mantido contato com certa tribo de indígenas da Amazônia e afirmava que eram os mais selvagens do planeta: ao menor descuido, os prisioneiros eram comidos por eles. Não era uma informação tranquilizadora, admitiu Kate. Teriam como guia um brasileiro de nome César Santos, que havia passado a vida naquela região e tinha bons contatos com os indígenas. O homem possuía um pequeno avião, meio antigo, mas em bom estado, com o qual poderiam voar até o território das tribos indígenas.

— No Colégio estudamos o Amazonas em um curso de ecologia — comentou Alex, cujos olhos começavam a se fechar.

— Esse curso é o bastante, você não precisa saber de mais nada — observou Kate. E acrescentou: — Suponho que esteja cansado. Pode dormir no sofá; amanhã cedo começará a trabalhar para mim.

— O que devo fazer?

— O que eu mandar. No momento, estou lhe mandando dormir.

— Boa-noite, Kate... — murmurou Alex, enroscando-se sobre as almofadas do sofá.

— Bah! — grunhiu a avó. Esperou que ele adormecesse e tratou de cobri-lo com dois cobertores.

O RIO AMAZONAS

Kate e Alexander Cold viajavam em um avião comercial que sobrevoava o norte do Brasil. Durante horas tinham visto lá do alto uma interminável extensão de floresta, toda do mesmo verde intenso, cortada por rios que deslizavam como serpentes luminosas. O mais formidável de todos era cor de café com leite.

"O rio Amazonas é o mais longo e volumoso da Terra, chega a ser cinco vezes mais extenso que outros. Só astronautas em viagem à Lua conseguiram vê-lo por inteiro, a distância", leu Alex no guia turístico que sua avó tinha comprado no Rio de Janeiro. Mas ali não se dizia que aquela imensa região, último paraíso do planeta, vinha sendo sistematicamente destruída pela cobiça de empresários e aventureiros, como ele havia aprendido na escola. Estavam construindo uma rodovia, um talho em plena selva, pela qual os colonos chegavam em massa e as madeiras e minerais saíam às toneladas.

Kate informou ao neto que subiriam pelo rio Negro até o Alto Orinoco, um triângulo quase inexplorado onde se concentrava a maioria das tribos. Supunha-se que dali procedia a Fera.

— Neste livro se diz que esses indígenas vivem como na Idade da Pedra. Ainda não inventaram a roda — comentou Alex.

— Não precisam dela. A roda não tem serventia nesse terreno: eles não têm nada para transportar, nem necessidade de ir a lugar nenhum — replicou Kate Cold, que não gostava de ser interrompida quando escrevia. Tinha passado boa parte da viagem tomando nota em seus cadernos, com uma letra diminuta e enrolada como pegadas de moscas.

— Não conhecem a escrita — acrescentou Alex.

— Mas com certeza têm boa memória — disse Kate.

— Não há manifestações de arte entre eles, apenas pintam o corpo e se enfeitam com penas de aves — explicou Alex.

— Entre eles ninguém se importa com a posteridade nem deseja destacar-se dos demais. A maioria dos nossos chamados *artistas* deveria seguir o exemplo deles — contestou a avó.

O destino dos dois era Manaus, a maior cidade da região amazônica, que havia prosperado durante o ciclo da borracha, em fins do século XIX.

— Você vai conhecer a selva mais misteriosa do mundo, Alexander. Nela existem lugares onde os espíritos aparecem à luz do dia — anunciou Kate.

— Claro, como o "Abominável Homem da Selva" que estamos procurando — replicou o neto, sorrindo com sarcasmo.

— Aqui o chamam de a Fera. Talvez não se trate de um único indivíduo, mas de vários, de uma família ou tribo de feras.

— Você é muito crédula para a sua idade, Kate — comentou o garoto, sem conseguir evitar o tom sarcástico ao saber que a avó acreditava naquelas histórias.

— Com a idade se adquire uma certa humildade, Alexander — respondeu ela com secura. — Quanto mais velha fico, mais ignorante me sinto. Só os jovens têm explicação para tudo. Na sua idade podemos ser arrogantes e não importa muito se parecemos ridículos.

Ao descerem do avião em Manaus, sentiram o clima como uma toalha empapada de água quente sobre a pele. Ali se reuniram aos outros membros da expedição da *International Geographic*. Além de Kate Cold e seu neto Alexander, faziam parte do grupo Timothy Bruce, um fotógrafo inglês com uma grande cara de cavalo e dentes amarelados pela nicotina, seu ajudante mexicano, Joel González, e o famoso antropólogo Ludovic Leblanc. Alex imaginara Leblanc como um sábio de barba branca e figura imponente, mas ele não passava de um homenzinho na casa dos cinquenta anos, baixo, magro, nervoso, com uma expressão de permanente desprezo ou de crueldade nos lábios e uns olhos fundos de rato. Leblanc vestia-se como um caçador de feras à moda dos filmes de aventura: levava armas presas à cinta, calçava botas pesadas e usava um chapéu australiano decorado com peninhas coloridas. Kate cochichou que a Leblanc só faltava um tigre morto para apoiar o pé. Em sua juventude, Leblanc havia passado uma breve temporada no Amazonas e escrito um volumoso tratado sobre os indígenas, obra que causara sensação nos círculos acadêmicos. O guia brasileiro César Santos, que devia apanhá-los em Manaus, não chegou a tempo, pois seu pequeno avião tinha apresentado um problema técnico; iria esperá-los, portanto, em Santa Maria da Chuva, para onde o grupo teria de viajar de barco.

Alex constatou que Manaus, situada na confluência dos rios Negro e Amazonas, era uma cidade grande e moderna, com edifícios altos e um trânsito terrível, mas sua avó esclareceu que ali a natureza era indômita e na época das grandes cheias apareciam jacarés e cobras nos pátios das casas e nos poços dos elevadores. Tratava-se também de uma cidade de traficantes, onde a lei era frágil e se corrompia facilmente: drogas, diamantes, ouro, madeiras preciosas, armas. Não fazia nem duas semanas que haviam descoberto um barco carregado de peixes... e cada peixe estava recheado de cocaína.

Para o garoto americano, que só havia saído de seu país para conhecer a Itália, a terra dos antepassados de sua mãe, foi uma surpresa ver o contraste entre a riqueza de uns e a extrema pobreza de outros, tudo misturado. Os camponeses sem terra e os trabalhadores desempregados chegavam em massa, buscando novos horizontes, mas muitos acabavam morando em barracos, sem recursos e sem esperança. Naquele dia celebrava-se uma festa, e a população andava alegre, como se fosse Carnaval: bandas de música passavam pelas ruas, as pessoas dançavam e bebiam, muitos estavam fantasiados. Hospedaram-se em um hotel moderno, mas não puderam dormir por causa da música, dos rojões e do estouro dos fogos de artifício. No dia seguinte o professor Leblanc amanheceu de muito mau humor por causa da barulheira noturna e exigiu que embarcassem o mais rápido possível, pois não queria passar mais nem um minuto além do indispensável naquela cidade sem-vergonha, como a qualificou.

O grupo da *International Geographic* subiu o rio Negro — que era dessa cor em virtude dos sedimentos arrastados pelas suas águas — para dirigir-se a Santa Maria da Chuva, uma aldeia em pleno território indígena. A embarcação era de bom tamanho, movida por um motor antigo, ruidoso e fumacento, e uma improvisada cobertura de plástico protegia os viajantes do sol e da chuva, que caía várias vezes por dia, quente como uma ducha. O barco ia apinhado de gente, pacotes, sacos, cachos de bananas e alguns animais domésticos em jaulas ou simplesmente amarrados pelas patas. No barco havia grandes mesas, bancos largos para se sentarem e uma série de redes penduradas nas travessas de madeira, umas sobre as outras.

A tripulação e a maioria dos passageiros eram caboclos, como se chama a gente do Amazonas, mistura de várias raças: brancos, indígenas e negros. Também iam no barco alguns soldados, dois jovens americanos — missionários mórmons — e uma bela médica venezuelana, Omayra Torres, cujo propósito era vacinar indígenas. Tratava-se de uma mulher, por volta dos 35 anos, cabelos negros, pele âmbar, olhos verdes e amendoados de gato. Movia-se com graça, como se dançasse ao som de um ritmo secreto. Os homens a seguiam com os olhos, mas a médica não parecia perceber a reação que sua beleza provocava.

— Devemos andar bem preparados — disse Leblanc, mostrando suas armas. Parecia falar com todos, mas era evidente que se dirigia somente à Dra. Torres. — Encontrar a Fera será o de menos. O pior serão os indígenas. São guerreiros brutais, cruéis e traiçoeiros. Tal como descrevo em meu livro, matam para provar sua coragem e, quanto mais assassinatos cometem, mais alto se situam na hierarquia da tribo.

— Pode explicar isso, professor? — perguntou Kate Cold, sem dissimular seu tom de ironia.

— É muito simples, senhora... como é mesmo o seu nome?

— Kate Cold — apresentou-se ela pela terceira ou quarta vez. Aparentemente, o professor Leblanc tinha memória fraca para nomes femininos.

— Repito que é muito simples. Trata-se da competição mortal que existe na natureza. Os homens mais violentos dominam as sociedades primitivas. Suponho que já ouviu o termo *macho alfa*. Entre os lobos, por exemplo, o macho mais agressivo controla todos os demais e fica com as melhores fêmeas. Dá-se o mesmo entre os humanos: os homens mais violentos mandam, obtêm mais mulheres e passam seus genes a mais filhos. Os outros devem conformar-se com o que sobra, entende? É a sobrevivência do mais forte — completou Leblanc.

— Quer dizer que a brutalidade é o natural?

— Exatamente. A compaixão é um invento moderno. Nossa civilização protege os fracos, os pobres, os enfermos. Do ponto de vista da genética, isso é um erro terrível. É por causa dele que a raça humana está se degenerando.

— Na vida social, o que faria com os fracos, professor? — perguntou ela.

— Aquilo que a natureza faz: deixar que morram — replicou Leblanc. — Nesse sentido, os indígenas são mais sábios do que nós.

A Dra. Omayra Torres, que havia escutado atentamente a conversa, não se conteve e deu sua opinião:

— Com todo o respeito, professor, não me parece que os indígenas sejam tão ferozes como o senhor os descreve; pelo contrário, para eles a guerra é mais um ato cerimonial: um rito para provar a coragem. Pintam o corpo, preparam as armas, cantam, dançam e partem para uma incursão ao *shabono* de outra tribo. Trocam ameaças entre si, trocam algumas bordoadas, mas raramente há mais de um ou dois mortos. Em nossa civilização é o contrário: não há cerimonial, só massacre.

— Vou presentear a senhorita com um exemplar do meu livro — interrompeu o professor. — Qualquer cientista sério lhe dirá que Ludovic Leblanc é uma autoridade nesse tema...

— Não sou tão sábia quanto o senhor — sorriu a Dra. Torres. — Sou uma simples médica rural e faz mais de dez anos que trabalho por estas bandas.

— Creia-me, estimada doutora, esses indígenas são a prova de que o homem não passa de um macaco assassino — replicou Leblanc.

— E a mulher? — interrompeu Kate Cold.

— Lamento dizer-lhe que as mulheres não têm a menor importância nas sociedades primitivas. São apenas butim de guerra.

A Dra. Torres e Kate Cold trocaram um olhar e ambas sorriram, divertidas.

A parte inicial da viagem pelo rio Negro foi nada mais que um exercício de paciência. Avançavam a passo de tartaruga e, mal o sol se punha, tinham de parar, a fim de não se chocarem com os troncos que a corrente arrastava. O calor era intenso, mas ao anoitecer refrescava, e para dormir era necessário um cobertor. Às vezes, nos lugares onde o rio se apresentava limpo e calmo, aproveitavam para pescar e nadar um pouco. Nos dois primeiros dias cruzaram com embarcações de diversas classes, desde lanchas a motor e casas flutuantes até simples canoas cavadas em troncos de árvores, mas depois ficaram sós na imensidão daquela paisagem.

Parecia um planeta de água. A vida transcorria navegando lentamente ao ritmo do rio, das marés, das chuvas e das cheias. Água, água por toda a parte. Havia centenas e centenas de famílias que nasciam e morriam em suas embarcações, sem jamais haverem passado uma noite em terra firme. Outras viviam em casas feitas sobre estacas nas margens do rio. O transporte era feito pelo rio, e o único meio de mandar ou receber uma mensagem era o rádio. Para o jovem americano parecia inacreditável que se pudesse viver sem telefone. Uma estação radiofônica de Manaus transmitia, sem interrupção, mensagens pessoais; era assim que muitas pessoas ficavam sabendo das notícias, do rumo dos negócios, da situação de suas famílias. Pouco dinheiro circulava rio acima, onde vigorava uma economia de escambo: trocava-se peixe por açúcar, gasolina por galinhas, serviços por uma caixa de cerveja.

Nas duas margens do rio a selva se erguia, ameaçadora. As ordens do comandante eram claras: não se afastar por nenhum motivo, porque, quando se entra na floresta, perde-se o sentido de orientação. Sabia-se de estrangeiros que, estando a poucos metros do rio, haviam morrido desesperados, incapazes de encontrá-lo. Ao amanhecer viam golfinhos rosados saltando nas águas e centenas de pássaros cruzando os ares. Também havia peixes-boi, grandes mamíferos aquáticos, cujas fêmeas tinham dado origem à lenda das sereias. À noite pontos coloridos apareciam no meio do mato: eram os olhos dos jacarés espiando na escuridão. Um caboclo ensinou Alex a calcular o tamanho do animal pela distância entre os olhos. Quando se tratava de um animal pequeno, o caboclo ofuscava-o com uma lanterna, saltava na água e o agarrava, segurando-lhe as mandíbulas com uma das mãos e a cauda com a outra. Se a distância entre os olhos fosse considerável, ele evitaria o bicho como a peste.

O tempo transcorria lento, as horas se arrastavam, pareciam eternas, mas, mesmo assim, Alex não se aborrecia. Sentava-se na proa da embarcação a observar a natureza, ler e tocar a flauta do avô. A selva parecia animar-se e responder ao som do instrumento, e até os ruidosos tripulantes e passageiros da embarcação se calavam para escutá-lo; essas eram as únicas ocasiões em que Kate Cold prestava atenção nele. Escritora de poucas palavras, ela passava o dia lendo ou escrevendo em seus cadernos, e em geral o ignorava ou o tratava como qualquer outro membro da expedição. Era inútil procurá-la a fim de apresentar-lhe um simples problema de sobrevivência, como, por exemplo, a comida, a saúde ou a segurança. Ela o olhava de alto a baixo, com evidente desdém, e lhe respondia que há dois tipos de problemas: os que se resolvem sozinhos e os que não têm solução; por isso, não a aborrecesse com bobagens.

Para sorte de Alex, sua mão tinha sarado rapidamente, pois, se isso não houvesse ocorrido, ela seria capaz de resolver o assunto sugerindo que a amputasse. Era mulher de medidas extremas. Havia lhe emprestado mapas e livros sobre o Amazonas para que ele mesmo procurasse as informações que lhe interessavam. Se Alex comentava suas leituras sobre os indígenas ou lhe apresentava suas teorias sobre a Fera, ela replicava, sem erguer os olhos da página à sua frente:

— Alexander, jamais desperdice uma boa ocasião de ficar de boca fechada.

Tudo naquela viagem parecia por demais diferente do mundo no qual o garoto fora criado, e ele se sentia como um visitante de outra galáxia. Já não contava com as comodidades que antes usufruía sem pensar, como uma cama, banheiro, água corrente, eletricidade. Dedicou-se a fazer fotos com a câmera de sua avó, fotos que valeriam como provas quando voltasse à Califórnia. Seus amigos jamais acreditariam que tivera entre as mãos um jacaré de quase um metro de comprimento!

Seu problema mais difícil era alimentar-se. Sempre tinha sido enjoado para comer, e agora serviam-lhe coisas que nem sabia como se chamavam. Podia identificar apenas o feijão enlatado, a carne-seca salgada e o café, coisas que não lhe despertavam o apetite. Os tripulantes caçaram a tiros dois macacos, e naquela noite, quando o barco atracou na margem, assaram-nos. Tinham um aspecto tão humano que Alex se sentiu enjoado ao vê-los: pareciam meninos queimados. Na manhã seguinte pescaram um pirarucu, peixe enorme, cuja carne foi considerada deliciosa por todos, menos por ele, que se recusou a prová-la. Aos três anos havia decidido que não gostava de peixe. Cansada de batalhar para obrigá-lo a comer, fazia muito tempo que sua mãe tinha se resignado a servir-lhe apenas os alimentos de que gostava. E não eram muitos. Essa limitação o mantinha faminto durante a viagem; só dispunha de bananas, uma lata de leite condensado e alguns pacotes de biscoito. Sua avó não parecia preocupar-se com o fato de ele ter fome; nem ela, nem os outros. Ninguém ligava para ele.

Várias vezes por dia desabava uma chuva breve e torrencial; Alex teve de acostumar-se à permanente umidade, ao fato de que a roupa nunca ficava inteiramente seca. Quando o sol se punha, eram atacados por nuvens de mosquitos. Os estrangeiros defendiam-se banhando-se em inseticidas, principalmente Ludovic Leblanc, que não perdia uma oportunidade de recitar a lista de doenças transmitidas pelos insetos, do tifo à malária. Tinha atado um véu de trama cerrada em torno de seu chapéu australiano a fim de proteger o rosto e passava boa parte do dia refugiado embaixo de um mosquiteiro que mandara pendurar na popa do barco. Já os caboclos pareciam imunes às picadas dos mosquitos.

No terceiro dia, em meio a uma radiante manhã, a embarcação parou com um problema no motor. Enquanto o comandante procurava consertar o defeito, os outros trataram de descansar embaixo da cobertura. Fazia calor demais para uma pessoa se movimentar, mas Alex decidiu que o rio era o lugar perfeito para refrescar-se. Saltou na água, que parecia rasa e calma como um prato de sopa, e afundou como uma pedra.

— Só um idiota usa os dois pés para verificar a profundidade — comentou Kate Cold quando a cabeça do neto assomou à superfície, deitando água até pelas orelhas.

O garoto afastou-se do barco, nadando — alguém lhe dissera que os jacarés preferiam as margens — e durante muito tempo flutuou de costas na água morna, braços e pernas abertos, olhando para o céu e pensando nos astronautas que conheciam a imensidão do rio. Sentia-se tão seguro que, quando algo passou roçando velozmente sua mão, demorou um instante para reagir. Sem ter ideia de que tipo de perigo enfrentava — afinal de contas, talvez os jacarés não ficassem apenas nas margens —, começou a nadar com todas as forças de volta à embarcação, porém se deteve ante a voz seca de sua avó, gritando-lhe que não se movesse. Obedeceu por hábito, embora o instinto lhe mandasse fazer o contrário. Manteve-se flutuando o mais quieto possível, e então viu um peixe enorme ao seu lado. Um tubarão, pensou Alex, e seu coração parou; o peixe deu uma pequena volta e regressou, curioso, aproximando-se tanto que dava para ver seu sorriso. Desta vez o coração do garoto deu um salto e ele teve de se conter para não gritar de alegria. Estava nadando ao lado de um golfinho!

Os vinte minutos seguintes em que esteve brincando com o golfinho, como fazia com seu cachorro Poncho, foram os mais felizes de sua vida. O magnífico animal nadava à sua volta em grande velocidade, saltava por cima dele, detinha-se a poucos centímetros de seu rosto, observando-o com uma expressão simpática. Às vezes passava tão perto que podia tocar em sua pele, áspera, ao contrário do que havia imaginado. Alex desejava que aquele momento não terminasse nunca, estava disposto a ficar para sempre no rio, mas de repente o golfinho despediu-se com um movimento de cauda e desapareceu.

— Viu, vó? Ninguém vai acreditar em mim quando eu contar isto — gritou Alex de volta à embarcação, tão empolgado que mal podia falar.

— As provas estão aqui — disse ela, sorrindo e apontando a câmera. Também os fotógrafos da expedição, Bruce e González, haviam captado a cena.

À medida que se embrenhavam na floresta, seguindo o curso do rio Negro, a vegetação se tornava mais voluptuosa, o ar mais espesso e odorífero, o tempo mais lento e as distâncias mais incalculáveis. Avançavam, como se sonhassem, por um território fantástico. A cada trecho da viagem a embarcação se esvaziava um pouco, pois os passageiros desciam com seus pacotes e seus animais, dirigindo-se para casebres ou aldeias nas margens. Os rádios de bordo já não recebiam as mensagens pessoais de Manaus nem reproduziam as canções populares, e os homens se calavam enquanto a natureza vibrava com sua orquestra de pássaros e macacos. Só o ruído do motor denunciava a presença de humanos na imensa solidão da selva.

Finalmente, quando chegaram a Santa Maria da Chuva, só restavam a bordo a tripulação, o grupo da *International Geographic*, a Dra. Omayra Torres e dois soldados. Sem esquecer os dois jovens mórmons, atacados por alguma bactéria intestinal. Apesar dos antibióticos aplicados pela doutora, estavam tão doentes que mal podiam abrir os olhos de vez em quando, e confundiam a selva ardente com as nevadas montanhas de Utah, sua terra natal.

— Santa Maria da Chuva é o último enclave da civilização — disse o comandante do barco quando, no fundo de uma curva do rio, apareceu o vilarejo.

— Daqui para diante, Alexander, será um território mágico — avisou Kate Cold ao neto.

— Ainda existem indígenas que nunca tiveram contato com a civilização? — perguntou ele.

— Calcula-se que haja uns dois ou três mil, mas ninguém sabe com certeza — respondeu a Dra. Omayra Torres.

Santa Maria da Chuva erguia-se como um erro humano no meio de uma natureza esmagadora, que a qualquer momento ameaçava devorá-la. Era formada por umas vinte casas, um galpão que fazia as vezes de hotel, outro menor, no qual funcionava um hospital a cargo de duas freiras, duas pequenas mercearias, uma igreja católica e um quartel do Exército.

Os soldados controlavam a fronteira e o tráfego entre o Brasil e a Venezuela. Segundo a lei, também deviam proteger os indígenas dos abusos de colonos e aventureiros, mas na prática isso não acontecia. Os forasteiros iam ocupando a região sem que ninguém os impedisse, empurrando os indígenas para zonas cada vez mais isoladas ou matando-os impunemente. No atracadouro de Santa Maria da Chuva eram esperados por um homem alto, com perfil afilado de pássaro, feições viris e expressão franca, pele curtida pelas intempéries e cabelos escuros que terminavam em um rabo de cavalo preso na nuca.

— Bem-vindos. Sou César Santos e esta é minha filha, Nádia — apresentou-se o homem.

Alex calculou que a garota tinha a idade de sua irmã Andrea, uns doze ou treze anos. O cabelo dela era crespo e rebelde, desbotado pelo sol; a pele e os olhos, cor de mel. Usava *short*, camiseta e chinelos de plástico. Várias fitas coloridas envolviam seus punhos, uma flor amarela enfeitava-lhe a orelha esquerda e uma grande pena verde atravessava o lóbulo da outra. Alex pensou que, se Andrea visse aqueles adornos, imediatamente os copiaria; e, se Nicole, sua irmã mais nova, visse o macaquinho preto que a menina levava sentado no ombro, morreria de inveja.

Enquanto a Dra. Torres, ajudada pelas duas freiras que tinham ido recebê-la, conduzia os missionários mórmons para o minúsculo hospital, César Santos supervisionava o desembarque das numerosas maletas e mochilas que formavam a bagagem da expedição. Desculpou-se por não os ter esperado em Manaus, como haviam acertado. Explicou que com seu pequeno avião havia sobrevoado o Amazonas inteiro, mas o aparelho já era muito usado e nas últimas semanas o motor havia perdido algumas peças. Para evitar uma queda, havia encomendado outro motor, que deveria estar chegando nos próximos dias. E acrescentou, sorrindo, que não podia deixar sua filha, Nádia, na orfandade. Em seguida os levou ao hotel, que era uma construção de madeira sobre palafitas, na margem do rio, semelhante a qualquer um dos malconservados casebres da aldeia.

Caixas de cerveja amontoavam-se por toda parte e sobre mesas se alinhavam garrafas de outras bebidas. Durante a viagem Alex havia notado que, apesar do calor, os homens consumiam litros e litros de bebidas alcoólicas. O primitivo edifício do hotel serviria de base de operações, alojamento, restaurante e bar para os visitantes. Kate Cold e o professor Ludovic Leblanc receberam cubículos separados por lençóis pendurados em cordas. Os outros dormiriam em redes protegidas por mosquiteiros.

Santa Maria da Chuva era um vilarejo tão sonolento e remoto que às vezes nem figurava nos mapas. Alguns colonos criavam bois de chifres muito longos; outros exploravam ouro no leito do rio ou madeira e borracha nas florestas; uns poucos atrevidos mergulhavam sozinhos na selva à procura de diamantes; mas a maioria vegetava à espera de que alguma oportunidade caísse milagrosamente do céu. Estas eram as atividades visíveis. As secretas consistiam no tráfico de aves exóticas, drogas e armas. Grupos de soldados com seus rifles apoiados nos ombros e as camisas empapadas de suor jogavam cartas ou fumavam sentados à sombra. A pequena população vivia apática, embotada pelo calor e o tédio.

Alex viu vários indivíduos sem cabelos nem dentes, meio cegos, o corpo coberto de chagas, gesticulando e falando sozinhos: eram garimpeiros que haviam se intoxicado com mercúrio e estavam morrendo aos poucos. Mergulhavam no rio a fim de aspirar, com a ajuda de grossos tubos, a areia do fundo, saturada de ouro em pó. Alguns morriam afogados; outros morriam porque seus concorrentes lhes cortavam as mangueiras de oxigênio; os restantes morriam lentamente, envenenados pelo mercúrio usado para separar a areia do ouro.

Já os meninos da aldeia brincavam felizes na lama, acompanhados por alguns cães magros e outros tantos macacos domesticados. Havia uns poucos indígenas; alguns vestiam camisetas e bermudas, outros andavam nus como os meninos. No começo, Alex não se atrevia a olhar para os seios das mulheres, mas logo se acostumou e, cinco minutos mais tarde, eles deixaram de chamar sua atenção. Fazia anos que aqueles indígenas tinham entrado em contato com a civilização e por isso, como explicou César Santos, haviam perdido muitas de suas tradições e costumes. A filha do guia, Nádia, falava a língua deles, e em troca eles a tratavam como se ela pertencesse à tribo.

Se aqueles eram os ferozes indígenas descritos por Leblanc, não chegavam a ser muito impressionantes: pelo contrário, eram pequeninos, os homens mediam menos de um metro e meio, e os meninos pareciam miniaturas humanas. Pela primeira vez na vida, Alex se sentiu alto. Tinham a pele bronzeada e as maçãs do rosto salientes; os homens cortavam o cabelo à altura das orelhas, de forma a deixá-los como uma cuia, o que acentuava seu aspecto asiático. Descendiam de habitantes do norte da China, que haviam chegado, pelo Alasca, entre dez e vinte mil anos atrás. Por terem permanecido isolados, salvaram-se da escravidão durante a conquista do século XVI. Os soldados espanhóis e portugueses não tinham conseguido vencer os pântanos, os mosquitos, a vegetação, os imensos rios e cataratas da região amazônica.

Uma vez instalados no hotel, César Santos tratou de pôr ordem na bagagem da expedição e planejar o resto da viagem com a escritora Kate Cold e os fotógrafos, pois o professor Leblanc resolvera descansar até que a temperatura refrescasse um pouco. Não lidava bem com o calor. Nesse meio-tempo, Nádia, a filha do guia, convidou Alex a dar uma volta pelos arredores.

— Depois do pôr do sol não se aventurem fora dos limites da aldeia — advertiu César Santos. — É perigoso.

Seguindo os conselhos de Leblanc, que falava como um especialista em perigos da selva, Alex prendeu as calças dentro das botas, a fim de evitar que as vorazes sanguessugas lhe chupassem o sangue. Nádia, que andava quase descalça, riu.

— Logo você vai estar acostumado com os bichos e o calor — disse a garota. Ela falava muito bem o inglês, pois sua mãe era canadense. — Minha mãe foi embora há três anos — esclareceu Nádia.

— Por que foi embora?

— Não conseguiu se habituar com a selva, pois tinha a saúde fraca e piorou quando a Fera começou a rondar o vilarejo. Sentia seu cheiro, queria fugir dela, não podia ficar só, gritava... Finalmente, a Dra. Torres a levou em um helicóptero. Agora está no Canadá — disse Nádia.

— Por que seu pai não foi com ela?

— O que meu pai faria no Canadá?

— E por que não levou você com ela? — insistiu Alex, que nunca tinha ouvido falar de uma mãe abandonando os filhos.

— Porque está em um sanatório. Além do mais, não quero me separar do meu pai.

— Não tem medo da Fera?

— Todo mundo tem. Mas, se ela viesse, Borobá me avisaria a tempo — replicou a garota, acariciando o macaquinho que nunca se separava dela.

Nádia levou seu novo amigo para conhecer o povoado, o que demorou apenas meia hora, pois não havia muito a ver. De repente rebentou uma tempestade com relâmpagos que cortavam os céus em todas as direções e começou a chover a cântaros. Era uma chuva quente como sopa, que transformou as estreitas ruelas em um lodaçal fumegante. As pessoas, em geral, procuravam abrigar-se embaixo de algum teto, mas os meninos e os indígenas prosseguiam em suas atividades, indiferentes ao aguaceiro. Alex compreendeu que sua avó tinha razão ao sugerir que substituísse suas vestes pesadas por roupas leves de algodão, mais frescas e mais fáceis de secar. Para escapar da chuva, Alex e Nádia entraram na igreja, onde encontraram um homem alto e forte, com largos ombros de lenhador e cabelo já branco, que ela informou tratar-se do padre Valdomero. Faltava-lhe completamente a solenidade que se espera de um sacerdote: vestia calções curtos, estava nu da cintura para cima e se equilibrava em uma escada, enquanto pintava as paredes com cal. No chão havia uma garrafa de rum.

— O padre Valdomero chegou aqui antes da invasão das formigas — disse Nádia, apresentando-o.

— Cheguei quando fundaram este povoado, há quase quarenta anos, e estava aqui quando as formigas vieram — contou o sacerdote. — Tivemos de abandonar tudo e fugir rio abaixo. Chegaram como se fosse uma enorme mancha escura e avançaram, implacáveis, deixando tudo destruído à sua passagem.

— E depois? — perguntou Alex, que não podia imaginar um povoado inteiro vitimado por insetos.

— Tocamos fogo nas casas antes de ir embora — explicou. — O incêndio desviou as formigas e, alguns meses mais tarde, pudemos voltar. Nenhuma das casas que você está vendo tem mais de quinze anos.

O padre tinha uma estranha mascote, um cão anfíbio que, segundo informou, era nativo do Amazonas, embora sua espécie estivesse quase extinta. Passava boa parte da vida no rio e podia permanecer vários minutos com a cabeça dentro de um balde d'água. O animal recebeu os visitantes desconfiado, mantendo uma prudente distância. Seu latido era como o trinado de um pássaro e parecia que estava cantando.

— O padre Valdomero foi raptado pelos indígenas. O que eu não daria para ter a mesma sorte! — exclamou Nádia, encantada.

— Não me raptaram, menina. Eu me perdi na selva e eles me salvaram a vida. Vivi com eles vários meses. São pessoas boas e livres; para eles a liberdade é mais importante que a própria vida, não podem viver sem ela. Um indígena preso é um indígena morto: fecha-se em si mesmo, deixa de comer, de respirar e morre — disse o padre.

— Segundo algumas versões, eles são pacíficos — observou Alex. — Segundo outras, completamente selvagens e violentos.

— Os homens mais perigosos que tenho visto por estas bandas não são os indígenas e sim os traficantes de armas, de drogas e de diamantes, os compradores de borracha, os caçadores de ouro, os soldados e os madeireiros, que infestam e exploram a região — rebateu o sacerdote, acrescentando que os indígenas eram primitivos no aspecto material, mas muito avançados no plano mental, e que estavam ligados à natureza como um filho se liga à mãe.

— Fale-nos da Fera. É verdade que o senhor a viu com seus próprios olhos, padre? — perguntou Nádia.

— Acho que sim, mas era de noite e meus olhos não são mais tão bons como antes — respondeu o padre Valdomero, bebendo um longo trago da garrafa.

— Quando foi isso? — perguntou Alex, pensando que sua avó agradeceria a informação.

— Uns dois anos atrás...

— O que o senhor viu exatamente?

— Já contei muitas vezes. Um gigante de mais de três metros de altura, que se movia lentamente e exalava um cheiro terrível. Fiquei paralisado de medo.

— Ele não o atacou, padre?

— Não. Disse alguma coisa, depois deu meia-volta e desapareceu na floresta.

— Disse alguma coisa? Quer dizer que ele emitiu ruídos, como grunhidos, não é isso? — perguntou Alex.

— Não, filho. Não foram grunhidos. O que a Fera fez claramente foi falar. Não entendi uma só palavra, mas com certeza aquilo era uma linguagem articulada. Perdi os sentidos... Quando acordei, não tinha mais certeza do que havia acontecido, mas o fato é que eu tinha aquele cheiro penetrante impregnado na minha roupa, nos meus cabelos, na minha pele. Só por isso eu soube que não havia sonhado.

O FEITICEIRO

A chuva parou tão subitamente como havia começado, e a noite desceu clara. Alex e Nádia voltaram ao hotel, onde os membros da expedição estavam reunidos em torno de César Santos e da Dra. Omayra Torres, estudando um mapa da região e discutindo os preparativos da viagem. O professor Leblanc, menos fatigado, estava com eles. Untado de inseticida dos pés à cabeça, havia contratado um indígena, de nome Karakawe, para que o refrescasse abanando uma folha de bananeira. Leblanc exigiu que no dia seguinte a expedição se pusesse em marcha para o Alto Orinoco, pois ele não podia perder tempo naquela aldeia insignificante. Dispunha de apenas três semanas para capturar a estranha criatura da selva, anunciou.

— Nesses anos todos ninguém conseguiu agarrá-la — lembrou César Santos.

— Terá de aparecer logo, pois vou fazer uma série de conferências na Europa — replicou ele.

— Espero que a Fera entenda suas razões — disse o guia, mas o professor não deu mostras de captar sua ironia.

Kate Cold havia contado ao neto que a Amazônia era um lugar perigoso para os antropólogos, pois lá eles costumavam perder a razão. Inventavam teorias contraditórias e brigavam entre si a tiros e facadas. Outros tiranizavam as tribos e acabavam achando que eram deuses. Um deles, depois de enlouquecer, teve de ser levado de volta amarrado para o seu país.

— O senhor deve estar sabendo que também faço parte da expedição, professor Leblanc — disse a Dra. Omayra Torres, para quem o antropólogo olhava a cada instante com o canto do olho, impressionado pela sua opulenta beleza.

— Nada me agradaria mais, senhorita...

— Dra. Torres — interrompeu a médica.

— Pode me chamar de Moisés — arriscou Leblanc em tom galante.

— E o senhor me chame de Dra. Torres — replicou ela secamente.

— Não poderei levá-la, minha estimada doutora. Só há espaço para nós que fomos contratados pela *International Geographic*. O orçamento é generoso, mas não ilimitado — afirmou Leblanc.

— Então o senhor também não irá, professor. Pertenço ao Serviço Nacional de Saúde. Estou aqui para proteger os indígenas. Nenhum forasteiro pode entrar em contato com eles sem as medidas de prevenção necessárias. São muito vulneráveis às enfermidades, sobretudo às dos brancos.

— Um simples resfriado é mortal para eles — acrescentou César Santos. — Uma tribo inteira morreu vítima de uma infecção respiratória há três anos, quando entrou em contato com alguns jornalistas que vieram fazer um documentário. Um deles, que estava com tosse, deixou um indígena dar uma tragada em seu cigarro e assim contaminou toda a tribo.

Nesse momento chegaram o capitão Ariosto, chefe do quartel, e Mauro Carías, o empresário mais rico daquela área. Sussurrando, Nádia explicou a Alex que Carías era muito poderoso, fazia negócios com presidentes e generais de inúmeros países sul-americanos. Acrescentou que o homem não levava o coração dentro do peito, mas sim em uma bolsa, e apontou para a maleta de couro que estava na mão de Carías. De sua parte, Ludovic Leblanc se mostrava muito impressionado com Mauro Carías, pois a expedição havia sido formada graças aos seus contatos internacionais. Fora ele quem havia despertado o interesse da revista *International Geographic* pela lenda da Fera.

— Essa estranha criatura vem atemorizando a boa gente do Alto Orinoco. Ninguém quer entrar na área onde se supõe que ela habite — afirmou Carías.

— Entendo que essa zona ainda não foi explorada — disse Kate Cold.

— De fato, não foi.

— Suponho — acrescentou a escritora — que deva ser muito rica em minerais e pedras preciosas.

— A riqueza da Amazônia está sobretudo na terra e nas madeiras — respondeu Carías.

— E nas plantas — interveio a Dra. Omayra Torres. — Não conhecemos nem dez por cento das substâncias medicinais que existem aqui. À medida que desaparecem os feiticeiros e curandeiros indígenas, perdemos para sempre esses conhecimentos.

— Imagino que a Fera também interfira nos seus negócios por esses lados, Sr. Carías, tal como interferem as tribos — disse Kate Cold, que, quando se interessava por alguma coisa, não soltava a presa.

— A Fera é um problema para todos — admitiu Mauro Carías. — Até os soldados têm medo dela.

— Se a Fera existir, eu a encontrarei. Ainda está para nascer homem ou bicho que seja capaz de enganar Ludovic Leblanc — replicou o professor, que gostava de referir-se a si mesmo na terceira pessoa.

— Conte com meus soldados, professor — ofereceu o capitão Ariosto. — Ao contrário do que afirma meu bom amigo Carías, são homens valentes.

— Conte também com os meus recursos, estimado professor Leblanc — disse Mauro Carías. — Disponho de lanchas motorizadas e de um bom equipamento de rádio.

— E conte comigo para os problemas de saúde ou os acidentes que possam acontecer — acrescentou suavemente a Dra. Omayra Torres, como se houvesse esquecido a negativa de Leblanc de incluí-la na expedição.

— Como lhe disse, senhorita...

— Doutora — ela o corrigiu pela segunda vez.

— Como lhe disse, o orçamento desta expedição é limitado, não podemos levar turistas — disse Leblanc, enfático.

— Não sou turista. A expedição não pode prosseguir sem um médico autorizado e sem as vacinas necessárias.

— A doutora tem razão. O capitão Ariosto explicará a lei — interveio César Santos, que conhecia a doutora e evidentemente se sentia atraído por ela.

— Ah... bem... é verdade que... — gaguejou o militar, confuso, enquanto olhava para Mauro Carías.

— Não haverá problemas para incluir Omayra. Eu mesmo financiarei a despesa com ela. — O empresário sorriu, pondo um braço em torno dos ombros da jovem médica.

— Obrigada, Mauro, mas não será necessário — disse a doutora, afastando-se calmamente. — Minhas despesas são pagas pelo governo.

— Bem, sendo assim, não há mais nada a discutir — disse Timothy Bruce, o fotógrafo. — Espero que encontremos a Fera, pois, do contrário, esta viagem será inútil.

— Confie em mim, jovem, tenho experiência com esse tipo de animal e até já planejei para ele algumas armadilhas infalíveis. Pode ver os modelos dessas armadilhas em meu tratado sobre o Abominável Homem do Himalaia — esclareceu o professor com uma careta de satisfação, enquanto gesticulava a Karakawe para que o abanasse com mais energia.

— Posso apanhá-lo? — perguntou Alex com fingida inocência, pois já sabia a resposta.

— Ele não existe, jovem. Essa suposta criatura do Himalaia é um embuste. Talvez esta famosa criatura da selva também o seja.

— Há gente que diz tê-la visto — interveio Nádia.

— Gente ignorante, sem dúvida, menina — afirmou o professor.

— O padre Valdomero não é um ignorante — insistiu Nádia.

— Quem é ele?

— Um missionário católico que foi raptado pelos selvagens e desde então está louco — interveio o capitão Ariosto. Falava inglês com forte sotaque venezuelano e, como estava sempre com um cigarro entre os dentes, entendia-se pouco do que dizia.

— Não foi raptado e também não está louco! — exclamou Nádia.

— Acalme-se, minha linda — disse Mauro Carías, sorrindo e acariciando o cabelo de Nádia, que imediatamente se pôs fora do alcance de sua mão.

— Na verdade, o padre Valdomero é um sábio — esclareceu César Santos. — Fala vários idiomas indígenas e conhece a fauna e a flora da Amazônia melhor que ninguém. Põe no lugar ossos fraturados, extrai dentes e em duas ocasiões operou cataratas com um bisturi que ele mesmo fabricou.

— Sim, mas não conseguiu combater os vícios em Santa Maria da Chuva nem cristianizar os indígenas, que continuam a andar nus — zombou Mauro Carías.

— Duvido que os indígenas necessitem ser cristianizados — rebateu César Santos.

Explicou que eles tinham uma forte espiritualidade e acreditavam que tudo tem uma alma: as árvores, os animais, os rios, as nuvens. Para eles, espírito e matéria não estavam separados. Não entendiam as simplificações da religião dos forasteiros, dizendo tratar-se apenas de uma história sempre repetida, ao passo que eles tinham muitas histórias de deuses, demônios e espíritos do céu e da terra. O padre Valdomero havia renunciado ao propósito de convencê-los de que Cristo morrera na cruz para salvar a humanidade do pecado, pois a ideia de tal sacrifício deixava os indígenas atônitos. Não conheciam a culpa. Também não compreendiam a necessidade de usar roupas naquele clima ou de acumular bens, já que quando morriam nada podiam levar para o outro mundo.

— É uma lástima que estejam condenados a desaparecer. São o sonho de qualquer antropólogo, não é verdade, professor Leblanc? — perguntou Mauro Carías em tom zombeteiro.

— É verdade. Por sorte, pude escrever sobre eles antes que sucumbam ao progresso. Graças a Ludovic Leblanc, eles entrarão para a história — replicou o professor, completamente impermeável ao sarcasmo do outro.

Naquela tarde jantaram pedaços de anta assada, feijão e *tortillas* de mandioca. Embora atormentado por uma fome de lobo, Alex não quis provar nada daquilo.

Depois do jantar, enquanto a avó bebia vodca e fumava seu cachimbo em companhia dos homens do grupo, Alex saiu com

Nádia para o atracadouro. A lua brilhava como uma lâmpada amarela no céu. A selva rodeava-os com seus ruídos, que eram como uma música de fundo: gritos de pássaros, guinchos de macacos, coaxar de sapos e martelar de grilos. Milhares de vaga-lumes passavam rapidamente por eles, roçando-lhes o rosto. Nádia agarrou um com a mão e o prendeu entre os cachos de seu cabelo, onde ele ficou piscando sua lanterninha. A garota sentou-se no atracadouro, com os pés mergulhados na água escura do rio. Alex perguntou pelas piranhas, que tinha visto dissecadas em Manaus, nas vendas para turistas, como se fossem tubarões em miniatura: mediam um palmo e possuíam formidáveis mandíbulas, das quais nasciam dentes afiados como punhais.

— As piranhas são muito úteis, livram a água dos cadáveres e de outras sujeiras. Meu pai diz que só atacam se sentirem cheiro de sangue ou se estiverem famintas — explicou a menina.

Nádia contou-lhe que em certa ocasião tinha visto um jacaré, ferido por uma onça, arrastar-se para a água; então as piranhas haviam se introduzido pelo ferimento e em questões de minutos o devoraram, deixando o couro intacto.

Nesse momento a garota se pôs em alerta e fez um gesto para que Alex se mantivesse em silêncio. Borobá, o macaquinho, começou a dar pulos e a soltar guinchos; Nádia acalmou-o, sussurrando-lhe algo ao ouvido. Alex teve a impressão de que o animal entendia perfeitamente as palavras de sua dona. Via somente as sombras da vegetação e o espelho negro da água, mas era evidente que alguma coisa havia chamado a atenção de Nádia, que acabava de se pôr de pé. De longe chegava o som apagado de alguém que, na aldeia, tangia as cordas de um violão. Se voltasse os olhos, poderia ver algumas luzes nas casas às suas costas, mas no atracadouro eram só eles dois.

Nádia soltou um grito longo e agudo, que aos ouvidos do garoto soou igual ao de uma coruja, e um instante depois um grito semelhante respondeu da outra margem. Ela repetiu o chamado duas vezes, e em ambas as ocasiões teve a mesma resposta. Então, Nádia pegou Alex pelo braço e, com um gesto, indicou que a seguisse. Ele lembrou-se da advertência de César Santos, de permanecer dentro dos limites do povoado depois do pôr do sol, e lembrou-se também das histórias que tinha ouvido sobre serpentes, feras, bandidos e bêbados armados. Achou melhor não pensar nos indígenas ferozes descritos por Leblanc e muito menos na Fera... Mas não quis se mostrar um covarde aos olhos da garota e seguiu-a sem dizer palavra, empunhando, aberto, seu canivete suíço.

Deixaram para trás os últimos casebres da aldeia e avançaram com cuidado, iluminados somente pela lua. A selva parecia menos cerrada do que Alex supunha; a vegetação era densa nas margens do rio, mas logo se tornava mais aberta e era possível avançar sem grande dificuldade. Não foram muito longe antes que se repetisse o chamado da coruja. Estavam agora em uma clareira, da qual se podia ver a lua brilhando no firmamento. Nádia se deteve e esperou imóvel. Até Borobá estava quieto, como se soubesse o que esperavam. De repente, Alex deu um salto, surpreso: a menos de três metros de distância materializou-se uma figura saída da noite, súbita e furtiva como um fantasma. Alex brandiu o canivete, disposto a defender-se, mas a atitude serena de Nádia deteve seu gesto no ar.

— *Aía* — murmurou a menina.

— *Aía, aía...* — replicou uma voz que a Alex não pareceu humana, pois soava como um sopro de vento.

A figura avançou um passo e ficou muito perto de Nádia. A essa altura os olhos de Alex tinham se habituado um pouco à penumbra e ele pôde ver, à luz da lua, um homem inacreditavelmente velho. Parecia ter vivido séculos, embora sua postura continuasse vertical e seus movimentos, ágeis. Era muito pequeno;

Alex calculou que seria mais baixo do que sua irmã Nicole, que só tinha nove anos. Usava um pequeno avental de fibras vegetais e tinha o peito coberto por uma dúzia de colares de conchas, sementes e dentes de javali. A pele, enrugada como a de um elefante centenário, caía em pregas sobre seu frágil esqueleto. Levava uma pequena lança, um bastão do qual pendia uma série de bolsinhas de pele e um cilindro de quartzo que soava como o chocalho de um bebê. Nádia levou a mão ao cabelo, pegou o vaga-lume e o ofereceu ao homenzinho; o ancião aceitou a oferta e pôs o vaga-lume entre os seus colares. Ela se ajoelhou e indicou a Alex que fizesse o mesmo, em sinal de respeito. Em seguida o indígena agachou-se e assim os três ficaram da mesma altura.

Com um salto, Borobá encarapitou-se no ombro do velho e começou a puxar-lhe as orelhas. Sua dona afastou-o com uma palmada e o velho se pôs a rir com a maior satisfação. Pareceu a Alex que ele não tinha um só dente na boca, mas, como a luz era fraca, não podia ter certeza. Nádia e o indígena entabularam uma longa conversa de gestos e sons, numa língua cujas palavras soavam doces como brisa, água e pássaros. Supôs que falavam dele, porque o indicavam. Em certo momento o homem se pôs de pé e agitou sua lança, aparentando estar muito aborrecido, mas a garota o tranquilizou com longas explicações. Por fim, o velho tirou um amuleto do pescoço, um pedaço de osso talhado, e o levou aos lábios para soprá-lo. O som era o mesmo do canto da coruja antes ouvido; Alex reconheceu o som porque havia muitas corujas nas imediações de sua casa na Califórnia. O singular ancião pendurou o amuleto no pescoço de Nádia, pôs as mãos em seus ombros a título de despedida e desapareceu do mesmo modo misterioso como havia chegado. O garoto podia jurar que não o vira se afastar; o velho simplesmente virara fumaça.

— Era Walimai — disse Nádia ao ouvido de Alex.

— Walimai? — perguntou ele, impressionado com aquele estranho encontro.

— Psiu! Não diga em voz alta! Você jamais deve pronunciar o nome verdadeiro de um indígena na presença dele, é tabu. Também não pode mencionar os mortos, pois esse é um tabu ainda mais forte, um terrível insulto — explicou Nádia.

— Quem é ele?

— Um xamã, um bruxo muito poderoso. Fala através de sonhos e visões. Pode viajar, quando quiser, ao mundo dos espíritos. É o único que conhece o caminho do Eldorado.

— Eldorado? A cidade do ouro inventada pelos conquistadores? É uma lenda absurda! — replicou Alex.

— Walimai já esteve lá muitas vezes com sua mulher. Sempre anda com ela — retrucou a garota.

— Ela? Não a vi.

— É um espírito. Nem todos podem vê-la.

— Você já a viu?

— Sim. É jovem e muito bonita.

— O que foi que o bruxo deu a você? — quis saber Alex. — Do que vocês dois falaram?

— Ele me deu um talismã. Com isto, estarei segura: ninguém, nem as pessoas, nem os animais, nem os fantasmas poderão me fazer mal. Também serve para chamá-lo, basta soprar e ele virá. Até agora eu não podia chamá-lo, tinha de esperar que viesse. Walimai diz que vou necessitar disto porque há muito perigo ao redor: o Rahakanariwa, o terrível espírito do pássaro canibal, anda solto. Quando ele aparece, há morte e destruição, mas estarei protegida pelo talismã.

— Você é uma garota muito estranha... — suspirou Alex, sem acreditar na metade do que ela dizia.

— Walimai disse que os estrangeiros não devem ir em busca da Fera. Disse que vários morrerão. Mas você e eu devemos ir, porque fomos chamados por termos a alma pura.

— Quem nos chamou?

— Não sei, mas, se Walimai disse, é porque fomos.

— Você realmente acredita nessas coisas, Nádia? Acredita em feiticeiros, em pássaros canibais, em Eldorado, em esposas invisíveis, na Fera?

Sem responder, a garota deu meia-volta, tomando o caminho da aldeia, e ele a seguiu de perto, a fim de não se perder.

O PLANO

Naquela noite, Alexander Cold dormiu sobressaltado. Sentia-se no meio de uma tempestade, como se as frágeis paredes que o separavam da selva tivessem se dissolvido e ele se achasse exposto a todos os perigos de um mundo desconhecido. O hotel, construído com tábuas sobre palafitas, teto de zinco e janelas sem vidros, era apenas uma proteção contra a chuva. Ao ruído externo de sapos e outros animais somavam-se os roncos dos seus companheiros de quarto. Sua rede virou duas vezes, lançando-o de bruços no chão, antes que se recordasse da forma correta de usá-la, que era deitar-se na diagonal a fim de manter o equilíbrio. Não fazia calor, mas ele estava suando. Permaneceu muito tempo acordado na escuridão, debaixo de seu mosquiteiro empapado de inseticida, pensando na Fera, em tarântulas, escorpiões, serpentes e outros perigos que o espreitavam na escuridão. Rememorou a estranha cena que tinha visto entre o indígena e Nádia. O feiticeiro havia profetizado que vários membros da expedição morreriam.

A Alex pareceu inacreditável que em tão poucos dias sua vida houvesse mudado de maneira tão espetacular, que de repente se encontrasse em um lugar fantástico onde, tal como havia anunciado sua avó, os espíritos passeavam entre os vivos. A realidade tinha se distorcido, e já não sabia em que acreditar. Sentiu uma saudade enorme de casa e da família, até mesmo do cão Poncho. Estava muito só e muito longe de tudo que conhecia. Se ao menos pudesse saber como estava sua mãe! Mas fazer uma chamada telefônica daquela aldeia para um hospital no Texas era como tentar comunicar-se com o planeta Marte. Kate não era boa companhia nem consolo. Como avó, deixava muito a desejar, nem sequer se dava ao trabalho de responder às suas perguntas, pois era da opinião de que só aprendemos aquilo que averiguamos sozinhos. Sustentava que a experiência é aquilo que obtemos logo depois de sentirmos sua necessidade.

Virava-se na rede, sem poder dormir, quando lhe pareceu ouvir um murmúrio de vozes. Podia ser apenas o barulho da selva, mas decidiu investigar. Descalço e apenas de cuecas aproximou-se em silêncio da rede em que Nádia dormia ao lado de seu pai, no outro extremo da sala comum. Pôs a mão na boca da garota e murmurou seu nome no ouvido dela, procurando não despertar os demais. Ela abriu os olhos assustada, mas, ao reconhecê-lo, acalmou-se e desceu de sua rede ligeira como um gato, fazendo um gesto firme a Borobá para que ficasse quieto. O macaquinho obedeceu-lhe de imediato, enrolando-se na rede; Alex comparou-o com seu cão Poncho, que jamais teria chegado a compreender mesmo a ordem mais simples. Saíram silenciosamente, deslizando ao longo da parede do hotel, até alcançarem o terraço, de onde vinham as vozes que Alex tinha ouvido. Esconderam-se atrás da porta, encolhendo-se contra a parede, e dali vislumbraram o capitão Ariosto e Mauro Carías sentados em torno de uma pequena mesa, fumando, bebendo e falando em voz baixa. Seus rostos eram perfeitamente visíveis à luz dos cigarros e de uma espiral de inseticida que ardia sobre a mesa. Alex felicitou-se por ter chamado Nádia, pois os homens falavam em espanhol.

— Já sabe o que deve fazer, Ariosto — disse Carías.

— Não será fácil.

— Se fosse fácil, não necessitaria de você nem teria que pôr dinheiro no seu bolso, ora bolas — tornou Mauro Carías.

— Não gosto de fotógrafos, podemos nos meter em uma encrenca. Quanto à escritora, devo dizer que aquela velha me parece muito astuta — registrou o capitão.

— O antropólogo, a escritora e os fotógrafos são indispensáveis ao nosso plano — replicou Carías. — Sairão daqui contando exatamente a versão que nos convém, e isso desviará de nós todas as suspeitas. Assim evitaremos que o Congresso mande uma comissão para investigar os fatos, como já ocorreu. Desta vez haverá o testemunho de um grupo da *International Geographic*.

— Não entendo por que o Governo protege esse punhado de selvagens — reclamou o capitão. — Ocupam milhares de quilômetros quadrados que deveriam ser repartidos entre os colonos, e assim o progresso chegaria a este inferno.

— Tudo a seu tempo, Ariosto. Nesse território há diamantes e esmeraldas. Antes que os colonos cheguem para cortar as árvores e criar seus bois, eu e você ficaremos ricos. Mas até lá não quero aventureiros por estas bandas.

— Pois não haverá aventureiros. Para isso existe o Exército, amigo Carías, para impor a lei. Não devemos proteger os indígenas? — disse o capitão Ariosto, e os dois riram com satisfação.

— Tenho tudo planejado. Uma pessoa de minha confiança acompanhará a expedição.

— Quem?

— Neste momento prefiro não divulgar o nome dela — disse o empresário. — A Fera é o pretexto para que o bobo do Leblanc e os jornalistas se dirijam exatamente para onde queremos e cubram o fato. Eles entrarão em contato com os indígenas, é inevitável. Não podem embrenhar-se no triângulo do Alto Orinoco procurando a Fera sem topar com os indígenas.

— Seu plano me parece muito complicado. Tenho gente muito discreta, podemos fazer o trabalho sem que ninguém tome conhecimento — garantiu o capitão Ariosto, levando o copo aos lábios.

— Não, não e não! Já lhe disse que devemos ter paciência.

— Pois então me explique de novo o plano — exigiu Ariosto.

— Não se preocupe, do plano me encarrego eu. Em menos de três meses teremos a área desocupada.

Nesse momento, Alex sentiu algo sobre seu pé e abafou um grito: uma cobra deslizava sobre sua pele desnuda. Nádia levou um dedo aos lábios para que não se movesse. Carías e Ariosto se levantaram e, precavidos, sacaram simultaneamente suas armas. O capitão acendeu a lanterna e varreu com sua luz os arredores. O facho de luz passou a poucos centímetros do lugar em que os dois se escondiam. Era tamanho o terror de Alex, que quase preferiu enfrentar as pistolas sacudindo a cobra que agora se enroscava em seu tornozelo, mas a mão de Nádia o mantinha quieto, e ele compreendeu que não podia arriscar também a vida dela.

— Quem está aí? — murmurou o capitão, sem levantar a voz, a fim de não despertar os que dormiam no hotel.

Silêncio.

— Vamos, Ariosto — ordenou Carías.

O militar varreu novamente o lugar com o facho de luz da lanterna. Em seguida, sempre com as armas nas mãos, os dois recuaram até as escadas que levavam para a rua. Passaram-se uns dois minutos antes que os garotos sentissem que podiam se mover sem chamar a atenção. A cobra já envolvia toda a panturrilha de Alex; sua cabeça estava à altura do joelho, e o suor escorria em torrentes pelo corpo do garoto. Nádia tirou a camiseta, envolveu a mão direita e, com muito cuidado, pegou a cobra perto da cabeça. De imediato ele sentiu que o réptil o apertava ainda mais, agitando a cauda furiosamente, mas a garota o segurou com firmeza, e logo ele foi afrouxando e se descolando aos poucos da perna de seu novo amigo, até que ficou pendurada na mão dela. Nádia moveu o braço como um molinete e, quando adquiriu impulso, lançou a cobra para a escuridão, por cima da balaustrada do terraço. Em seguida vestiu a camiseta com a maior tranquilidade.

— Era venenosa? — perguntou Alex, tão amedrontado que quase perdeu a voz.

— Sim, me parece que era uma surucucu, mas não muito grande. Tinha a boca pequena e não podia abrir muito as mandíbulas, só podia morder um dedo, não uma perna — respondeu Nádia, que em seguida tratou de traduzir para o amigo a conversa entre Carías e Ariosto.

— Qual será o plano daqueles dois malvados? O que podemos fazer? — perguntou Nádia.

— Não sei. A única ideia que me ocorre é contar a história à minha avó, mas não sei se ela acreditaria em mim. Diz que sou paranoico, que vejo inimigos e perigo em todos os lugares.

— No momento, Alex, tudo que podemos fazer é esperar e vigiar — sugeriu a garota.

Alex e Nádia voltaram às suas redes. Ele dormiu imediatamente, extenuado, e despertou ao amanhecer com os gritos ensurdecedores dos macacos. Sua fome era tanta que teria comido de bom grado as panquecas do pai, mas não havia nada para botar na boca, e teve de esperar duas horas antes que seus companheiros estivessem prontos para fazer o desjejum. Ofereceram-lhe café preto, cerveja quente e as sobras frias da anta servida na noite anterior. Ele rejeitou tudo, enojado. Jamais tinha visto uma anta, mas imaginava que seria algo como uma ratazana bem grande; teria uma surpresa, alguns dias mais tarde, ao comprovar que se tratava de um animal de mais de cem quilos, parecido com um porco, cuja carne era muito apreciada. Apanhou uma banana, mas estava amarga e deixou-lhe a língua áspera; depois saberia que bananas daquele tipo tinham de ser cozidas. Nádia, que havia saído cedo para tomar banho no rio com outras garotas, voltava com uma flor na orelha e a mesma pena verde na outra. Borobá abraçava-a pelo pescoço, e Nádia trazia na mão a metade de um abacaxi. Alex tinha lido que, nos climas tropicais, a única fruta segura é aquela que a gente mesma descasca, mas decidiu que o risco de contrair tifo era preferível à desnutrição. Agradecido, devorou o abacaxi que ela lhe oferecia.

César Santos, o guia, apareceu momentos depois, com tão bom aspecto quanto sua filha, e convidou o restante dos suados membros da expedição a dar um mergulho no rio. Todos o acompanharam, menos o professor Leblanc, que mandou Karakawe trazer vários baldes de água para banhá-lo no terraço, pois não se sentia atraído pela ideia de nadar em companhia de arraias. Algumas eram do tamanho de um tapete, e suas poderosas caudas não apenas cortavam como serras, mas também injetavam uma substância venenosa. Alex ponderou que, depois da experiência com a cobra da noite anterior, não iria recuar diante do risco de topar com um peixe de má fama. Pulou de cabeça na água.

— Se for atacado por uma arraia, isso quer dizer que estas águas não são para você — foi o único comentário de sua avó, que se afastou a fim de tomar banho com outras mulheres.

— As arraias são tímidas e vivem no leito do rio. Em geral fogem quando percebem movimento na água, mas o melhor mesmo é caminhar arrastando os pés — César Santos instruiu Alex.

O banho foi delicioso, deixou-o limpo e refrescado.

O JAGUAR NEGRO

Antes de partirem, os membros da expedição foram convidados ao acampamento de Mauro Carías. A Dra. Omayra Torres desculpou-se, dizendo que tinha de mandar de volta os jovens mórmons para Manaus em um helicóptero do Exército, porque haviam piorado. O acampamento se compunha de *trailers* de metal, transportados por helicópteros e dispostos de modo circular em uma clareira da floresta, a dois quilômetros de Santa Maria da Chuva. Suas instalações eram luxuosas, em contraste com os casebres de teto de zinco da aldeia. Havia um gerador de eletricidade, antenas de rádio e painéis de energia solar.

Carías tinha acomodações semelhantes em vários pontos estratégicos da Amazônia para controlar seus múltiplos negócios, da exploração de madeira à mineração do ouro, mas vivia longe dali. Diziam que em Caracas, no Rio de Janeiro e em Miami possuía mansões principescas e em cada uma tinha uma mulher. Deslocava-se em aviões particulares — um bimotor e um jatinho — mas também se movia em veículos do Exército que alguns generais amigos deixavam à sua disposição. Em Santa Maria da Chuva não havia um aeroporto no qual pudesse aterrissar seu jatinho, da maneira que usava o bimotor, que, comparado ao aviãozinho de César Santos, um decrépito pássaro de chapas enferrujadas, fazia uma diferença impressionante. Kate Cold teve sua atenção atraída pelo fato de o acampamento estar protegido por guardas e cercas de arame eletrificadas.

— O que esse homem pode ter aqui para necessitar de tanta vigilância? — ela comentou com o neto.

Mauro Carías era um dos poucos aventureiros que haviam enriquecido na Amazônia. Milhares e milhares de garimpeiros embrenhavam-se a pé ou de canoa pela selva e pelos rios, buscando jazidas de ouro ou minas de diamantes, abrindo caminho na selva a machado e facão, enquanto eram devorados pelas formigas, sanguessugas e mosquitos. Muitos morriam de malária, outros eram assassinados a tiros, outros ainda se viam liquidados pela fome e a solidão; seus corpos apodreciam em sepulturas anônimas ou eram comidos pelos animais.

Diziam que Carías havia começado sua fortuna com galinhas: soltava-as na floresta e depois lhes abria o papo com uma facada para colher as pepitas de ouro que as infelizes engoliam. Mas esta história, como tantas outras sobre o passado daquele homem, devia ser exagerada, pois o ouro não estava semeado como milho no solo da Amazônia. De qualquer modo, Carías jamais teve de arriscar a saúde como os míseros garimpeiros, pelo fato de ter boas relações e bom olho para os negócios, saber mandar e fazer-se respeitar; o que não conseguia por bem alcançava à força. Pelas suas costas muitos diziam que era um criminoso, mas ninguém se atrevia a acusá-lo abertamente; não se podia provar que havia sangue em suas mãos. A aparência de Carías nada tinha de ameaçadora ou suspeita: era simpático, elegante, tinha pele bronzeada, mãos bem cuidadas, dentes branquíssimos e sempre vestia uma fina roupa esportiva. Falava com voz melodiosa e olhava o outro diretamente nos olhos, como se quisesse provar a verdade de cada frase.

O empresário recebeu os membros da expedição da *International Geographic* em um dos *trailers*, decorado como se fosse um salão, com todas as comodidades que não existiam na aldeia. Estava acompanhado de várias mulheres jovens e bonitas, que serviam as bebidas e acendiam os cigarros, mas não diziam uma palavra. Alex pensou que não deviam falar inglês. Elas o fizeram lembrar Morgana, a moça que lhe havia roubado a mochila em Nova York: tinham sua mesma atitude insolente. Entristeceu-se ao pensar em Morgana e voltou a perguntar-se como podia ter sido tão inocente e deixar-se enganar daquela maneira. Elas eram as únicas mulheres à vista no acampamento; o resto eram homens armados até os dentes. O anfitrião lhes ofereceu um delicioso almoço de queijos, carnes frias, mariscos, frutas, sorvetes e outros luxos trazidos de Caracas. Pela primeira vez, desde que saíra de seu país, Alex comia com prazer.

— Parece que você conhece muito bem esta região, Santos. Há quanto tempo vive por aqui? — perguntou Mauro Carías ao guia.

— A vida toda — respondeu Santos. — Não poderia viver em outro lugar.

— Me contaram que sua mulher adoeceu aqui. Lamento muito... Não é de estranhar, pouquíssimos estrangeiros sobrevivem a este isolamento e a este clima. E esta menina, não vai à escola? — Carías estendeu a mão para tocar em Nádia, mas Borobá lhe mostrou os dentes.

— Não tenho que ir à escola — disse Nádia, enfática. — Sei ler e escrever.

— Isso basta, linda — disse Carías.

— Nádia também conhece a natureza, fala inglês, espanhol, português e várias línguas indígenas — informou o pai.

— O que é isso que leva no pescoço, linda? — perguntou Carías em seu tom carinhoso.

— Meu nome é Nádia — disse ela.

— Me mostre seu colar, Nádia — pediu o empresário, sorrindo e exibindo seus dentes perfeitos.

— É mágico, não posso tirar.

— Quer vendê-lo? Eu compro — brincou Mauro Carías.

— Não! — gritou ela, afastando-se.

César Santos pediu desculpas pelas maneiras arredias da filha. Parecia-lhe estranho que aquele homem tão importante perdesse tempo caçoando de uma criança. Antes ninguém olhava para Nádia, mas nos últimos meses ela começara a chamar a atenção e isso lhe desagradava. Mauro Carías comentou que, se a garota tinha vivido sempre na Amazônia, não estava preparada para a sociedade, e desse modo que futuro a aguardava? Parecia muito inteligente, e com uma boa educação poderia ir longe, disse. Chegou a oferecer-se para levá-la para a cidade, onde poderia mandá-la para a escola e transformá-la em uma senhorita, como devia ser.

— Agradeço-lhe — replicou Santos —, mas não posso me separar da minha filha.

— Ora, pense bem. Eu seria para ela como um padrinho... — acrescentou o empresário.

— Também posso falar com os animais — Nádia o interrompeu.

Uma gargalhada geral recebeu suas palavras. Os únicos que não riram foram seu pai, Alex e Kate Cold.

— Se pode falar com os animais, talvez possa servir de intérprete entre mim e minha mascote. Venham comigo — convidou o empresário todos os presentes com seu tom suave.

Seguiram Mauro Carías até um pátio formado por *trailers* circularmente dispostos, em cujo centro havia uma jaula improvisada com madeiras e tela de galinheiro. No interior da jaula passeava um grande felino, com a atitude enlouquecida das feras em cativeiro. Era um jaguar negro, um dos mais famosos animais existentes por aquelas bandas, de pele lustrosa e hipnóticos olhos cor de topázio. Ao vê-lo, Borobá soltou um gritinho agudo, pulou do ombro de Nádia e fugiu a toda velocidade, seguido por ela, que o chamava, em vão. Alex surpreendeu-se, pois até aquele momento não tinha visto o macaco separar-se voluntariamente de sua dona. Os fotógrafos logo dirigiram suas lentes para a fera e Kate Cold tirou do bolso sua pequena câmera automática. O professor Leblanc se manteve a prudente distância.

— Os jaguares negros são os bichos mais temíveis da América do Sul — disse Carías. — São valentes, não recuam diante de nada.

— Se o admira, por que não o solta? — perguntou César Santos. — Este pobre gato estaria melhor morto do que como prisioneiro.

— Soltá-lo? Mas de maneira nenhuma! Tenho um pequeno zoológico em minha casa do Rio de Janeiro. Estou esperando que chegue uma jaula apropriada a fim de mandá-lo para lá.

Como em um transe, Alex tinha se aproximado. Sentia-se fascinado pela visão do grande felino. Sua avó gritou-lhe uma advertência que ele não ouviu e avançou até tocar com ambas as mãos a tela de arame que o separava do animal. O jaguar parou, soltou um formidável rosnado e em seguida fixou seu olhar amarelado em Alex; estava imóvel, com os músculos tensos, a pele cor de azeviche faiscando. O garoto tirou os óculos, que já usava por uns sete anos, e os deixou cair no chão. Estavam tão perto que pôde distinguir cada uma das pequeninas manchas douradas nas pupilas da fera, enquanto os olhos de ambos travavam um silencioso diálogo.

Tudo desapareceu. Viu-se sozinho diante do animal, em uma vasta planície de ouro, rodeado de altíssimas torres negras, sob um céu branco, no qual flutuavam seis luas transparentes como medusas. Viu o felino abrir a bocarra, na qual brilhavam seus grandes dentes perolados, e com uma voz humana que parecia vir do fundo de uma caverna pronunciar seu nome: Alexander. E ele respondia com sua própria voz, que também soava cavernosa: Jaguar. O animal e o garoto repetiram três vezes essas palavras, Alexander, Jaguar, Alexander, Jaguar, Alexander, Jaguar, e então a areia da planície tornou-se fosforescente, o céu ficou negro e as seis luas começaram a girar em suas órbitas e a deslocar-se como se fossem lentos cometas.

Nesse meio-tempo, Mauro Carías havia dado uma ordem, e um dos seus empregados trouxe um macaco, arrastando-o por uma corda. Ao ver o jaguar, o macaco teve uma reação semelhante à de Borobá: começou a guinchar, a dar saltos e a gesticular com as mãos, mas não conseguiu se soltar. Carías o pegou pelo pescoço e, antes que alguém pudesse adivinhar suas intenções, abriu a jaula com um só movimento e empurrou para dentro o amedrontado animalzinho.

Pegos de surpresa, os fotógrafos tiveram de fazer um esforço para lembrar-se de que tinham câmeras nas mãos. Leblanc seguia fascinado cada movimento do infeliz símio, que subia pelo alambrado, procurando uma saída, e da fera que o seguia com os olhos, agachada, preparando-se para o bote. Sem pensar no que fazia, Alex se lançou numa carreira, pisando e reduzindo a cacos seus óculos que ainda estavam no chão. Avançou para a porta da jaula, disposto a resgatar ambos os animais, o macaco de uma morte certa e o jaguar de sua prisão. Ao ver o neto abrindo a porta, Kate também correu, mas, antes que o alcançasse, dois dos empregados de Carías já haviam agarrado o garoto e o mantinham seguro. Tudo aconteceu simultaneamente e com tanta rapidez, que depois Alex não foi capaz de lembrar a sequência dos fatos. Com uma patada o jaguar derrubou o macaco e com uma só mordida suas terríveis mandíbulas o destroçaram. O sangue espirrou em todas as direções. No mesmo instante, César Santos sacou de sua pistola e disparou contra a fera um tiro certeiro. Alex sentiu o impacto, como se a bala o houvesse atingido entre os olhos, e teria caído de costas se no mesmo instante os guardas de Carías não o tivessem agarrado.

— O que você fez, seu desgraçado! — gritou o empresário, sacando também sua arma e voltando-se para César Santos.

Seus guardas soltaram Alex (que perdeu o equilíbrio e caiu) para enfrentar o guia, mas não se atreveram a pôr as mãos em cima dele, porque Santos ainda empunhava a pistola fumegante.

— Pus o animal em liberdade — replicou César Santos, com incrível tranquilidade.

Mauro Carías fez um esforço para controlar-se. Compreendeu que não podia bater-se a tiros com ele diante dos jornalistas e de Leblanc.

— Calma! — ordenou Mauro Carías aos guardas.

— Ele o matou! Ele o matou! — repetia Leblanc, vermelho de excitação. A morte do macaco e em seguida a do felino o haviam deixado frenético, comportando-se como um bêbado.

— Não se preocupe, professor Leblanc, posso obter quantos animais quiser. Desculpem, temo que este tenha sido um espetáculo pouco apropriado para corações sensíveis — disse Carías.

Kate Cold ajudou o neto a se levantar e em seguida pegou César Santos por um braço e o conduziu para a saída, procurando impedir que a situação se tornasse mais violenta. O guia se deixou levar pela escritora, e os dois saíram acompanhados por

Alex. Lá fora encontraram-se com Nádia e o apavorado Borobá enrolado em sua cintura.

Alex tentou explicar o que havia ocorrido entre o jaguar e ele antes que Mauro Carías introduzisse o macaco na jaula, mas tudo se confundia em sua mente. Fora uma experiência tão real. Podia jurar que por uns minutos tinha estado em outro mundo, em um mundo de areias faiscantes, com seis luas girando no firmamento, um mundo no qual o jaguar e ele se fundiram em uma só voz.

Embora lhe faltassem palavras para contar à amiga o que havia sentido, ela pareceu compreendê-lo sem necessidade de ouvir mais detalhes.

— O jaguar reconheceu você porque é o seu animal totêmico — disse Nádia. — Todos nós somos acompanhados pelo espírito de um animal. É como nossa alma. Nem todos encontram seu animal, só os grandes guerreiros e os xamãs, mas você descobriu o seu sem procurar. Seu nome é *Jaguar*.

— *Jaguar?*

— Alexander é o nome que você recebeu de seus pais. Jaguar é o seu nome verdadeiro, mas, para usá-lo, você deve ter a natureza do animal.

— E como é a natureza dele? Cruel e sanguinária? — perguntou Alex, pensando nos dentes da fera destroçando o macaco na jaula de Carías.

— Os animais não são cruéis, como os homens; só matam para se defender ou quando têm fome.

— Você também, Nádia, tem um animal totêmico?

— Tenho, mas ele ainda não se revelou. Encontrar seu animal é menos importante para a mulher, porque nós recebemos da terra a nossa força. Nós *somos* a natureza.

— Como é que você sabe de tudo isso? — perguntou Alex, que começava a duvidar menos das palavras de sua nova amiga.

— Aprendi com Walimai.

— O xamã é seu amigo?

— Sim, Jaguar, mas nunca disse a ninguém que eu e Walimai nos falamos, nem mesmo a meu pai.

— Por quê?

— Porque Walimai prefere a solidão. Só há uma companhia que ele suporta: a do espírito de sua mulher. Às vezes ele aparece em algum *shabono*, a fim de curar um enfermo ou participar de uma cerimônia dos mortos, mas nunca se mostra aos *nahab*.

— *Nahab?*

— Forasteiros.

— Você é uma forasteira, Nádia.

— Walimai diz que eu não pertenço a lugar nenhum, que não sou indígena nem estrangeira, nem mulher nem espírito.

— O que você é, então?

— Apenas sou — replicou ela.

César Santos explicou aos membros da expedição que subiriam o rio em lanchas a motor, embrenhando-se nas terras indígenas até as cataratas do Alto Orinoco. Ali montariam o acampamento e, se fosse possível, limpariam uma faixa de terra a fim de improvisar uma pequena pista de aterrissagem. Ele voltaria a Santa Maria da Chuva para apanhar seu avião, cujo uso permitiria uma rápida comunicação com a aldeia. Disse que a essa altura o novo motor já teria chegado e seria apenas uma questão de instalá-lo. Com o aviãozinho poderiam ir à inviolável área das montanhas, onde, segundo testemunho de alguns indígenas e aventureiros, podia se esconder a Fera mitológica.

— Como uma criatura gigantesca sobe e desce por esse terreno que, supostamente, não podemos escalar? — perguntou Kate Cold.

— Vamos averiguar isso — replicou César Santos.

— Como é que os indígenas conseguem andar por ali sem dispor de um avião? — insistiu a escritora.

— Conhecem o terreno. Os indígenas são capazes de subir em uma palmeira altíssima com o tronco recoberto de espinhos — disse o guia. — Também podem escalar as paredes de rocha das cataratas, que são lisas como espelhos.

Passaram boa parte da manhã carregando as embarcações. O professor Leblanc levava mais bagagem que os fotógrafos, chegando a conduzir várias caixas de água mineral engarrafada que usava para barbear-se, porque temia as águas poluídas pelo mercúrio. Inutilmente César Santos repetiu-lhe que acampariam em um local longe dos garimpos de ouro. Por sugestão do guia, Leblanc havia empregado como seu assistente pessoal Karakawe, o indígena que o abanava na noite anterior, para que o atendesse durante o restante da viagem pela selva. Explicou que sofria da coluna e não podia carregar peso.

Desde o começo da aventura, Alexander teve a responsabilidade de cuidar das coisas da avó. Essa era uma das incumbências de seu trabalho, pelo qual teria uma remuneração mínima, a ser paga no regresso, desde que o desempenhasse corretamente. Todos os dias Kate Cold anotava em seu caderno as horas trabalhadas pelo neto e o fazia assinar a página; assim, mantinha a contabilidade em dia. Em um momento de sinceridade, ele lhe havia contado como quebrara tudo em seu quarto antes de começar a viagem. Ela não considerou o fato grave, pois em sua opinião se necessita de muito pouco neste mundo, mas disse que lhe daria uma certa quantia para reparar os estragos. A avó viajava com três mudas de roupa de algodão, vodca, tabaco, xampu, sabonete, repelente de insetos, mosquiteiro, cobertor, papel e uma caixa de lápis, tudo dentro de uma bolsa de lona. Também levava uma câmera fotográfica das mais comuns, que havia arrancado desdenhosas gargalhadas dos fotógrafos profissionais Timothy Bruce e Joel González. Kate deixou-os rir, sem fazer comentários. Alex levava ainda menos roupas do que a avó, além de um mapa e um par de livros. Prendia no cinto o canivete suíço, a flauta e uma bússola. Ao ver o instrumento, César Santos explicou-lhe que de nada serviria na selva, onde não se podia avançar em linha reta.

— Esqueça a bússola, rapaz. O melhor é que você me siga sem nunca me perder de vista — aconselhou o guia.

Mas Alex gostava da ideia de poder localizar o norte onde quer que se encontrasse. Já o seu relógio de nada servia, porque o tempo na Amazônia não era como o do restante do planeta, não se media em horas, mas em amanheceres, crepúsculos, estações, chuvas.

Os cinco soldados cedidos pelo capitão Ariosto e Matuwe, o guia indígena empregado por César Santos, iam bem armados. Matuwe e Karakawe tinham adotado esses nomes para entender-se com os forasteiros; somente a família e os amigos íntimos podiam chamá-los pelos nomes verdadeiros. Ambos haviam deixado suas tribos muito jovens para se educarem nas escolas dos missionários, onde foram cristianizados, mas se mantinham em contato com os indígenas. Ninguém conhecia melhor a região do que Matuwe, que jamais havia consultado um mapa a fim de saber onde estava. Karakawe era considerado um "homem da cidade", pois viajava frequentemente para Manaus e Caracas e porque, como tanta gente da cidade, tinha um temperamento desconfiado.

César Santos levava o indispensável para montar o acampamento: toldos, comida, utensílios de cozinha, lâmpadas, rádio a bateria, ferramentas, redes para fabricar armadilhas, machados, facões e algumas bijuterias de vidro e de plástico para trocar com os indígenas. Na última hora, Nádia apareceu com o macaquinho pendurado nas costas, o amuleto de Walimai no pescoço e como bagagem apenas um casaquinho de algodão amarrado na cintura, anunciando que estava pronta para embarcar. Tinha dito ao pai que, ao contrário das vezes anteriores, nem pensara em ficar em Santa Maria da Chuva com as freiras do hospital, porque Mauro Carías andava por lá e não gostava da maneira como ele a olhava e procurava tocá-la. Tinha medo do homem que "levava o coração em uma bolsa". O professor Leblanc teve um acesso de cólera. Antes havia feito severa objeção à presença do neto de Kate Cold, mas, como era impossível mandá-lo de volta aos Estados Unidos, teve de tolerá-lo. Agora, porém, não estava disposto a permitir, por nenhum motivo, que a filha do guia passasse a fazer parte do grupo.

— Isto não é um jardim de infância, é uma expedição científica de alto risco — alegou, furioso. — Os olhos do mundo estão fixados em Ludovic Leblanc.

Como ninguém lhe deu atenção, recusou-se a embarcar. Sem ele não podiam partir; só o imenso prestígio de seu nome podia servir de garantia perante a *International Geographic*, disse. César Santos procurou convencê-lo de que sua filha sempre andava com ele e que em nada o incomodaria, mas, muito pelo contrário, poderia prestar-lhe uma boa ajuda, pois falava vários dialetos indígenas. Leblanc manteve-se inflexível. Meia hora mais tarde o calor chegava a 45 graus, a umidade gotejava de todas as superfícies e os ânimos dos expedicionários estavam tão esquentados quanto o clima. Foi então que Kate Cold interveio.

— Eu também sinto dor nas costas, professor. Preciso de uma assistente pessoal. Empreguei Nádia Santos para carregar meus cadernos e me abanar com uma folha de bananeira.

Todos soltaram gargalhadas. A garota subiu dignamente à embarcação e sentou-se ao lado da escritora. O macaco instalou-se em sua saia e de lá espichava a língua e fazia caretas para o professor Leblanc, que também havia embarcado, vermelho de indignação.

A EXPEDIÇÃO

Mais uma vez o grupo navegava rio acima. Agora eram treze adultos e dois adolescentes em um par de lanchas a motor, ambas pertencentes a Mauro Carías, que as pusera à disposição de Leblanc.

Alex esperou a oportunidade para contar reservadamente à avó o estranho diálogo entre Mauro Carías e o capitão Ariosto, que Nádia lhe havia traduzido. Kate ouviu com atenção e não deu mostras de incredulidade, como seu neto havia temido; pelo contrário, pareceu muito interessada.

— Não gosto de Carías. Qual será o plano dele para exterminar os indígenas? — perguntou.

— Não sei.

— Tudo que podemos fazer por enquanto é esperar e vigiar — decidiu a avó.

— Nádia disse a mesma coisa.

— Essa menina devia ser minha neta, Alexander.

A viagem pelo rio era semelhante à que haviam feito antes, de Manaus até Santa Maria da Chuva, embora a paisagem houvesse mudado. Àquela altura, o garoto havia decidido agir como Nádia, que, em vez de lutar contra os mosquitos empando-se de inseticida, deixava que a atacassem, vencendo a tentação de se coçar. Também tirou as botas, ao constatar que estavam sempre molhadas e que as sanguessugas o atacavam quer estivesse calçado ou não. Inicialmente nada percebeu, mas em certo momento a avó apontou para seus pés: as meias estavam ensanguentadas. Tirou-as e viu os asquerosos bichos colados em sua pele, inchados de sangue.

— Não dói porque elas injetam um anestésico antes de chupar o sangue — explicou César Santos.

Em seguida o ensinou a livrar-se das sanguessugas, queimando-as com cigarro, para evitar que seus dentes permanecessem presos à pele, com risco de provocar uma infecção. Esse método era um tanto complicado para Alex, que não fumava. Porém, um pouco de tabaco quente, extraído do cachimbo da avó, surtia o mesmo efeito. Era mais fácil tirá-las da pele do que viver preocupado em evitá-las.

Desde o começo Alex teve a impressão de que havia uma tensão palpável entre os adultos da expedição: ninguém confiava em ninguém. Também não havia como evitar a sensação de ser espionado, de que milhares de olhos observavam cada movimento das lanchas. A todo instante o garoto olhava por cima do ombro, mas ninguém os seguia pelas águas do rio.

Os cinco soldados eram caboclos nascidos na região; Matuwe, o guia empregado por César Santos, era indígena e serviria de intérprete com as tribos. Outro indígena puro era Karakawe, o assistente de Leblanc. Segundo a Dra. Omayra Torres, Karakawe não se comportava como outros indígenas e possivelmente nunca poderia voltar a viver com a sua tribo.

Entre os indígenas tudo era compartilhado, e as únicas posses pessoais eram as poucas armas ou as primitivas ferramentas que cada um carregava. Cada tribo tinha um *shabono,* uma grande choça comum, de forma circular, coberta com palha e aberta para um pátio interno. Viviam todos juntos, partilhando tudo, da comida à criação das crianças. Mas o contato com os estrangeiros estava acabando com as tribos: não era só o corpo que se contagiava com as doenças trazidas por eles, também a alma adoecia. Mal usavam um machado, uma faca, ou qualquer outro artefato de metal, suas vidas mudavam para sempre. Com um único facão podiam multiplicar por mil a produção de suas pequenas plantações de mandioca e milho. Com uma faca, qualquer guerreiro se sentia como um deus. Os indígenas tinham pelo aço a mesma obsessão dos forasteiros pelo ouro. Karakawe havia ultrapassado a etapa do facão e agora estava na das armas de fogo: não se separava de sua antiquada pistola. Pessoas como ele, que pensavam mais em si mesmas do que na comunidade, não tinham lugar na tribo. Os indígenas consideram o individualismo uma forma de demência — algo assim como estar possuído pelo demônio.

Karakawe era um homem fechado e lacônico, respondendo com apenas uma ou duas palavras quando alguém lhe fazia uma pergunta inevitável; não se dava bem com os estrangeiros, com os caboclos nem com os indígenas. Era de má vontade que servia Ludovic Leblanc e, quando se dirigia ao antropólogo, o ódio brilhava em seus olhos. Não comia com os outros, não bebia uma gota de álcool e à noite, quando acampavam, separava-se do grupo. Nádia e Alex surpreenderam-no uma vez mexendo na bagagem da Dra. Omayra Torres.

— Tarântula — disse, a título de explicação.

Nádia e Alexander tomaram a decisão de vigiá-lo.

À medida que avançavam, a navegação se fazia mais difícil, porque o rio ficava mais estreito, precipitando-se em corredeiras que ameaçavam virar as embarcações. Outras vezes a água se apresentava estagnada e nela flutuavam cadáveres de animais, troncos apodrecidos e galhos de árvores que impediam o avanço. Tinham então de desligar os motores, pegar os remos e usar varas de bambu para afastar os escombros. Várias vezes os troncos eram grandes jacarés que, vistos de cima, se confundiam com pedaços de madeira. César Santos explicou que, quando a água baixava, apareciam os jaguares e, quando subia, chegavam as serpentes. Apareceram duas gigantescas tartarugas e depois delas uma enguia de metro e meio de comprimento, que, segundo César Santos, atacava com uma forte descarga elétrica. A vegetação era densa e desprendia um cheiro de matéria orgânica em decomposição, mas às vezes, ao anoitecer, abriam-se grandes flores de uma planta que se enredava nas árvores, e então o ar ficava carregado de um aroma doce, entre o da baunilha e o do mel. Garças brancas observavam os expedicionários, imóveis, em meio ao capim alto que crescia nas margens do rio, e por todos os lados havia borboletas de cores brilhantes.

César Santos costumava parar as embarcações diante de árvores cujos ramos se inclinavam sobre a água, e bastava esticar a mão para colher seus frutos. Alex nunca os tinha visto e não quis prová-los, mas os outros os saboreavam com prazer. Em certa ocasião o guia desviou o barco a fim de colher uma planta que, segundo afirmou, era um incrível cicatrizante. A Dra. Omayra Torres concordou com ele e recomendou ao garoto americano que esfregasse a cicatriz de sua mão com o suco da planta, embora, na verdade, já não fosse necessário, pois o ferimento havia cicatrizado. Restava apenas um risco vermelho na pele que em nada o incomodava.

Kate Cold contou que muitos homens haviam procurado naquela região a cidade mítica do Eldorado, onde, segundo a lenda, as ruas eram pavimentadas com ouro e as crianças brincavam com pedras preciosas. Muitos aventureiros tinham se embrenhado na selva, subido o Amazonas e depois o Orinoco, sem jamais alcançar o coração daquele território encantado, onde o mundo permanecia inocente, como no momento do despertar da vida humana no planeta. Morreram ou desistiram, derrotados pelos indígenas, mosquitos, feras, doenças tropicais, clima e dificuldades do terreno.

Já estavam em território venezuelano, mas ali as fronteiras nada significavam, tudo era o mesmo paraíso pré-histórico. Ao contrário do rio Negro, as águas agora corriam na solidão. Não cruzavam com outras embarcações, não viam canoas, nem casas erguidas sobre palafitas, nem um único ser humano. Em compensação, a fauna e a flora eram maravilhosas, e os fotógrafos estavam em festa, pois nunca tinham tido ao alcance de suas lentes tantas espécies de árvores, plantas, flores, insetos, aves e animais. Viram papagaios verdes e vermelhos, elegantes flamingos, tucanos de bicos tão grandes e tão pesados que mal podiam sustentá-los em seus frágeis crânios, centenas de canários e periquitos. Muitos daqueles pássaros estavam ameaçados de extinção, porque os traficantes os caçavam impiedosamente para contrabandeá-los e vendê-los em outros países. Os macacos de diferentes famílias, quase humanos em suas expressões e brincadeiras, pareciam saudá-los do alto das árvores. Havia veados, tamanduás, esquilos e outros pequenos mamíferos. Algumas belíssimas araras — ou *guacamayas,* como são chamadas na região — às vezes os seguiam durante muito tempo. Aquelas grandes aves multicoloridas voavam com incrível graça sobre as lanchas, como se sentissem curiosidade pelas estranhas criaturas que viajavam nelas. Leblanc apontou para elas uma pistola, mas César Santos deu-lhe um golpe seco no braço, desviando o tiro. O estampido assustou os macacos e outros pássaros, enchendo o céu de asas, mas pouco depois as araras estavam de volta, impassíveis.

— Não servem para comer, professor, a carne é amarga. Não há razão para matá-las — disse César Santos, repreendendo o antropólogo.

— Gosto das penas — replicou Leblanc, aborrecido com a interferência do guia.

— Pode comprá-las em Manaus — respondeu César Santos secamente.

— As *guacamayas* podem ser domesticadas. Minha mãe tem uma dessas em nossa casa de Boa Vista. Ela a acompanha aonde quer que vá, voando sempre dois metros acima de sua cabeça. Quando minha mãe vai ao mercado, a *guacamaya* segue o ônibus até que ela desça, espera-a em uma árvore enquanto ela faz as compras e em seguida volta com ela, como um cãozinho doméstico — contou a Dra. Omayra Torres.

Alex comprovou, uma vez mais, que a música de sua flauta influenciava macacos e pássaros. Borobá parecia sentir-se particularmente atraído pela flauta. Quando tocava, o macaquinho se mantinha imóvel, escutando, com uma expressão solene e curiosa; às vezes saltava em cima de Alex e puxava o instrumento, pedindo música. Alex o atendia, encantado por dispor finalmente de uma plateia interessada, depois de haver lutado anos com as irmãs para que o deixassem tocar em paz sua flauta. Os membros da expedição se sentiam confortados pela música, que os acompanhava à medida que a paisagem se tornava mais hostil e misteriosa. O garoto tocava sem esforço, as notas fluíam sozinhas, como se aquele delicado instrumento tivesse memória e se lembrasse da impecável mestria de seu dono anterior, o célebre Joseph Cold.

A sensação de que eram seguidos havia se apoderado de todos. Sem que o confessassem — pois aquilo que não se menciona é como se não existisse — vigiavam a natureza. O professor Leblanc passava o dia com seu binóculo na mão, examinando as margens do rio. A tensão havia feito dele uma pessoa ainda mais desagradável. Os únicos que não se haviam contagiado pelo nervosismo coletivo eram Kate Cold e o inglês Timothy Bruce. Ambos haviam trabalhado juntos em várias ocasiões, tinham percorrido meio mundo em função de seus artigos de viagem, tinham se envolvido em guerras e revoluções, escalado montanhas e descido ao fundo do mar, de modo que poucas coisas seriam capazes de tirar-lhes o sono. Isso sem dizer que gostavam de demonstrar indiferença.

— Não lhe parece que estão nos vigiando, Kate? — perguntou o neto.

— Sim.

— Não sente medo?

— Há várias maneiras de superar o medo, Alexander — replicou Kate. — Nenhuma funciona.

Mal acabou de dizer essas palavras, um dos soldados que viajavam na embarcação caiu, sem um grito, aos seus pés. Kate Cold inclinou-se sobre ele, sem compreender inicialmente o que havia acontecido, até que viu uma espécie de seta cravada no peito do homem. Comprovou que ele morrera instantaneamente: o dardo havia passado com precisão entre duas costelas e atravessado seu coração. Alex e Kate alertaram os outros viajantes, que não tinham notado a ocorrência do fato, tão silencioso fora o ataque. Um instante depois meia dúzia de armas de fogo disparavam contra a selva. Quando se dissiparam a fumaça da pólvora, o fragor dos tiros e o barulho dos pássaros que enchiam o céu, viu-se que nada se movera na floresta. Aquele que lançara o dardo mortal se mantivera encolhido, imóvel e silencioso. Com um puxão, César Santos arrancou o dardo do peito do cadáver, e todos puderam ver que media aproximadamente uns trinta centímetros e que era firme e flexível como o aço.

O guia deu ordem para que seguissem a toda velocidade, pois naquele trecho o rio era estreito e as embarcações se tornavam alvo fácil das flechas dos atacantes. Só se detiveram duas horas mais tarde, quando se consideraram a salvo. Então examinaram mais cuidadosamente o dardo, decorado com estranhas marcas de tinta vermelha e preta, que ninguém foi capaz de decifrar. Karakawe e Matuwe garantiram que nunca tinham visto coisa igual, que aquilo não pertencia às suas tribos nem a nenhuma outra conhecida, mas informaram que todos os indígenas da região usavam zarabatanas. A Dra. Omayra Torres explicou que, mesmo que o dardo não tivesse atingido o coração com precisão espetacular, ainda assim teria matado o homem em questão de minutos e de forma mais dolorosa, porque a ponta estava impregnada de curare, um veneno mortal que os indígenas empregavam para caçar e guerrear, e contra o qual ainda não se conhecia um antídoto.

— Isto é inadmissível! Essa flecha podia ter me atingido — protestou Leblanc.

— É verdade — admitiu César Santos.

— E isto é culpa sua! — acrescentou o professor.

— Culpa minha? — repetiu César Santos, confuso com o rumo inusitado que a conversa tomava.

— Você é o guia! É o responsável pela nossa segurança, para isso lhe pagamos!

— Não estamos exatamente em uma viagem de turismo, professor — replicou César Santos.

— Daremos meia-volta e regressaremos imediatamente. Percebe o que seria para o mundo científico se algo acontecesse a Ludovic Leblanc? — vociferou o professor.

Assombrados, os membros da expedição se mantiveram em silêncio. Ninguém sabia o que dizer, até que Kate Cold interveio:

— Fui contratada para escrever um artigo sobre a Fera e tenho intenção de escrevê-lo, com flechas envenenadas ou sem elas, professor. Se deseja voltar, pode fazê-lo a pé ou nadando, como preferir. Nós continuaremos, conforme o planejado.

— Velha insolente, como se atreve a... — conseguiu guinchar o antropólogo.

— Não me falte com o respeito, sujeitinho — interrompeu-o calmamente a escritora, agarrando-o com firmeza pela camisa e paralisando-o com a expressão de suas temíveis pupilas azuis.

Alex pensou que o antropólogo aplicaria uma bofetada na avó e avançou, disposto a paralisar-lhe o braço, mas não foi necessário. O olhar de Kate Cold teve o poder de acalmar, como que por magia, os ânimos do irascível Leblanc.

— Que faremos com o corpo desse pobre homem? — perguntou a doutora, apontando para o cadáver.

— Com esse calor e essa umidade não podemos levá-lo, Omayra — disse César Santos. — Você sabe, a decomposição é muito rápida. Acho que devemos lançá-lo no rio...

— O espírito dele ficaria aborrecido e viria atrás de nós a fim de nos matar — disse, aterrorizado, o guia indígena, Matuwe.

— Então faremos como os indígenas quando têm de adiar uma cremação — decidiu César Santos. — Deixaremos o corpo exposto para que os pássaros e os animais aproveitem seus restos.

— Não haverá uma cerimônia, como deve ser? — insistiu Matuwe.

— Não temos tempo. Um funeral apropriado demoraria vários dias. Além do mais, esse homem era cristão — explicou César Santos.

Finalmente decidiram envolvê-lo em uma lona e deixá-lo sobre uma pequena plataforma de madeira, que instalaram na copa de uma árvore. Kate Cold, que não era religiosa, mas tinha boa memória e lembrava das orações de sua infância, improvisou um breve rito cristão. Timothy Bruce e Joel González filmaram e fotografaram o corpo e o funeral, como prova da ocorrência. César Santos talhou cruzes nas árvores da margem e marcou no mapa, o melhor que pôde, o lugar onde estavam deixando o morto, para reconhecê-lo quando voltassem mais tarde a fim de recolher os ossos, que seriam entregues à família do defunto em Santa Maria da Chuva.

A partir desse momento a viagem foi de mal a pior. A vegetação se tornou ainda mais densa e a luz solar só os alcançava quando navegavam pelo centro do rio. Viajavam tão apertados e desconfortáveis que não podiam dormir nas embarcações, tendo de acampar na margem, apesar do perigo representado pelos indígenas e pelos animais selvagens. César Santos dividia os alimentos, organizava os grupos de caça e pesca e estabelecia os turnos de guarda a serem cumpridos pelos homens. Excluiu o professor Leblanc, pois era evidente que ao menor ruído ele perderia a cabeça. Kate Cold e a Dra. Omayra Torres quiseram participar da vigilância; pareceu-lhes um insulto o fato de as excluírem por serem mulheres. Então os dois adolescentes insistiram para que também os incluíssem, em parte porque desejavam espiar Karakawe. Tinham-no visto botar punhados de balas nos bolsos e rondar o equipamento de rádio, graças ao qual de vez em quando César Santos conseguia comunicar-se com grande dificuldade, a fim de indicar sua posição no mapa ao operador de Santa Maria da Chuva. A cúpula vegetal da selva funcionava como um guarda-chuva, impedindo a passagem das ondas de rádio.

— O que será pior: os indígenas ou a Fera? — perguntou Alex em tom de brincadeira a Ludovic Leblanc.

— Os indígenas, meu jovem — replicou enfático o professor.
— São canibais. E não comem apenas os inimigos, mas também os mortos de sua própria tribo.

— É verdade? — perguntou em tom irônico a Dra. Omayra Torres. — Nunca ouvi falar disso.

— Leia meu livro, senhorita.

— Doutora — ela o corrigiu pela milésima vez.

— Esses indígenas matam para conseguir mulheres — assegurou Leblanc.

— Talvez o senhor matasse por esse motivo, professor, mas não os indígenas. Porque não faltam mulheres nas tribos. Aliás, sobram — replicou a médica.

— Comprovei com meus próprios olhos: atacam outros *shabonos* para roubar moças.

— Que eu saiba, não podem obrigar as moças a ficar com eles contra a vontade — interrompeu César Santos. — Elas só vão se quiser. Quando há guerra entre dois *shabonos*, é porque um praticou magia para fazer mal ao outro, por vingança. Mas, às vezes, as guerras são apenas cerimoniais, e nelas uns batem nos outros, mas sem intenção de matar ninguém.

— Você está equivocado, Santos — garantiu o antropólogo. — Veja o documentário feito por Ludovic Leblanc e entenderá minha teoria.

— Entendo que o senhor distribuiu facas e facões em um *shabono* e prometeu aos indígenas que lhes daria mais presentes se eles representassem para as câmeras conforme as suas instruções — disse o guia.

— Isso é uma calúnia! Segundo minha teoria...

— Outros antropólogos e jornalistas já vieram à Amazônia com suas próprias ideias sobre os indígenas. Um deles filmou um documentário em que os meninos andavam vestidos de mulher, maquiavam-se e usavam desodorante — disse César Santos.

— Ah! Trata-se de um colega que sempre teve ideias estranhas... — admitiu o professor.

O guia ensinou Alex e Nádia a carregarem e usarem as pistolas. A garota não demonstrou grande habilidade nem interesse; parecia incapaz de acertar o alvo a três passos de distância. Alex, ao contrário, estava fascinado. O peso da pistola em sua mão dava-lhe uma sensação de invencível poder; pela primeira vez compreendia a obsessão de tantas pessoas pelas armas.

— Meus pais não toleram armas de fogo — informou Alex. — Se me vissem com isto, acho que desmaiariam.

— Não verão — garantiu a avó, tirando uma fotografia do neto.

Alex abaixou-se e fez menção de atirar, como fazia quando brincava em pequeno.

— A técnica segura para errar o tiro é apontar e disparar com elegância — disse Kate Cold. — Se nos atacassem agora, seria exatamente isso que você faria, Alexander. Mas não se preocupe, ninguém está olhando para você. O mais provável é que, quando isso ocorrer, todos nós já estaremos mortos.

— Não acha que eu seja capaz de defender você, não é?

— Não, mas prefiro morrer flechada pelos indígenas da Amazônia do que de velhice em Nova York — replicou a avó.

— Você é única, Kate! — disse o neto com um sorriso.

— Todos somos únicos, Alexander — ela o interrompeu.

No terceiro dia de viagem viram uma família de veados em uma pequena clareira na margem do rio. Habituados à segurança da floresta, os animais não pareciam perturbados pela presença das embarcações. César Santos mandou que parassem e matou um com seu rifle, enquanto os outros fugiam espavoridos. Naquela noite os expedicionários tiveram um bom jantar, pois a carne de veado era muito apreciada, apesar de sua textura fibrosa, e era uma festa depois de tantos dias comendo peixe. Matuwe levava um veneno que os indígenas de sua tribo lançavam no rio. Quando o veneno se misturava com a água, os peixes ficavam paralisados e se podia facilmente apanhá-los com uma lança ou uma flecha atada a um cipó. O veneno não deixava rastro nem na carne do peixe nem na água, e os outros peixes se recuperavam em poucos instantes.

Estavam em um local aprazível, onde o rio formava uma pequena lagoa, um lugar perfeito para fazer uma parada de umas duas horas, comer e recuperar as forças. César Santos advertiu-os de que tivessem cuidado, pois a água era escura e tinham visto jacarés algumas horas antes. Mas todos sentiam calor e sede. Mexeram a água com varas compridas e, como não viram sinais de jacarés, todos decidiram tomar banho, exceto o professor Ludovic Leblanc, que não se metia no rio por motivo nenhum. Borobá, o macaco, era inimigo do banho, mas de vez em quando Nádia o obrigava a se molhar para tirar as pulgas. Montado na cabeça de sua dona, o bichinho lançava exclamações do mais puro pavor cada vez que uma gota o salpicava. Os membros da expedição brincaram um pouco na água, enquanto César Santos e dois de seus homens cortavam o veado em pedaços e acendiam o fogo para assá-lo.

Alex viu a avó tirar as calças e a blusa para nadar com a roupa de baixo, o que ela fazia sem o menor pudor, embora molhada parecesse quase nua. Tratou de não olhar para ela, mas logo compreendeu que ali, no meio da natureza e tão longe do mundo conhecido, a vergonha do corpo não tinha cabimento. Tinha se criado em estreito contato com a mãe e as irmãs, e na escola se habituara à companhia do sexo oposto, mas nos últimos tempos tudo que dizia respeito ao feminino o atraía como um mistério remoto e proibido. Conhecia a causa: seus hormônios, que andavam muito alvoroçados e não o deixavam pensar em paz. A adolescência era um problema, decidiu, o pior entre os piores. Deviam inventar um aparelho com raios laser, onde uma pessoa entrasse por um minuto e — *paf!* — saísse transformada em adulto. Levava um furacão dentro de si: às vezes se sentia eufórico, rei do mundo, disposto a lutar com um leão; outras vezes se sentia nada mais que um frangote. Mas, desde que aquela viagem tinha começado, não se lembrara dos hormônios e tampouco tivera tempo de perguntar se valia a pena continuar a viver, uma dúvida que antes o assaltava pelo menos uma vez por dia. Agora comparava o corpo da avó — esquálido, cheio de nós, a pele encarquilhada — com as suaves curvas da Dra. Omayra Torres, que usava um discreto maiô preto, e com a graça ainda infantil de Nádia. Pensou no quanto o corpo muda nas diversas idades e concluiu que as três mulheres, cada uma à sua maneira, eram igualmente bonitas. Sorriu em face daquela ideia. Duas semanas antes jamais teria pensado que acharia sua própria avó bonita. Estariam os hormônios cozinhando seu cérebro?

Um alarido aterrorizante veio tirar Alex de suas importantes reflexões. O grito era de Joel González, um dos fotógrafos, que se debatia desesperadamente na lama da margem. Inicialmente ninguém percebeu o que acontecia, viam apenas os braços de um homem agitando-se no ar e a cabeça que mergulhava e voltava a emergir. Alex, que participava da equipe de natação do colégio, foi o primeiro a alcançá-lo com duas ou três braçadas. Ao se aproximar, viu com absoluto horror que uma cobra grossa como uma mangueira de bombeiro envolvia o corpo do fotógrafo. Alex pegou González por um braço e tentou arrastá-lo para terra firme, mas o peso do homem e a força do réptil eram excessivos para ele. Com as duas mãos tentou separar o animal, puxando-o com toda a força, mas os anéis do réptil apertavam cada vez mais sua vítima. Lembrou-se da horrível experiência da surucucu que, noites atrás, havia se enrolado em uma de suas pernas. Isso era mil vezes pior. O fotógrafo já nem se debatia nem gritava, tinha perdido a consciência.

— Papai, papai! Uma sucuri! — chamou Nádia, somando seus gritos aos de Alex.

A essa altura, Kate Cold, Timothy Bruce e dois soldados tinham se aproximado, e todos lutavam com a poderosa cobra a fim de desprendê-la do corpo do infeliz González. A agitação revolveu a lama do fundo da pequena lagoa, tornando a água escura e espessa como chocolate. Na confusão era impossível saber o que se passava, cada um falava e gritava instruções para o outro, sem nenhum resultado. O esforço parecia inútil, até que César Santos chegou, trazendo a faca com a qual estava esquartejando o veado. O guia não se atreveu a usá-la às cegas, por medo de ferir Joel González ou qualquer um dos outros que lutavam contra o réptil; teve de esperar um momento em que a cabeça da sucuri surgiu brevemente do lodo para decapitá-la com um golpe certeiro. A água encheu-se de sangue, tornando-se cor de ferrugem. Necessitaram de mais cinco minutos para libertar o fotógrafo, porque os anéis constritores continuavam a oprimi-lo por reflexo.

Arrastaram Joel González para a margem, onde ficou estendido como um morto. O professor Leblanc estava tão nervoso que, de lugar seguro, dava tiros para o ar, contribuindo para a confusão e o transtorno geral, até que Kate Cold tomou dele a pistola e o obrigou a calar-se. Enquanto os outros lutavam na água com a sucuri, a Dra. Omayra Torres tinha subido de volta à lancha a fim de apanhar sua maleta de médica e agora estava de joelhos, com uma seringa na mão, junto ao homem inconsciente. Trabalhava em silêncio e com calma, como se o ataque de uma sucuri fosse um acontecimento perfeitamente normal em sua vida. Injetou adrenalina em González e, ao ter certeza de que ele voltara a respirar, começou a examiná-lo.

— Tem várias costelas quebradas e está em estado de choque disse a doutora. — Esperemos que os pulmões não tenham sido perfurados por algum osso nem o pescoço fraturado. É preciso imobilizá-lo.

— Como faremos isso? — perguntou César Santos.

— Os indígenas usam cascas de árvore, barro e cipós — disse Nádia, ainda tremendo pelo que acabara de presenciar.

— Muito bem, Nádia — aprovou a doutora.

O guia distribuiu as instruções necessárias e, sem demora, a doutora, ajudada por Kate e Nádia, envolveu o ferido da cintura até o pescoço com pedaços de pano empapados de barro fresco, apoiou o fotógrafo em longas cascas de árvore e o imobilizou. Quando o barro secasse, aquele primitivo pacote faria o mesmo efeito de um colete ortopédico. Dolorido e tonto, Joel González ainda não suspeitava do que lhe ocorrera, mas havia recuperado a consciência e podia articular algumas palavras.

— Precisamos levar Joel imediatamente de volta a Santa Maria da Chuva. De lá ele poderá ser levado para o hospital em um avião de Mauro Carías — sugeriu a doutora.

— Isso é um terrível transtorno! — replicou o professor Leblanc. — Temos somente duas lanchas. Não podemos mandar uma de volta.

— Como assim? — perguntou Timothy Bruce, fazendo um esforço para manter a calma. — Ontem o senhor queria dispor de uma lancha para fugir, agora não quer enviar uma com um membro da expedição gravemente ferido?

— Sem tratamento adequado, Joel pode morrer — advertiu a doutora.

— Não exagere, boa mulher — disse Leblanc. — Este homem não se acha em estado grave, está apenas assustado. Com um pouco de descanso, em dois dias estará recuperado.

— É muita consideração da sua parte, professor — exclamou Timothy Bruce, cerrando os punhos.

— Basta, senhores! — ordenou César Santos. — Amanhã tomaremos uma decisão. Já é tarde demais para navegar, logo estará escuro. Vamos acampar aqui.

A Dra. Omayra Torres ordenou que acendessem uma fogueira perto do ferido para mantê-lo seco e aquecido durante a noite, que sempre era fria. Para ajudá-lo a suportar a dor aplicou-lhe morfina e para prevenir infecções começou a administrar-lhe antibióticos. Adicionou um pouco de sal a uma garrafa de água e instruiu Timothy Bruce a dar o líquido ao amigo em pequenas colheradas para evitar que desidratasse, pois era evidente que nos próximos dias não poderia comer nenhum alimento sólido. O fotógrafo inglês, que só raramente mudava sua expressão de cavalo apático, estava francamente preocupado com o amigo e obedeceu às ordens da doutora com uma solicitude de mãe. Até o mal-humorado professor Leblanc teve de admitir, com os seus botões, que a presença da doutora era indispensável em uma aventura como aquela.

Nesse meio-tempo, Karakawe e três dos soldados que participavam da expedição tinham arrastado a sucuri para a margem. Ao medi-la, constataram que a cobra tinha quase seis metros de comprimento. O professor Leblanc insistiu em ser fotografado com a cobra enrolada em seu corpo, de modo a não se ver que lhe faltava a cabeça. Depois os soldados arrancaram a pele do réptil, que pregaram em um tronco, a fim de secá-la; assim poderiam esticá-la mais uns vinte centímetros e os turistas pagariam um bom preço por ela. Não teriam, porém, de levá-la à cidade, pois o professor Leblanc se propôs a comprá-la ali mesmo, ao perceber que não a receberia gratuitamente. Em tom de zombaria, Kate cochichou ao ouvido do neto que, certamente, dentro de algumas semanas, o antropólogo exibiria a sucuri como um troféu em suas conferências, contando como a havia capturado com as próprias mãos. Fora desse modo que havia alcançado fama de herói entre estudantes de antropologia do mundo inteiro, fascinados com a ideia de que os homicidas tinham o dobro de mulheres e três vezes mais filhos do que os homens pacíficos. A teoria de Leblanc sobre a vantagem do macho dominante, capaz de cometer qualquer brutalidade para transmitir seus genes, exercia grande atração sobre aqueles enfadados estudantes condenados a viver como animais domésticos em plena civilização.

Os soldados procuraram na lagoa a cabeça da sucuri, mas não conseguiram encontrá-la: afundara no lodo ou fora arrastada pela correnteza. Não se atreveram a procurar demais, porque se dizia que aquele tipo de réptil sempre anda com um companheiro, e não estavam dispostos a topar com outra cobra daquele tamanho. A Dra. Omayra Torres explicou que tanto os indígenas quanto os caboclos atribuíam às cobras poderes curativos e proféticos. Dissecavam-nas, moíam-nas e usavam o pó para tratar a tuberculose, a calvície e as doenças dos ossos; o pó também ajudava a interpretar os sonhos. A cabeça de uma cobra daquele tamanho seria muito apreciada, assegurou, e era uma lástima que se tivesse perdido.

Os homens cortaram a carne do réptil, salgaram-na e se puseram a assá-la em espetos. Alex, que até então se havia recusado a provar piracuru, tamanduá, tucano, macaco e anta, sentiu uma súbita curiosidade, querendo saber como era a carne daquela enorme serpente aquática. Pensou, principalmente, em quanto seu prestígio cresceria diante de Cecília Burns e dos amigos californianos quando eles soubessem que havia jantado uma sucuri em plena selva amazônica. Posou diante da pele da cobra com um pedaço de carne na mão, exigindo que a avó documentasse o acontecimento com sua câmera fotográfica.

A carne, muito tostada, pois nenhum dos expedicionários era bom cozinheiro, tinha a textura do atum e um vago sabor de frango. Em comparação com o veado, era um prato insípido, mas Alex concluiu que, apesar de tudo, era preferível às borrachudas panquecas preparadas pelo pai. A súbita lembrança da família o atingiu como uma bofetada. Ficou com o pedaço de sucuri atravessado no espeto, olhando a noite, pensativo.

— O que você está vendo? — perguntou-lhe Nádia, sussurrando.

— Estou vendo minha mãe — respondeu o menino com um soluço que escapou de seus lábios.

— Como ela está?

— Doente, muito doente.

— Sua mãe está doente do corpo, a minha está doente da alma.

— Você pode vê-la? — perguntou Alex.

— Às vezes — respondeu a garota.

— Esta é a primeira vez que vejo alguém desta maneira — confessou Alex. — Tive uma sensação muito estranha, como se visse minha mãe em uma tela, com toda a clareza, mas sem poder tocá-la ou falar com ela.

— Tudo é uma questão de prática, Jaguar. Podemos aprender a ver com o coração. Os feiticeiros como Walimai também podem tocar e falar, de longe, com o coração — disse Nádia.

O POVO DA NEBLINA

Naquela noite penduraram as redes nos galhos das árvores, e César Santos designou os turnos, de duas horas cada um, para montar guarda e manter o fogo aceso. Depois da morte do homem vítima da flecha e do acidente com Joel González, restavam dez adultos e os dois adolescentes, pois Leblanc não contava, para cobrir as oito horas de escuridão. Ludovic Leblanc se considerava chefe da expedição e, como tal, deveria "manter-se descansado"; argumentou que sem uma boa noite de sono não se sentiria lúcido para tomar decisões. Os outros alegraram-se, pois de fato ninguém queria montar guarda em companhia de um homem que não podia sequer ver um esquilo sem ficar nervoso. O primeiro turno, que normalmente era o mais fácil, pois as pessoas ainda estavam acordadas e ainda não fazia muito frio, foi atribuído à Dra. Omayra Torres, um caboclo e Timothy Bruce, ainda desconsolado com o que acontecera ao seu colega. Bruce e González tinham trabalhado juntos durante vários anos e se estimavam como irmãos.

O segundo turno coube a outro caboclo, Alex e Kate Cold. O terceiro, a Matuwe, César Santos e sua filha Nádia. O turno do amanhecer ficou a cargo dos soldados e de Karakawe.

Para todos foi difícil conciliar o sono, pois aos gemidos do infortunado Joel González somava-se um cheiro estranho e penetrante, que parecia impregnar a selva. Tinham ouvido falar do fedor que, segundo asseguravam, era uma das características da Fera. César Santos explicou que provavelmente haviam acampado perto de iraras, uma espécie de doninha de cara muito simpática, mas com um cheiro semelhante ao dos gambás. Essa hipótese não tranquilizou ninguém.

— Estou tonto e enjoado — disse Alex, pálido.

— Se o cheiro não te matar, te deixará mais forte — disse Kate, a única pessoa impassível diante do horrível cheiro.

— É insuportável!

— Digamos que é diferente. Os sentidos são subjetivos, Alexander. Aquilo que causa repugnância a você pode ser um atrativo para outro. Talvez a Fera emita esse cheiro como um canto de amor, a fim de chamar a companheira — disse a avó, sorrindo.

— Argh! Fede a cadáver de rato misturado com urina de elefante, comida podre e ...

— Como as suas meias — interrompeu Kate.

Persistia nos expedicionários a sensação de que estavam sendo observados por centenas de olhos espalhados pela selva. Sentiam-se expostos, já que estavam iluminados pelas labaredas da fogueira e por duas lamparinas a querosene. A primeira parte da noite transcorreu sem maiores sobressaltos, até o turno de Alex, Kate e um dos soldados. O garoto passou a primeira hora observando a noite e o reflexo da água, protegendo o sono dos outros. Pensava no quanto havia mudado em poucos dias. Agora se tornara capaz de permanecer muito tempo quieto e silencioso, entretido com suas próprias ideias, sem necessitar, como antes, dos seus jogos de vídeo, da bicicleta e da televisão. Descobrira que podia se transportar para aquele lugar íntimo de quietude e silêncio ao qual só conseguira chegar até então quando escalava montanhas. A primeira lição de montanhismo recebida do pai foi a de que enquanto estivesse tenso, ansioso ou angustiado metade de sua força se dispersaria. Era necessário calma para vencer as montanhas. Tornara-se capaz de aplicar essa lição quando escalava, mas até o momento ela pouco lhe servira no tocante a outros aspectos da vida. Percebeu que havia muitas outras coisas sobre as quais meditar, mas a imagem mais recorrente era sempre a de sua mãe. Se ela morresse... Parava sempre nesse ponto. Tinha decidido não ir adiante, pois fazê-lo era como chamar a desgraça. Em troca, concentrava-se no esforço de enviar-lhe energia positiva; era a sua forma de ajudá-la.

De súbito um ruído interrompeu seus pensamentos. Ouviu com toda a nitidez uns passos de gigante esmagando arbustos nas proximidades. Sentiu um espasmo no peito, como se fosse sufocar. Pela primeira vez desde que perdera os óculos no luxuoso acampamento de Mauro Carías, sentiu necessidade deles, pois à noite sua visão era mais deficiente. Segurando a pistola com as duas mãos a fim de dominar o tremor, tal como tinha visto nos filmes, esperou, sem saber o que fazer. Quando percebeu que a vegetação se movia muito perto dele, como se ali houvesse um contingente de inimigos agachados, lançou um grito de estremecer, que soou como uma sirene de naufrágio e despertou o acampamento inteiro. Em um instante a avó estava ao seu lado empunhando um rifle. Os dois se viram frente a frente com a cabeçorra de um animal que inicialmente não puderam identificar. Era um porco selvagem, um grande javali. Não se moveram, paralisados pela surpresa, e foi isso que os salvou, pois o animal, como Alex, também não enxergava bem na escuridão. Por sorte, a brisa soprava na direção contrária e assim o animal não podia sentir seu cheiro. César Santos foi o primeiro a deslizar cautelosamente de sua rede e avaliar a situação, apesar da péssima visibilidade.

— Ninguém se mexa — ordenou com um sussurro, para não atrair o javali.

A carne do animal era muito saborosa e daria para alimentar o grupo durante vários dias, mas não havia luz para atirar e ninguém se atreveu a empunhar um facão e se lançar contra um animal tão perigoso. O porco passeou tranquilo por entre as redes, cheirou as provisões que pendiam de cordas a salvo de ratos e formigas, e finalmente roçou o nariz no mosquiteiro do professor Ludovic Leblanc, em quem o susto quase provocou um infarto. Nada restou a fazer senão aguardar que o pesado visitante cansasse de percorrer o acampamento e fosse embora, passando tão perto de Alex que lhe bastaria estender a mão para tocar seu pelo eriçado.

Depois que a tensão se desfez e todos se puseram a trocar gracejos, o garoto se sentiu como um histérico, por haver gritado daquela maneira, mas César Santos lhe garantiu que havia agido corretamente. O guia repetiu suas instruções em caso de alerta: primeiro agachar-se e gritar, depois atirar. Não havia terminado de dizer isso quando soou um tiro: era Ludovic Leblanc atirando para o alto, dez minutos depois de ter passado o perigo. Definitivamente o professor era ligeiro no gatilho, como disse Kate Cold.

O terceiro turno, com a noite mais fria e escura, devia ser tirado por César Santos, Nádia e um dos soldados. O guia vacilou em despertar a filha, que dormia profundamente, abraçada a Borobá, mas adivinhou que ela não lhe perdoaria se deixasse de fazê-lo. A garota espantou o sono com dois tragos de café forte e bem açucarado e se abrigou, o melhor que pôde, com duas camisetas, seu casaco e o paletó do pai. Alex tinha conseguido dormir apenas duas horas e estava muito cansado, mas, quando viu, à luz tênue da fogueira, que Nádia se aprontava para montar guarda, levantou-se disposto a acompanhá-la.

— Estou bem, não precisa se preocupar comigo. Tenho o talismã para me proteger — sussurrou ela, tranquilizando-o.

— Volte para a sua rede — ordenou César Santos. — Todos precisamos dormir, e é para isso que os turnos são estabelecidos.

Alex obedeceu de má vontade, decidido a manter-se desperto, mas poucos minutos depois foi vencido pelo sono. Não soube calcular quanto havia dormido, mas devia ser mais de duas horas porque, quando despertou, sobressaltado pelos ruídos ao seu redor, o turno de Nádia já havia terminado. O dia começava a clarear, a bruma era leitosa e o frio intenso, mas todos já estavam de pé. Flutuava no ar um cheiro tão denso que podia ser cortado a faca.

— O que aconteceu? — perguntou, pulando da rede, ainda aturdido pelo sono.

— Ninguém saia do acampamento, por motivo nenhum! Botem mais lenha na fogueira! — ordenou César Santos, que havia atado um lenço no rosto e tinha um rifle em uma das mãos e na outra uma lanterna, com a qual examinava a neblina cinzenta que invadia a selva ao amanhecer.

Kate, Nádia e Alex apressaram-se em pôr mais lenha na fogueira, aumentando um pouco a claridade. Karakawe tinha dado o alarme: um dos caboclos que fazia o turno com ele havia desaparecido. César Santos atirou duas vezes para o ar, chamando-o, mas, como não houvesse resposta, decidiu sair com Timothy Bruce e dois soldados a fim de percorrer as imediações, deixando os outros armados em torno da fogueira. Todos tiveram de seguir o exemplo do guia, tapando os narizes com lenços para poder respirar.

Passaram-se alguns minutos que pareceram eternos, sem que ninguém pronunciasse uma só palavra. A essa hora normalmente começavam a despertar os macacos nas copas das árvores, e seus gritos, que soavam como latidos de cães, anunciavam o dia. Nessa madrugada, porém, reinava um silêncio apavorante. Os animais e até os pássaros haviam fugido. De repente soou um tiro, seguido pela voz de César Santos e, logo depois, pelas exclamações dos outros homens. Um minuto depois, Timothy Bruce chegou, sem fôlego: tinham encontrado o caboclo.

O homem estava caído de bruços sobre algumas samambaias. A cabeça, no entanto, estava voltada para cima, como se uma poderosa mão a houvesse torcido noventa graus, partindo-lhe os ossos do pescoço. Tinha os olhos abertos, e uma expressão de absoluto terror deformava seu rosto. Ao virá-lo, todos puderam ver que o torso e o ventre haviam sido destroçados com talhos profundos. Centenas de estranhos insetos, aranhas e pequenos besouros cobriam o corpo do homem. A Dra. Omayra confirmou o óbvio: o caboclo estava morto. Timothy Bruce correu em busca de sua câmera para documentar o ocorrido, enquanto César Santos recolhia alguns dos insetos e os guardava em uma bolsinha plástica para entregá-los ao padre Valdomero, em Santa Maria da Chuva, que sabia um bocado de entomologia e colecionava espécies da região. Naquele lugar o fedor era muito mais forte e necessitaram de uma grande força de vontade para não sair correndo.

César Santos instruiu um dos soldados para que voltasse a vigiar Joel González, que havia ficado sozinho no acampamento; a Karakawe e a outro soldado disse que revistassem as imediações. Matuwe, o guia indígena, observava o cadáver, profundamente perturbado; seu rosto se tornara cinzento, como se estivesse na presença de um fantasma. Nádia abraçou o pai e escondeu o rosto em seu peito para não ver o sinistro espetáculo.

— A Fera! — exclamou Matuwe.

— Que Fera que nada, homem, isso foi feito pelos indígenas — refutou o professor Leblanc, pálido de medo, em uma das mãos um lenço impregnado de água de colônia e na outra uma pistola.

Naquele momento, Leblanc deu um passo atrás, tropeçou e caiu sentado no barro. Soltou um palavrão e tentou se levantar, mas a cada movimento que fazia afundava mais um pouco, espojando-se em uma matéria escura, mole e cheia de bolhas de ar. Pelo espantoso fedor que vinha dali, perceberam que não se tratava de lama, mas de um grande charco de excrementos: o célebre antropólogo estava literalmente coberto de fezes da cabeça aos pés. César Santos e Timothy estenderam-lhe ramos de árvore para ajudá-lo a sair e, em seguida, acompanharam-no ao rio, de uma prudente distância, para não tocar nele. Leblanc não teve remédio senão lavar-se por um longo tempo, tiritando de humilhação, frio, medo e raiva. Karakawe, seu ajudante pessoal, recusou-se terminantemente a ensaboá-lo ou a lavar-lhe a roupa e, apesar das trágicas circunstâncias, os outros se continham para não soltar gargalhadas de puro nervosismo. Na mente de todos havia um só pensamento: a criatura que produzia tal quantidade de fezes devia ser do tamanho de um elefante.

— Estou quase certa de que o animal que fez isso tem uma dieta mista: vegetais, frutas e um pouco de carne crua — disse a doutora, que havia atado um lenço ao redor do nariz e da boca, enquanto observava com sua lupa um pouco daquela matéria.

Enquanto isso, Kate andava de gatinhas, no que era imitada pelo neto, examinando o solo e a vegetação.

— Olhe, vó, há ramos quebrados e, em alguns lugares, os arbustos parecem esmagados por patas enormes. Encontrei uns pelos negros e duros... — disse Alex.

— Pode ter sido o javali — replicou Kate.

— Também há muitos insetos, os mesmos que estão em cima do cadáver. Não os tinha visto antes.

Assim que o dia clareou, César Santos e Karakawe trataram de pendurar em uma árvore, o mais alto que puderam, o corpo do infortunado militar, envolvido em uma rede. Nervosíssimo, a ponto de desenvolver um tique no olho direito e um tremor nos joelhos, o professor resolveu tomar uma decisão. Disse que todos ali corriam grave risco de morte e que ele, Ludovic Leblanc, como responsável pelo grupo, devia dar as ordens. A morte do primeiro soldado confirmava sua teoria de que os indígenas eram assassinos naturais, dissimulados e traiçoeiros. A morte do segundo, em tão estranhas circunstâncias, também podia ser atribuída aos indígenas, mas admitiu que não se devia descartar a Fera. O melhor seria espalharem as armadilhas de que dispunham para ver se com alguma sorte apanhavam a criatura que procuravam, antes que ela voltasse a matar alguém; em seguida regressariam todos a Santa Maria da Chuva, onde poderiam conseguir helicópteros. Os outros concluíram que afinal o homenzinho havia aprendido alguma coisa com aquele tombo no charco de excrementos.

— O capitão Ariosto não se atreverá a negar ajuda a Ludovic Leblanc — disse o professor, dando mostras de que se acentuava nele a tendência a referir-se a si mesmo na terceira pessoa, à medida que se embrenhavam em território desconhecido e a Fera dava sinais de vida. Vários integrantes do grupo concordaram com ele. Kate Cold, no entanto, mostrou-se decidida a seguir em frente e exigiu que Timothy Bruce ficasse com ela, pois de nada adiantaria encontrar a Fera se não tivessem fotografias para provar o encontro. O professor sugeriu que se separassem, e os que quisessem voltariam para a aldeia em uma das lanchas. Os soldados e Matuwe, o guia indígena, queriam ir embora o quanto antes, pois estavam aterrorizados. Já a Dra. Omayra Torres disse que viajava com a intenção de vacinar indígenas, que talvez não tivesse outra oportunidade de fazê-lo num futuro próximo e não pensava voltar atrás diante da primeira dificuldade.

— Você é uma mulher muito valente, Omayra! — exclamou César Santos, admirado. E acrescentou: — Eu fico. Sou o guia e não posso abandonar vocês.

Alex e Nádia trocaram um olhar de cumplicidade: haviam notado que os olhos de César Santos sempre seguiam a Dra. Omayra e que ele não perdia uma oportunidade de estar perto dela. Ambos tinham adivinhado, antes que fosse dito, que, se ela ficasse, ele também ficaria.

Leblanc perguntou, bastante inquieto:

— E como voltaremos sem o senhor?

— Karakawe pode guiá-los — respondeu César Santos.

— Eu fico — recusou-se o indígena, lacônico, como sempre.

— Eu também não penso em deixar minha avó aqui — disse Alex.

— Não preciso de você nem quero andar com pirralhos, Alexander — resmungou Kate, mas todos puderam ver o brilho de orgulho nos seus olhos de ave de rapina ante a decisão do neto.

— Vou buscar reforços — Leblanc anunciou.

— O senhor não é o responsável por esta expedição, professor? — Kate Cold perguntou friamente.

— Serei mais útil lá do que aqui... — gaguejou o antropólogo.

— Faça o que quiser, mas, se nos der as costas, eu me encarregarei de contar essa história na *International Geographic* e todo mundo vai ficar sabendo o quanto o professor Leblanc é valente — ameaçou Kate.

Concordaram, finalmente, que um dos soldados e Matuwe levariam Joel González de volta a Santa Maria da Chuva. A viagem seria mais curta porque teriam a corrente a seu favor. Os outros, incluindo Ludovic Leblanc, que não se atreveu a desafiar Kate Cold, ficariam onde estavam, até que chegassem reforços. Pelo meio da manhã tudo estava pronto, os expedicionários se despediram, e a lancha com o ferido começou a viagem de volta.

Passaram o resto daquele dia e boa parte do seguinte instalando uma armadilha para a Fera, em conformidade com as instruções do professor Leblanc. Era de uma simplicidade infantil: um grande buraco no chão, coberto por uma rede disfarçada de ramos e folhas. Supunha-se que ao pisar ali o corpo cairia no buraco, arrastando a rede. No fundo do poço havia um alarme alimentado por uma bateria, cujo som alertaria os membros da expedição. O plano consistia em aproximar-se, antes que a Fera conseguisse desvencilhar-se da rede e sair do poço, e atingi-la com cápsulas de um poderoso anestésico, capaz de adormecer um rinoceronte.

O mais duro foi cavar um poço com profundidade bastante para conter alguém com a estatura da Fera. Todos se revezaram com a pá, menos Nádia e Leblanc, a primeira porque se opunha à ideia de causar dano a um animal e o segundo porque estava com dor na coluna. O terreno mostrou-se muito diferente do que o professor imaginava quando havia planejado a armadilha no escritório de sua casa, a milhares de quilômetros de distância. Havia uma delgada crosta de húmus, seguida de uma dura rede de raízes, e depois argila escorregadia como sabão; à medida que cavavam, o poço enchia-se de uma água avermelhada, na qual nadavam as mais diversas espécies de pequenos animais. Acabaram por desistir, vencidos pelos obstáculos. Alex sugeriu que as redes fossem penduradas nas árvores mediante um sistema de cordas e embaixo delas se deixasse a carcaça de algum animal abatido; quando a Fera se aproximasse a fim de apoderar-se da isca, o alarme soaria e de imediato a rede cairia em cima dela. Todos, menos Leblanc, consideraram que a ideia podia funcionar em teoria, mas estavam cansados demais para experimentá-la, e assim decidiram adiar a execução do projeto para a manhã seguinte.

— Espero que a sua ideia não dê certo, Jaguar — disse Nádia.

— A Fera é perigosa — respondeu o garoto.

— O que farão com ela se a agarrarem? Vão matá-la? Cortá-la em pedacinhos para estudá-la? Metê-la em uma jaula para o resto da vida?

— E o que você sugere, Nádia?

— Que falem com ela e lhe perguntem o que quer.

— Genial! — brincou ele. — Poderíamos convidá-la para tomar chá...

— Todos os animais se comunicam.

— Minha irmã também diz isso. Mas Nicole só tem nove anos.

— Estou chegando à conclusão de que aos nove ela sabe mais do que você aos quinze — replicou Nádia.

Encontravam-se em um lugar muito bonito. A densa e emaranhada vegetação da margem tornava-se mais aberta à medida que se afastava do rio, e ali a floresta alcançava uma grande majestade. Altos e retos, os troncos das árvores eram pilares de uma magnífica catedral verde. Orquídeas e outras flores se multiplicavam suspensas pelos ramos, e samambaias brilhantes cobriam o chão. Tão variada era a fauna que nunca se fazia silêncio: do amanhecer até tarde da noite ouvia-se o canto de tucanos e papagaios, e com o anoitecer começava a algaravia dos sapos e dos macacos uivadores. Mas aquele Jardim do Éden ocultava muitos perigos: as distâncias eram enormes, a solidão absoluta, e sem conhecer o terreno era impossível situar-se. Segundo Leblanc — e nesse ponto César Santos estava de acordo com ele —, a única maneira de movimentar-se naquele território era contar com a ajuda dos indígenas. Deviam atraí-los. A Dra. Omayra Torres era a mais interessada em fazê-lo, pois tinha de cumprir sua missão de vaciná-los e estabelecer um sistema de controle de saúde, segundo explicou.

— Não creio que os indígenas venham voluntariamente apresentar os braços para as agulhadas, Omayra — disse, sorrindo, César Santos. — Nunca viram uma agulha em suas vidas.

Entre os dois havia uma corrente de simpatia e àquela altura já se tratavam com familiaridade.

— Diremos a eles que é uma poderosa mágica dos brancos — sugeriu ela, piscando um olho.

— O que, aliás, é a mais absoluta verdade — aprovou César Santos.

Segundo o guia, eram várias as tribos da área que, com certeza, já haviam feito algum contato, ainda que breve, com o mundo dos brancos. Da janela de seu pequeno avião tinha visto alguns *shabonos*, mas, como não havia onde aterrissar, limitara-se a assinalá-los em seu mapa. As choças comunitárias que tinha visto eram bem pequenas, e isto significava que cada tribo se compunha de poucas famílias. Conforme assegurava o professor Leblanc, que se dizia especialista na matéria, o número mínimo por *shabono* era de aproximadamente cinquenta pessoas — com menos do que isso não poderiam se defender dos ataques inimigos — e raramente ultrapassavam duzentos e cinquenta. César Santos também suspeitava da existência de tribos isoladas, que até então jamais tinham sido vistas, como supunha a Dra. Torres, e a única maneira de chegar até elas seria pelo ar. Deveriam subir até alcançar a selva do planalto, a região encantada das cataratas, à qual os forasteiros nunca tinham conseguido chegar antes de inventarem os aviões e os helicópteros.

Em uma tentativa de atrair os indígenas, o guia esticou uma corda entre duas árvores e nela pendurou alguns presentes: colares de contas, panos coloridos, espelhos e bugigangas de plástico. Reservou os facões, as facas e os utensílios de aço para mais tarde, quando começassem as verdadeiras negociações e a troca de presentes.

Naquela tarde, César Santos tentou comunicar-se com o capitão Ariosto e com Mauro Carías em Santa Maria da Chuva, mas o aparelho de rádio não funcionou. O professor Leblanc passeava pelo acampamento, furioso com mais esse contratempo, enquanto os outros se revezavam tentando inutilmente enviar ou receber alguma mensagem. Nádia chamou Alex à parte para contar que na noite anterior, antes que o soldado fosse assassinado no turno de Karakawe, tinha visto o indígena mexendo no rádio. Acrescentou que, ao final de seu turno, fora se deitar, mas não conseguira dormir de imediato, e de sua rede pudera ver Karakawe perto do aparelho.

— Você viu bem, Nádia?

— Bem, não, pois estava muito escuro. Mas os únicos que estavam acordados naquela hora eram os dois soldados e ele. Estou quase certa de que não era nenhum dos dois soldados. Creio que Karakawe é a pessoa mencionada por Mauro Carías. Talvez faça parte do plano não podermos pedir socorro em caso de necessidade.

— Precisamos contar isso ao seu pai — disse Alex.

César Santos não recebeu a notícia com interesse, limitando-se a dizer-lhes que, antes de acusar alguém, deviam ter certeza. Havia muitas razões pelas quais um aparelho de rádio tão antiquado como aquele podia falhar. Além disso, que razões teria Karakawe para sabotá-lo? Karakawe também não ganhava nada mantendo-se incomunicável. Tranquilizou-os, garantindo que dentro de três ou quatro dias os reforços chegariam.

— Não estamos perdidos, só isolados — concluiu.

— E a Fera, papai? — perguntou Nádia, inquieta.

— Não sabemos se ela existe, filha. Quanto aos indígenas, podemos ter certeza. Cedo ou tarde eles se aproximarão, e esperemos que venham em paz. Seja como for, estamos bem armados.

— O soldado que morreu tinha um fuzil, mas isso não lhe serviu de nada — observou Alex.

— Ele se distraiu. De agora em diante teremos de ser muito mais cuidadosos. Infelizmente somos apenas seis adultos para montar guarda.

— Eu posso ser contado como adulto — disse Alex.

— Está bem, mas Nádia não — decidiu César Santos. — Ela só poderá participar do meu turno.

Naquele dia, Nádia descobriu perto do acampamento um pé de urucu. Colheu vários de seus frutos, que pareciam amêndoas peludas, abriu-os e extraiu de seu interior pequeninas sementes vermelhas. Ao apertá-las entre os dedos, misturadas com um pouco de saliva, obteve uma pasta vermelha com a consistência de sabão, a mesma que os indígenas usavam, juntamente com outras tinturas vegetais, para pintar o corpo. Nádia e Alex pintaram linhas, círculos e pontos na cara e depois amarraram penas e colaram sementes nos braços. Ao vê-los, Timothy Bruce e Kate Cold insistiram em fotografá-los, e Omayra Torres em pentear o cabelo crespo da menina e adorná-lo com minúsculas orquídeas. César Santos, porém, não gostou: a visão da filha enfeitada como uma donzela indígena pareceu enchê-lo de tristeza.

Quando a luz diminuiu entre as árvores, calcularam que em algum ponto o sol se preparava para desaparecer no horizonte, dando lugar à noite; sob a cúpula do arvoredo o sol raramente podia ser visto e seu brilho era difuso, filtrado pela renda verde da natureza. Só nos lugares onde havia uma árvore caída podiam ver o olho azul do céu. Àquela hora as sombras da vegetação começavam a envolvê-los como em um cerco; em menos de uma hora a floresta se tornaria negra e pesada. Ninguém pediu a Alex que tocasse a flauta, mas durante um momento a música, delicada e cristalina, invadiu a selva. Borobá, o macaquinho, acompanhava a melodia balançando a cabeça ao compasso das notas. César Santos e a Dra. Omayra Torres, de cócoras junto à fogueira, assavam peixes para o jantar. Kate Cold, Timothy Bruce e um dos soldados dedicavam-se a firmar as tendas e proteger as provisões dos macacos e das formigas. Karakawe e o outro soldado, armados, vigiavam. O professor Leblanc ditava as ideias que lhe passavam pela cabeça a um gravador de bolso, que sempre levava à mão para quando lhe ocorresse um pensamento transcendental que a humanidade não devia perder, o que ocorria com tal frequência, que Nádia e Alex, entediados, aguardavam uma oportunidade para roubar as pilhas do aparelho. Mais ou menos uns quinze minutos depois de iniciado o concerto de flauta, a atenção de Borobá foi subitamente desviada; o macaquinho começou a saltar e a puxar, inquieto, a roupa de sua dona. No princípio, Nádia pretendeu ignorá-lo, mas o animalzinho não a deixou em paz, até que ela se pôs de pé. Depois de perscrutar a selva, ela chamou Alex com um gesto, guiando-o para longe do círculo de luz da fogueira, sem chamar a atenção dos outros.

Nádia levou os dedos aos lábios:

— Shhh...

Restava ainda um pouquinho da claridade do dia, mas quase não se distinguiam mais as cores, e o mundo se apresentava em tons de cinza e negro. Alex havia se sentido constantemente observado desde que saíra de Santa Maria da Chuva, mas justamente naquela tarde a sensação de ser espionado tinha desaparecido. Fora invadido por uma sensação de calma e segurança que desde muitos dias não experimentava. Também se esvanecera o cheiro penetrante que havia acompanhado o assassinato do soldado na noite anterior. Nádia, Alex e Borobá embrenharam-se alguns metros na floresta e ali aguardaram, com mais curiosidade que inquietude. Imaginavam que, se houvesse indígenas pelas imediações e eles tivessem a intenção de lhes fazer mal, já o teriam feito, pois os membros da expedição, bem iluminados pela fogueira do acampamento, estavam expostos às suas flechas e dardos envenenados.

Esperaram quietos, sentindo que iam se fundindo com uma neblina de aparência algodoada, como se ao cair da noite se perdessem as dimensões habituais da realidade. Então, aos poucos, Alex começou a ver os seres que o rodeavam, um a um. Estavam nus, pintados de listras e manchas, com penas e tiras de couro atadas aos braços, silenciosos, leves, imóveis. Apesar de se encontrarem ao seu lado, era difícil vê-los; mimetizavam-se tão perfeitamente com a natureza que pareciam tênues fantasmas. Quando pôde distingui-los, Alex calculou que eram pelo menos vinte, todos homens, com suas primitivas armas nas mãos.

— *Aía* — chamou Nádia, num sussurro quase inaudível.

Ninguém respondeu, mas um movimento quase imperceptível entre as folhas indicou que os indígenas se aproximavam. Na sombra, e sem os óculos, Alex não tinha certeza do que via, mas seu coração disparou em uma correria louca e ele sentiu o sangue latejando-lhe nas têmporas. Foi tomado pela alucinante sensação de estar vivendo um sonho, a mesma que havia experimentado em presença do jaguar negro no pátio de Mauro Carías. Havia uma tensão semelhante, como se os acontecimentos transcorressem dentro de uma bolha de vidro que a qualquer momento pudesse se estilhaçar. O perigo estava no ar, tal como estivera no dia do jaguar, mas o garoto não sentia medo. Não se julgava ameaçado por aqueles seres transparentes que flutuavam entre as árvores. Não lhe ocorreu a ideia de sacar seu canivete ou de gritar pedindo socorro. Em compensação, passou-lhe pela mente, como um relâmpago, uma cena que tinha visto anos antes em um filme: o encontro de um menino com um extraterrestre. A situação que vivia naquele momento era semelhante. Pensou, maravilhado, que não trocaria tal experiência por nada deste mundo.

— *Aía* — repetiu Nádia.

— *Aía* — murmurou ele também.

Não houve resposta.

Nádia e Alex esperaram, de mãos dadas, quietos como estátuas, e também Borobá se manteve imóvel, expectante, como se soubesse que participava de um instante precioso. Passaram-se minutos que pareceram intermináveis, enquanto a noite caía com grande rapidez, envolvendo-os por inteiro. Finalmente perceberam que estavam sós; os indígenas tinham desaparecido, tão leves e silenciosos como haviam surgido.

— Quem eram? — perguntou Alex, quando voltavam para o acampamento.

— **Devem fazer parte do povo da neblina**, os invisíveis, os habitantes mais remotos e misteriosos da Amazônia. Sabe-se que existem, mas de fato ninguém até hoje falou com eles.

— Que querem de nós?

— Ver como somos, talvez... — sugeriu ela.

— O mesmo quero eu.

— Não vamos contar a ninguém que os vimos, Jaguar.

— É estranho que não tenham nos atacado e que também não se aproximem atraídos pelos presentes que seu pai deixou pendurados na corda — comentou Alex.

— Na sua opinião foram eles que mataram o soldado na lancha? — perguntou Nádia.

— Não sei. Mas, se são os mesmos, por que não nos atacaram hoje?

Naquela noite, sem nenhum temor, Alex fez o seu turno de guarda ao lado da avó, porque não sentia o cheiro da Fera e não se preocupava com os indígenas. Depois do estranho encontro com eles, estava convencido de que algumas pistolas de pouco serviriam caso fossem atacados. Como apontar para seres quase invisíveis? Os indígenas se dissolviam na noite como sombras, eram mudos fantasmas que podiam cair em cima deles e assassiná-los em instantes, sem que eles chegassem a saber o que ocorria. Mas, no fundo, Alex tinha certeza de que não eram essas as intenções do povo da neblina.

RAPTADOS

dia seguinte transcorreu fastidioso e lento. Chovia o tempo todo, e o pouco sol que de vez em quando fazia não dava para secar a roupa antes que caísse outro toró. Naquela noite os dois soldados desapareceram quando tiravam seu turno e logo também se constatou que a lancha não estava no lugar. Os outros homens, que desde a morte de seus companheiros estavam aterrorizados, fugiram pelo rio. Tinham estado a ponto de amotinar-se quando não lhes fora permitido regressar na primeira lancha a Santa Maria da Chuva; ninguém lhes pagava para arriscar a vida, disseram. César Santos respondeu que justamente para isso lhes pagavam: por acaso não eram soldados? A decisão de fugir poderia custar-lhes muito caro; eles, porém, preferiram enfrentar uma corte marcial a morrer nas mãos dos indígenas ou da Fera. Para o restante dos expedicionários, aquela lancha representava a única possibilidade de voltar à civilização; sem ela e sem o rádio, estavam definitivamente isolados.

— Os indígenas sabem que estamos aqui. Não podemos ficar! — exclamou o professor Leblanc.

— Aonde pretende ir, professor? — perguntou César Santos. — Se sairmos deste lugar, não seremos encontrados pelos helicópteros que virão nos buscar. Do ar vê-se apenas a massa verde, nunca nos enxergariam.

— Não podemos seguir pela margem do rio e voltar a Santa Maria da Chuva por nossos próprios meios? — sugeriu Kate Cold.

— É impossível fazer o percurso a pé — replicou o guia. — Há obstáculos e desvios demais.

— Isso tudo é culpa sua, Cold! — acusou o professor. — Devíamos todos ter voltado para Santa Maria da Chuva, como propus.

— Muito bem, é culpa minha — disse a escritora. — O que pretende fazer a respeito?

— Vou denunciá-la! Vou arruinar a sua carreira!

— Talvez seja eu que arruíne a sua, professor — respondeu Kate sem se alterar.

César Santos interrompeu-os, dizendo que, em vez de discutir, o que deviam fazer era juntar forças e avaliar a situação: desconfiados, os indígenas não tinham mostrado interesse pelos presentes, limitando-se a observá-los, mas não os haviam atacado.

— Parece-lhe pouco o que fizeram com aquele pobre soldado? — perguntou Leblanc em tom de sarcasmo.

— Não creio que tenham sido os indígenas — replicou o guia. — Essa não é a sua maneira de lutar. Se tivermos sorte, os indígenas que vivem por aqui podem ser uma tribo pacífica.

— Mas, se não tivermos sorte, seremos devorados — resmungou o antropólogo.

— Seria perfeito, professor — disse Kate. — Assim o senhor poderia provar sua tese sobre a ferocidade dos indígenas.

— Bem, chega de bobagens — interrompeu o fotógrafo Timothy Bruce. — Temos de tomar uma decisão. Vamos embora ou ficamos aqui?

— Já se passaram quase três dias desde que a primeira lancha partiu. Como ia a favor da corrente, e como Matuwe conhece o caminho, já deve estar em Santa Maria da Chuva. Amanhã, ou no máximo em dois dias, teremos por aqui os helicópteros do capitão Ariosto. Voarão de dia, e por isso devemos manter uma fogueira sempre acesa, para que vejam a fumaça. Como eu já disse, a situação é difícil, mas não grave, porque muitas pessoas sabem onde estamos e virão nos buscar — assegurou César Santos.

Nádia estava tranquila, abraçada ao seu macaquinho, como se não compreendesse a magnitude do que sucedia com eles. Já Alex havia concluído que nunca antes tinha se visto em situação tão perigosa, nem mesmo quando ficara pendurado em El Capitán, uma rocha escarpada que só os mais experientes se atreviam a escalar. Se não estivesse atado a uma corda presa na cintura de seu pai, teria morrido.

César Santos tinha ensinado aos expedicionários como enfrentar diversos insetos e outros bichos da floresta, de tarântulas a serpentes, mas esquecera-se de mencionar as formigas. Alex tinha deixado de usar as botas, não só porque estavam sempre úmidas e com cheiro ruim, mas também porque lhe apertavam os pés; supunha que com a água haviam encolhido. Mas, embora nos primeiros dias não tivesse deixado de usar as alpargatas emprestadas por César Santos, seus pés estavam cheios de calos e crostas.

— Este não é um lugar para pés delicados — foi o único comentário da avó quando ele lhe mostrou as rachaduras sangrentas nos pés.

Mas a indiferença dela se transformou em inquietação quando o neto foi picado por uma formiga-de-fogo. O garoto não pôde evitar um grito: era como se houvessem queimado seu tornozelo com a ponta de um cigarro. A formiga deixou uma pequena marca branca, que em poucos minutos tornou-se um inchaço vermelho do tamanho de uma cereja. A dor subiu em chamas pela perna e Alex não pôde dar mais um passo sequer. A Dra. Omayra Torres explicou que o efeito do veneno duraria várias horas e ele teria de suportá-lo, tendo como alívio apenas compressas de água quente.

— Espero que você não seja alérgico, porque, nesse caso, as consequências serão mais graves — disse a doutora.

Alex não era alérgico, mas, de qualquer modo, a picada estragou-lhe boa parte do dia. À tarde conseguiu apoiar o pé no chão e dar alguns passos. Nádia contou-lhe que, enquanto os demais tratavam dos seus afazeres, Karakawe rondava as caixas de vacina. Quando o indígena percebeu que ela o havia descoberto, agarrara-a pelos braços com violência, a ponto de deixar as marcas dos dedos em sua pele, e a avisara de que se dissesse uma palavra a respeito pagaria muito caro. Nádia estava certa de que Karakawe cumpriria sua ameaça, mas Alex ponderou que não podiam se calar, tinham de alertar a doutora. Nádia, que estava tão encantada com a doutora quanto o pai e começava a acalentar a fantasia de tê-la como sua madrasta, desejava contar-lhe também o diálogo entre Mauro Carías e o capitão Ariosto, que ambos haviam escutado em Santa Maria da Chuva. Continuava convencida de que Karakawe era a pessoa designada para realizar os sinistros planos de Carías.

— Por enquanto, não falemos sobre isso — decretou Alex.

Aguardaram o momento adequado, quando Karakawe havia se afastado para pescar, e expuseram a situação a Omayra Torres. Ela os ouviu com grande atenção, dando mostras de inquietação pela primeira vez desde que a conheciam. Mesmo nos momentos mais dramáticos daquela aventura, a encantadora médica não havia perdido a calma; tinha os nervos de aço de um samurai. Desta vez também não se alterou, porém quis saber os detalhes. Ao constatar que Karakawe tinha aberto as caixas, mas não violado os selos dos frascos, respirou aliviada.

— Estas vacinas são a única esperança de vida para os indígenas — disse a médica. — Devemos cuidar delas como de um tesouro.

— Alex e eu estamos vigiando Karakawe. Achamos que foi ele quem estragou o rádio — revelou Nádia. — Mas meu pai diz que sem provas não podemos acusá-lo.

— Não preocupemos seu pai com essas suspeitas, Nádia, ele já tem problemas demais. Vocês dois e eu podemos neutralizar Karakawe. Não tirem os olhos de cima dele — pediu Omayra Torres, e eles garantiram que o vigiariam.

O dia transcorreu sem novidades. César Santos continuou inutilmente empenhado em fazer funcionar o radiotransmissor. Timothy Bruce possuía um aparelho de rádio com o qual tinham ouvido notícias de Manaus durante a primeira parte da viagem, mas as ondas não chegavam tão longe. Entediavam-se, porque, depois de terem caçado umas aves e pescado uns peixes para serem comidos no próprio dia, não tinham mais o que fazer; era inútil caçar mais, porque a carne atraía as formigas e se deteriorava em questão de horas. Esse fato levou Alex a compreender, finalmente, a mentalidade dos indígenas, que nada acumulavam. Revezaram-se para manter a fogueira produzindo fumaça, como um sinal para o caso de estarem sendo procurados, embora, segundo César Santos, fosse cedo demais para isso. Timothy Bruce tirou do bolso um baralho gasto e jogaram pôquer, *blackjack* e *gin rummy*, até que a luz do dia começou a ir embora. Não voltaram a sentir o odor penetrante da Fera.

Nádia, Kate Cold e a doutora foram ao rio se lavar e fazer suas necessidades; tinham acertado que ninguém devia aventurar-se a sair sozinho do acampamento. Para as atividades mais íntimas as três mulheres iam juntas, enquanto os homens formavam duplas. César Santos arranjava as coisas de modo a estar sempre com Omayra Torres, o que muito aborrecia Timothy Bruce, pois o inglês também estava caído pela doutora. Durante a viagem ele a havia fotografado várias vezes, até ela recusar-se a continuar posando, embora Kate Cold o houvesse aconselhado a guardar os filmes para os indígenas e a Fera. A escritora e Karakawe eram os únicos que não pareciam impressionados com a jovem. Kate disse que estava muita velha para se ligar em um rosto bonito, comentário que aos ouvidos de Alex soou como um ataque de ciúme, indigno de alguém com a sabedoria de sua avó. O professor Leblanc, que não podia competir nem com o porte de César Santos nem com a juventude de Timothy Bruce, procurava impressionar a médica com o peso de sua celebridade e não perdia ocasião de ler para ela, em voz alta, parágrafos de seu livro, nos quais narrava os arrepiantes perigos que havia enfrentado entre os indígenas. A ela custava imaginar o medroso Leblanc vestido apenas com um tapa-sexo, batendo-se a socos com indígenas e animais selvagens, caçando com flechas e sobrevivendo sem ajuda em meio a toda sorte de catástrofes naturais, como relatava no livro. De qualquer modo, a rivalidade entre os homens do grupo pelas atenções de Omayra Torres havia criado uma certa tensão, que aumentava com o passar das horas e a angústia pela espera dos helicópteros.

Alex examinou o tornozelo: doía um pouco e ainda estava um tanto inchado, mas a dura e vermelha cereja que havia surgido no lugar onde a formiga o picara já havia diminuído; as compressas de água quente tinham dado bons resultados. Para distrair-se, apanhou a flauta e começou a tocar o concerto preferido de sua mãe, música doce e romântica de um compositor europeu morto havia mais de um século, mas que se harmonizava com a selva circundante. Seu avô Joseph Cold tinha razão: a música é uma linguagem universal. Mal soaram as primeiras notas e lá veio Borobá aos saltos, para sentar-se a seus pés com a seriedade de um crítico, e poucos instantes mais tarde aproximaram-se Nádia, Kate e a doutora. A garota esperou que os outros se ocupassem com a arrumação do acampamento para a noite e fez um sinal a Alex para que a seguisse discretamente.

— Eles estão aqui outra vez, Jaguar — murmurou em seu ouvido.

— Os indígenas?

— Sim, o povo da neblina. Creio que vieram atraídos pela música. Não faça ruído e me siga.

Embrenharam-se alguns metros na selva e, tal como haviam feito da vez anterior, permaneceram quietos. Por mais que aguçasse a vista, Alex não conseguia distinguir ninguém no meio das árvores: os indígenas se dissolviam no entorno. De repente sentiu mãos que o agarravam com firmeza pelos braços e, ao voltar-se, viu que Nádia e ele estavam cercados. Ao contrário da vez anterior, os indígenas não se mantinham a uma certa distância; agora Alex podia sentir o cheiro adocicado de seus corpos. Notou, mais uma vez, que eram magros e de baixa estatura, mas também pôde comprovar que eram muito fortes e que havia algo de feroz em sua atitude. Estaria certo Leblanc quando afirmava que eram violentos e cruéis?

— *Aía* — saudou, hesitante.

Teve a boca fechada pela mão de um homem e, antes que entendesse o que estava acontecendo, foi suspenso no ar pelas axilas **e** os tornozelos. Pôs-se a se debater e a espernear, mas as mãos não o soltaram. Alguém bateu em sua cabeça, não saberia dizer se com um punho ou com uma pedra; compreendeu, então, que era melhor deixar-se levar ou acabaria inconsciente ou mesmo morto. Pensou em Nádia, perguntando a si mesmo se ela também estaria sendo arrastada à força. Pareceu-lhe ouvir de longe a voz da avó o chamando, enquanto os indígenas o levavam, embrenhando-se na escuridão como espíritos da noite.

Alexander Cold sentia pontadas ardentes no tornozelo picado pela formiga-de-fogo, agora aprisionado pela mão de um dos quatro indígenas que o levavam suspenso. Seus captores trotavam, e cada passo fazia o corpo do garoto balançar brutalmente; sentia dor nos ombros, como se o estivessem desconjuntando. Haviam tirado sua camiseta e com ela tinham-lhe vendado os olhos e fechado a boca, deixando-o sem voz. Mal podia respirar e sentia o crânio latejar no ponto em que fora golpeado, mas consolou-se com o fato de não ter perdido a consciência: isso significava que os guerreiros o haviam atacado de leve e não tinham a intenção de matá-lo. Pelo menos naquele momento... Pareceu-lhe que haviam andado uma boa distância, quando por fim se detiveram e o deixaram cair no chão como um saco de batatas. O alívio em seus músculos e ossos foi quase imediato, mas o tornozelo continuava a arder terrivelmente. Não se atreveu a livrar-se da camiseta que lhe vendava os olhos, para não provocar seus agressores, mas, como durante algum tempo nada aconteceu, optou por desatá-la da cabeça. Ninguém o impediu de fazê-lo. Quando seus olhos habituaram-se à leve claridade da lua, viu que estava no meio da floresta, estirado sobre o colchão de folhas que cobria o solo. Ao redor, em um círculo apertado, sentiu a presença dos indígenas, mas, mesmo sem a venda, não podia vê-los, pois a luz era muito escassa e estava sem seus óculos. Lembrou-se de seu canivete suíço e levou dissimuladamente a mão à cintura, procurando-o, mas não chegou a concluir o gesto: um punho firme paralisou-lhe o braço. Então ouviu a voz de Nádia e sentiu as pequeninas mãos de Borobá em seus cabelos. Soltou uma exclamação, porque o macaco pôs os dedos em um inchaço provocado pelo golpe.

— Quieto, Jaguar — ordenou a garota. — Não vão nos fazer mal.

— O que aconteceu?

— Assustaram-se, achando que você ia gritar. Por isso tiveram de trazê-lo à força. Só querem que os acompanhemos.

— Aonde? Por quê? — murmurou Alex, tratando de sentar-se. Sentia sua cabeça ressoar como se fosse um tambor.

Nádia o ajudou a sentar-se e deu-lhe uma cabaça com água para beber. A essa altura seus olhos haviam se acostumado à pouca luminosidade e ele viu que os indígenas o observavam de perto e faziam comentários em voz alta, sem medo de serem ouvidos ou descobertos. Alex pensou que o resto da expedição estaria procurando por eles, embora ninguém se atrevesse a ir muito longe no meio da noite. Achou que pelo menos daquela vez sua avó estaria preocupada: como iria explicar ao filho, John, que havia perdido o neto na selva? Pelo visto os indígenas haviam tratado Nádia com mais suavidade, pois a menina se movia entre eles com modos confiantes. Ao sentar-se, sentiu algo quente que lhe descia pela têmpora direita e gotejava em seu ombro. Passou o dedo no líquido e o levou aos lábios.

— Quebraram minha cabeça — murmurou, assustado.

— Finja que não dói, Jaguar, como fazem os guerreiros de verdade — aconselhou Nádia.

O garoto concluiu que devia dar uma demonstração de coragem: pôs-se de pé, de modo que não lhe notassem o tremor dos joelhos, empinou-se o mais que pôde e esmurrou o peito, como tinha visto nos filmes de Tarzan, ao mesmo tempo que soltava um interminável rugido de King Kong. Os indígenas recuaram dois passos e empunharam as armas, atônitos. Repetiu os socos no peito e os grunhidos, certo de ter produzido alarme nas fileiras inimigas, mas, em vez de saírem correndo assustados, os guerreiros puseram-se a rir. Nádia também sorriu e Borobá começou a dar saltos e a mostrar os dentes, histérico de alegria. As risadas aumentaram de volume; alguns indígenas caíam sentados, outros se atiravam de costas no chão e levantavam as pernas em sinal de puro prazer, outros ainda imitavam o garoto uivando como Tarzan. As gargalhadas duraram vários minutos, até que Alex, sentindo-se absolutamente ridículo, deixou-se contagiar pelo riso. Por fim se acalmaram e, secando as lágrimas, trocaram palmadas amistosas.

Um dos indígenas, que na penumbra parecia menor e mais velho, distinguindo-se por uma coroa de penas, único adorno em seu corpo nu, iniciou um longo discurso. Nádia captou o sentido, pois conhecia várias línguas indígenas e, embora o povo da neblina tivesse seu próprio idioma, muitas palavras eram semelhantes. Estava certa de que podia comunicar-se com eles. Do discurso do homem com a coroa de penas na cabeça entendeu que ele se referia a Rahakanariwa, o espírito do pássaro canibal, mencionado por Walimai aos *nahab*, como chamavam os forasteiros, e a um poderoso xamã. Embora não dissesse seu nome, porque de sua parte isso teria sido muito descortês, a garota mostrou o osso talhado que levava no pescoço, presente do feiticeiro. O homem que agia como chefe examinou o talismã durante longos minutos, dando mostras de admiração e respeito, e em seguida continuou a discursar, mas agora se dirigindo aos guerreiros, que se aproximavam, um de cada vez, a fim de tocar no amuleto.

Depois os indígenas sentaram-se em círculo e deram continuidade à conversa, enquanto distribuíam pedaços de uma massa cozida, parecida com pão sem fermento. Alex deu-se conta de que estava sem se alimentar havia muitas horas e sentia-se faminto; recebeu a porção que lhe tocava, sem pensar na falta de higiene e sem perguntar de que aquilo era feito; seus melindres no tocante à comida pertenciam ao passado. Em seguida os guerreiros fizeram circular uma bexiga de animal com um suco viscoso, de cheiro acre e avinagrado, enquanto salmodiavam um canto a fim de espantar os fantasmas que causam pesadelos à noite. Não ofereceram a beberagem a Nádia, mas tiveram a amabilidade de passá-la para Alex, que não se sentia tentado pelo cheiro e menos ainda pela ideia de beber no mesmo recipiente usado pelos outros. Lembrava-se da história contada por César Santos de uma tribo inteira contagiada pelo cigarro de um jornalista. A última coisa que desejava era passar seus germes para aqueles indígenas, cujo sistema de imunidade não resistiria; mas Nádia o alertou de que não aceitar seria considerado um insulto. Informou-lhe que se tratava de *masato,* uma bebida fermentada, feita com mandioca mastigada e saliva, que só os homens bebiam. Alex achou que ia vomitar com a explicação, mas não se atreveu a rejeitá-la.

Com o golpe recebido na cabeça e o *masato,* o garoto se trasladou sem esforço para o planeta das areias de ouro e das seis luas no céu fosforescente que tinha visto no pátio de Mauro Carías. Estava tão intoxicado e confuso que não conseguiria dar um passo, mas por sorte não teve de fazê-lo, pois os guerreiros também sentiam os efeitos da bebida e logo jaziam no chão, roncando. Alex imaginou que não continuariam a marcha até que houvesse alguma luz e se consolou com a vaga esperança de que a avó o alcançaria ao amanhecer. Enroscado no chão, sem lembrar-se dos fantasmas dos pesadelos, das formigas-de-fogo, das tarântulas ou das cobras, entregou-se ao sono. Também não se alarmou quando o tremendo cheiro da Fera invadiu o ar.

Somente Nádia e Borobá estavam sóbrios e despertos no momento em que a Fera apareceu. O macaco imobilizou-se por completo, como se o houvessem convertido em pedra, e ela conseguiu vislumbrar uma gigantesca figura à luz da lua antes que o cheiro a fizesse perder os sentidos. Mais tarde contaria ao seu amigo o mesmo que o padre Valdomero tinha contado: era uma criatura de forma humana, ereta, com cerca de três metros de altura, braços poderosos terminados em garras curvas como cimitarras e uma cabeça pequena, desproporcional ao tamanho do corpo. Nádia teve a impressão de que se movia muito lentamente, mas, se fosse essa a sua intenção, a Fera poderia ter estripado todos com a maior facilidade. O fedor que emanava — ou talvez o terror absoluto que produzia em suas vítimas — paralisava como uma droga. Antes de desmaiar, Nádia quis gritar ou escapar, mas não pôde mover sequer um músculo; em um relâmpago viu o corpo do soldado aberto ao comprido, como uma rês abatida, e pôde imaginar o horror sentido pelo homem, sua impotência e sua morte terrível.

Alex despertou confuso, tentando recordar o que havia acontecido; seu corpo ainda estava trêmulo, em consequência da estranha bebida da noite anterior e do fedor que ainda pairava no ar. Viu Nádia com Borobá no colo, sentada de pernas cruzadas e com o olhar perdido no vazio. Arrastou-se até ela, contendo com dificuldade os sobressaltos de suas tripas.

— Eu vi, Jaguar — disse Nádia, com uma voz alheia, como se estivesse em transe.

— Viu o quê?

— A Fera. Esteve aqui. É enorme, um gigante...

Alex arrastou-se até uma das moitas que havia ali por perto, a fim de esvaziar o estômago, e quando o fez sentiu-se muito aliviado, embora o fedor que empesteava o ar lhe trouxesse a náusea de volta. Quando se reaproximou de Nádia, percebeu que os guerreiros estavam prontos para empreender a marcha. À luz do amanhecer, Alex pôde vê-los pela primeira vez. Seu temível aspecto correspondia exatamente às descrições de Leblanc: andavam nus, com o corpo pintado em várias cores — verde, vermelho e negro —, usavam braceletes de plumas e cortavam o cabelo em forma de cuia, deixando no cocuruto uma "coroa" de frade. Levavam arcos e flechas atados às costas, além de uma pequena cabaça coberta com um pedaço de pele que, segundo Nádia, continha o mortal curare a ser aplicado nas extremidades das flechas e dos dardos. Vários deles levavam pesadas bordunas e todos ostentavam cicatrizes na cabeça, que equivaliam a honrosas condecorações de guerra: a coragem e a força eram medidas pelo tamanho das marcas das pauladas recebidas.

Alex teve de sacudir Nádia para fazê-la voltar ao normal, pois o horror de ter visto a Fera na noite anterior a deixara meio fora do ar. Ela conseguiu explicar o que tinha visto; os guerreiros a escutaram com atenção, mas não demonstraram surpresa, assim como não fizeram nenhum comentário sobre o fedor.

O grupo se pôs imediatamente em marcha, quase trotando atrás do chefe, a quem Nádia resolveu chamar de Mokarita, pois não podia perguntar seu nome verdadeiro. A julgar pelo estado de sua pele, seus dentes e pés deformados, Mokarita era muito mais velho do que Alex havia suposto ao vê-lo na penumbra; tinha, porém, a mesma agilidade e resistência dos outros guerreiros. Um dos homens jovens distinguia-se dos demais: era alto e forte, ao contrário dos outros, e estava inteiramente pintado de preto, exceto ao redor dos olhos e em parte da testa, onde a pintura vermelha formava uma espécie de máscara. Caminhava sempre ao lado do chefe, como se fosse seu lugar-tenente, e referia-se a si mesmo como Tahama; Nádia e Alexander vieram a saber mais tarde que esse era seu título honorífico, por ser o melhor caçador da tribo.

Embora a paisagem parecesse imutável e não houvesse pontos de referência, os indígenas sabiam exatamente para onde se dirigiam. Nem uma só vez se voltaram para ver se os dois jovens estrangeiros os seguiam: sabiam que não tinham alternativa, pois de outro modo se perderiam na selva. Às vezes, Alex e Nádia tinham a impressão de que estavam sós, pois de repente o povo da neblina parecia desaparecer na floresta, mas essa impressão durava pouco; assim como se esfumavam, os indígenas reapareciam de repente, como se estivessem constantemente se exercitando na arte de se tornarem invisíveis. Alex concluiu que aquele talento para desaparecer não podia ser atribuído somente à pintura com que se camuflavam, mas antes de tudo a uma atitude mental. Como faziam aquilo? Imaginou quanto poderia ser útil na vida cotidiana o truque da invisibilidade e se propôs a aprendê-lo. Nos dias seguintes iria compreender que não se tratava de ilusionismo, mas de um talento que só era alcançado com muita prática e concentração, como tocar flauta.

A rapidez da caminhada não se alterou durante várias horas; detinham-se apenas nos arroios para beber água. Alex tinha fome, mas estava feliz por não sentir mais dor no tornozelo picado pela formiga. César Santos lhe tinha dito que os indígenas comem quando podem — nem sempre todos os dias — e que seu organismo está habituado a acumular energia. Ele, pelo contrário, sempre havia contado com a geladeira cheia de alimentos, pelo menos antes de sua mãe adoecer, e sentia-se fraco se alguma vez pulava uma refeição. Naquele momento, tudo que fez foi sorrir diante da completa alteração de seus hábitos. Entre outras coisas, fazia dois dias que não escovava os dentes nem trocava de roupa. Decidiu ignorar o vazio do estômago, matando a fome com a indiferença. Em duas ocasiões deu uma olhadela em sua bússola e constatou que avançavam para nordeste. Alguém viria resgatá-los? Como poderia deixar sinais pelo caminho? Poderiam ser vistos de um helicóptero? Não se sentia otimista; na verdade, sua situação era desesperadora. Sentiu-se surpreso pelo fato de Nádia não dar sinais de fadiga; sua amiga parecia completamente entregue à aventura.

Quatro ou cinco horas mais tarde — era impossível medir o tempo naquele lugar — chegaram a um rio claro e profundo. Andaram cerca de três quilômetros pela margem e, de súbito, ante os olhos maravilhados de Alex, surgiram uma alta montanha e uma catarata que caía com o clamor de uma guerra, formando lá embaixo uma imensa nuvem de espuma e água pulverizada.

— Este é o rio que desce do céu — disse Tahama.

11

A ALDEIA INVISÍVEL

Mokarita, o chefe das penas amarelas, autorizou o grupo a descansar um pouco antes de empreender a subida da montanha. Tinha um rosto que parecia de madeira, a pele curtida como a casca de uma árvore, mas sereno e bondoso.

— Eu não vou conseguir subir — disse Nádia ao ver a rocha negra, lisa e úmida.

Era a primeira vez que Alex via Nádia ser derrotada por um obstáculo, e solidarizou-se com a garota, porque também ele estava assustado, embora durante anos houvesse escalado montanhas e rochas em companhia do pai. John Cold era um dos montanhistas mais experimentados e audazes dos Estados Unidos, tinha participado de célebres expedições a lugares quase inacessíveis, e duas vezes o haviam chamado para resgatar pessoas acidentadas nos picos mais altos do Chile e da Áustria. Alex sabia que não tinha a habilidade nem a coragem do pai, muito menos a sua experiência — para não mencionar o fato de que jamais vira uma rocha tão escarpada como a que agora tinham pela frente. Escalar pelas laterais da catarata, sem cordas e sem ajuda, era praticamente impossível.

Nádia aproximou-se de Mokarita e tratou de explicar-lhe, por meio de gestos e das palavras que ambos compreendiam, que ela não era capaz de subir. O chefe pareceu muito aborrecido, dando gritos, brandindo suas armas e gesticulando. Os outros indígenas o imitaram e cercaram Nádia com ar ameaçador. Alex se pôs ao lado da amiga e procurou acalmar os guerreiros com gestos, mas só conseguiu com isso que Tahama agarrasse Nádia pelos cabelos e lhe desse puxões, arrastando-a para a catarata, enquanto Borobá gesticulava e guinchava. Em um lance de inspiração — ou de desespero — Alex tirou a flauta da cintura e começou a tocar. No mesmo instante os indígenas se detiveram, como que hipnotizados; Tahama soltou Nádia e todos cercaram Alex.

Uma vez apaziguados um pouco os ânimos, Alex convenceu Nádia de que com uma corda ele poderia ajudá-la a subir. Repetiu para ela aquilo que tantas vezes ouvira de seu pai: "Antes de vencer a montanha, é preciso aprender a usar o medo."

— Tenho medo de altura, Jaguar, sinto vertigem. Cada vez que subo no avião do meu pai fico enjoada... — gemeu Nádia.

— Meu pai diz que o medo é bom, é o sistema de alarme do corpo, aquilo que nos avisa do perigo. Mas às vezes o perigo é inevitável e então é necessário dominar o medo.

— Não posso!

— Nádia, me escute — disse Alex, sustentando-a com os braços e obrigando-a a olhar em seus olhos. — Respire fundo, acalme-se. Vou ensinar você a usar o medo. Confie em si mesma e em mim. Vou ajudar você a subir, faremos isso juntos, eu prometo.

A única resposta de Nádia foi chorar com a cabeça no ombro de Alex. Ele não sabia o que fazer, jamais tinha estado tão perto de uma garota. Em suas fantasias tinha abraçado mil vezes Cecilia Burns, seu amor de sempre, mas, na prática, teria fugido se ela ousasse tocá-lo. Cecilia Burns estava tão longe que era como se não existisse: nem ao menos conseguia lembrar-se de como era seu rosto. Os braços de Alex envolveram Nádia em um gesto automático. Sentiu o coração pulando no peito, como búfalos em disparada, mas se manteve suficientemente lúcido para avaliar o absurdo da situação. Estava no meio da selva, rodeado por guerreiros de corpos pintados, com uma pobre garota aterrorizada em seus braços, e em que pensava? No amor! Conseguiu reagir, separando-se de Nádia para encará-la com determinação.

— Deixe de chorar e diga a esses senhores que necessitamos de uma corda — ordenou, apontando para os indígenas. — E lembre-se: você tem a proteção do talismã.

— Walimai disse que me protegeria de homens, animais e fantasmas, mas não mencionou o perigo de cair das alturas e quebrar o pescoço — explicou Nádia.

— Como diz a minha avó: de alguma coisa se há de morrer — consolou-a Alex, tentando sorrir. E acrescentou: — Você não me disse que é preciso ver com o coração? Esta é uma boa oportunidade para pôr isso em prática.

Nádia deu um jeito de comunicar aos indígenas o pedido do amigo. Quando finalmente o entenderam, vários deles entraram em ação e em pouco tempo trançaram uma corda feita com cipós. Quando viram que Alex amarrava uma extremidade da corda na cintura da garota e enrolava o resto no seu próprio peito, não puderam esconder sua grande curiosidade. Não podiam imaginar por que os forasteiros faziam algo tão absurdo: se um escorregasse, arrastaria o outro.

O grupo se aproximou da catarata, que descia em queda livre de uma altura de mais de cinquenta metros, produzindo uma impressionante nuvem de água, coroada por um magnífico arco-íris. Centenas de pássaros negros cruzavam a cascata em todas as direções. Os indígenas saudaram o rio que descia do céu esgrimindo suas armas e dando gritos: já estavam muito perto de seu país. Ao alcançar as terras altas, sentiam-se a salvo de qualquer perigo. Três deles se embrenharam na floresta e, depois de algum tempo, voltaram com umas bolas: os dois adolescentes puderam verificar que eram de uma resina branca, espessa e muito pegajosa. Imitando os indígenas, esfregaram a resina nas palmas das mãos e nas plantas dos pés. Em contato com o solo, o húmus aderia à resina, criando uma espécie de solado irregular. Os primeiros passos foram difíceis, mas, assim que se expuseram ao chuvisco da catarata, compreenderam sua utilidade: era como calçar botas e luvas de uma espécie de borracha adesiva.

Margearam a lagoa que se formava embaixo e, em seguida, completamente molhados, alcançaram a cascata, uma sólida cortina de água, separada da montanha por vários metros. De tão forte, o barulho da água tornava impossível qualquer comunicação; também não podiam valer-se dos sinais, porque o vapor da água transformava o ar em uma espécie de espuma branca. Tinham a impressão de avançar às cegas no meio de uma nuvem. Por ordem de Nádia, Borobá havia se agarrado ao corpo de Alex, como um emplastro negro e quente; ela vinha atrás, presa pela corda, sem a qual teria se recusado a subir. Os guerreiros conheciam bem o terreno e continuavam a subir lentamente, mas sem vacilar, calculando onde punham cada pé. Os dois adolescentes os seguiam o mais de perto possível, porque bastava atrasar-se dois passos para perdê-los completamente de vista. Alex imaginou que o nome da tribo — povo da neblina — vinha da densa bruma que a água formava em sua queda.

Aquela e outras cataratas do Alto Orinoco sempre haviam derrotado os forasteiros, mas os indígenas tinham transformado todas elas em aliadas. Sabiam exatamente onde pisar: existiam concavidades naturais ou talhadas por eles, que certamente usavam desde séculos atrás. Aqueles cortes na montanha formavam uma escada atrás da cascata, pela qual se chegava ao topo. Sem conhecer sua existência e sua exata localização, era impossível subir por aquelas paredes lisas, úmidas e resvaladias, tendo a estrondosa presença da cascata às suas costas. Um simples tropeço, e a queda terminaria em morte certa em meio ao fragor da espuma.

Antes de se ver isolado pelo ruído, Alex disse a Nádia que não olhasse para baixo, que se concentrasse em imitar os movimentos dele, agarrando-se onde ele se agarrava, do mesmo modo como ele próprio fazia em relação a Tahama, que ia logo à sua frente. Também lhe explicou que a primeira parte seria a mais difícil, por causa da neblina produzida quando a água se chocava contra as pedras, mas, à medida que subissem, com certeza a pedra seria menos lisa e também poderiam ver melhor. Isso não deixou Nádia muito animada, pois o seu pior problema não era a visibilidade, mas a vertigem. Tratou de ignorar a altura e o rugido ensurdecedor da cascata, pensando que a resina nas mãos e nos pés a ajudava a aderir à rocha molhada. A corda que a unia a Alex lhe dava uma certa segurança, embora fosse fácil adivinhar que um passo em falso lançaria os dois no vazio. Procurou seguir as instruções de Alex: concentrar a mente no próximo movimento, no lugar preciso em que devia pôr o pé ou a mão, um de cada vez, sem pressa e sem perder o ritmo. Assim que conseguia estabilizar-se, tratava de mover-se com cuidado, procurando a fenda ou a saliência superior; em seguida tateava com um dos pés até encontrar a outra e, desse modo, impulsionava o corpo mais uns centímetros acima. As fendas da montanha eram suficientemente profundas para uma pessoa apoiar-se nelas; o perigo maior consistia em afastar o corpo, razão pela qual era preciso mover-se roçando a pedra. Em certo momento, Borobá passou pela sua mente com a rapidez de uma fagulha: se ela ia tão aterrorizada, como estaria o infeliz macaquinho agarrado a Alex?

À medida que subiam, a visibilidade aumentava, mas reduzia-se a distância entre a catarata e a montanha. Os adolescentes sentiam a água cada vez mais próxima de suas costas. Justamente quando Alex e Nádia se perguntavam como fariam para continuar a subida até a parte superior da catarata, os entalhes na rocha desviaram-se para a direita. O garoto tateou e deu com uma superfície plana; então sentiu que o seguravam pelo punho e o puxavam para cima. Usou de todas as suas forças para tomar impulso e aterrissou em uma caverna, na qual já se encontravam todos os guerreiros. Puxou a corda a fim de trazer Nádia, que caiu de bruços em cima dele, meio tonta pelo esforço e o medo. O infortunado Borobá não se mexeu, agarrado às costas de Alex como um molusco, congelado de medo. Diante da entrada da caverna caía uma cortina compacta de água, que os pássaros negros atravessavam, dispostos a defender seus ninhos dos invasores. Alex admirou a coragem dos primeiros indígenas, que, talvez ainda na pré-história, haviam se aventurado atrás da cascata, encontrado algumas saliências, talhado outras, achado a caverna e aberto o caminho para os seus descendentes.

A gruta, comprida e estreita, não permitia que alguém se pusesse de pé; tinham, pois, de seguir de gatinhas. A claridade do sol se filtrava, branca e leitosa, através da cascata, mas iluminava apenas a entrada, enquanto o fundo estava escuro. Sustentando Nádia e Borobá contra o peito, Alex viu Tahama parar ao seu lado e gesticular, apontando para a cascata. Não podia ouvi-lo, mas compreendeu que alguém havia escorregado ou ficado para trás. Tahama lhe mostrava a corda, e Alex por fim compreendeu que ele pretendia usá-la para descer em busca do ausente. O indígena era mais pesado que ele e, por mais ágil que fosse, não tinha experiência de resgate em montanha. Alex também não era um especialista, mas pelo menos havia acompanhado seu pai, umas duas vezes, em missões arriscadas, além de saber usar uma corda e ter lido muito a respeito. Escalar era sua paixão, comparável apenas ao seu amor pela flauta. Por meio de sinais, disse aos indígenas que iria até onde dessem os cipós. Soltou Nádia e indicou a Tahama e aos outros que o descessem pelo precipício.

Fazer aquela descida ao abismo, suspenso de uma corda frágil, com um mar de água rugindo ao redor, pareceu a Alex pior do que a subida. Via pouquíssimo, nem sequer sabia quem havia escorregado, nem onde buscá-lo. A manobra era de uma temeridade praticamente inútil, pois qualquer um que houvesse pisado em falso durante a subida já estaria pulverizado lá embaixo. Em tais circunstâncias, que faria seu pai? John Cold pensaria primeiro na vítima, depois em si mesmo. John Cold não se daria por vencido sem tentar todos os recursos possíveis. Enquanto o desciam, Alex fez um esforço para ver um palmo adiante do nariz e também para respirar, mas mal podia abrir os olhos e sentia os pulmões cheios de água. Oscilava no vazio e rezava para que a corda feita de cipós não se rompesse.

De repente um de seus pés tocou em algo macio e, um instante depois, seus dedos apalparam a forma de um homem que pendia aparentemente do nada. Com um sobressalto de angústia, compreendeu que era o chefe Mokarita. Reconheceu-o pelo cocar de penas amarelas, que ainda permanecia firme em sua cabeça, embora o infeliz ancião estivesse preso, como uma rês, a uma grossa raiz que emergia da montanha e que milagrosamente detivera sua queda. Alex não tinha onde se sustentar e temia que, caso se apoiasse na raiz, esta se partisse, lançando Mokarita no abismo. Calculou que tinha apenas uma oportunidade de agarrá-lo e tinha de fazê-lo com precisão, pois do contrário o homem, molhado como estava, escorregaria por entre seus dedos como um peixe.

Alexander tomou impulso, balançou-se quase às cegas e enroscou com braços e pernas a figura prostrada. Na gruta os guerreiros sentiram a sacudidela e o peso na corda, e começaram a puxar com cuidado, de modo muito lento, para evitar que, roçando na pedra, a corda se rompesse e a oscilação lançasse Alex e Mokarita contra as rochas. O garoto não foi capaz de calcular quanto tempo durou a operação; talvez apenas alguns minutos, que, no entanto, pareceram-lhe horas. Finalmente sentiu-se acolhido por várias mãos, que o içaram para a gruta. Os indígenas tiveram de forçá-lo a soltar Mokarita: Alex o abraçava com a determinação de uma piranha.

O chefe ajeitou as penas na cabeça e esboçou um sorriso. Filetes de sangue brotavam do nariz e da boca do ancião, mas o restante do corpo parecia intacto. Os indígenas mostravam-se muito impressionados com o resgate e passavam a corda de mão em mão, admirando-a, mas nenhum deles lembrou de atribuir o salvamento do chefe ao jovem forasteiro; era a Tahama que felicitavam por ter tido a ideia. Esgotado e dolorido, Alex lamentou que ninguém lhe agradecesse, mas até Nádia o ignorou. Em um canto da gruta, abraçada a Borobá, ela nem havia prestado atenção ao heroísmo de seu amigo, pois na verdade ainda estava se recuperando da subida à montanha.

O resto da viagem foi mais fácil, porque, a certa distância da água, o túnel se abria para um lugar onde era possível subir com menos risco. Servindo-se da corda, os indígenas içaram

Mokarita, cujas pernas estavam fracas, e Nádia, porque lhe faltava ânimo, mas finalmente todos chegaram ao alto.

— Não lhe disse que o talismã também serviria para os perigos das alturas? — brincou Alex.

— Sem dúvida! — admitiu Nádia, convencida.

Diante deles apareceu o Olho do Mundo, como o povo da neblina denominava seu país. Era um paraíso de montanhas e cachoeiras esplêndidas, uma floresta infinita, povoada de animais, pássaros e borboletas, com um clima agradável e sem as nuvens de mosquitos que atormentavam as terras baixas. Ao longe erguiam-se estranhas formações, com altíssimos cilindros de granito negro e terra vermelha. Prostrado no chão, sem poder movimentar-se, Mokarita apontou reverentemente para aquelas formas:

— São *tepuis*, as residências dos deuses — disse, com um fio de voz.

Alex as reconheceu imediatamente: aquelas impressionantes mesetas eram idênticas às torres magníficas que tinha visto quando enfrentara o jaguar negro no pátio de Mauro Carías.

— São as montanhas mais antigas e misteriosas da terra — disse.

— Como sabe? — perguntou Nádia. — Já as tinha visto antes?

— Sim, em um sonho — respondeu Alex.

O chefe indígena não dava mostras de sentir dor, o que, aliás, era de esperar de um guerreiro de seu porte, mas pouquíssimas forças lhe restavam; de vez em quando fechava os olhos e parecia ter desmaiado. Alex não soube se tinha algum osso quebrado ou incontáveis lesões internas, mas estava claro que não podia ficar de pé. Valendo-se de Nádia como intérprete, conseguiu que os indígenas improvisassem uma padiola com dois pedaços compridos de madeira, vários cipós e um pedaço de casca de árvore em cima. Os guerreiros, surpresos com a fraqueza do ancião que durante muitos decênios tinha guiado a tribo, seguiram as instruções de Alex sem discutir. Dois deles ergueram os extremos da padiola e, assim, guiados por Tahama, continuaram a marcha durante meia hora, seguindo a margem do rio, até que Mokarita deu sinal para que parassem e descansassem por algum tempo.

A subida pelos paredões da catarata havia durado várias horas, e todos estavam esgotados e famintos. Tahama e outros dois homens embrenharam-se na selva e regressaram pouco depois com várias aves, um tatu e um macaco, que haviam caçado com suas flechas. O macaco ainda vivo, porém paralisado pelo curare, foi morto com uma pedrada na cabeça, para horror de Borobá, que correu para se refugiar embaixo da camiseta de Nádia. Acenderam uma fogueira friccionando duas pedras — algo que Alex tinha tentado inutilmente quando era escoteiro — e assaram em espetos os animais caçados. O caçador não provava a carne de sua vítima, pois era considerado sinal de má educação e fonte de má sorte, tendo de esperar que outro caçador lhe oferecesse da sua. Tahama tinha caçado tudo, menos o tatu, de modo que a cena demorou um bom tempo, enquanto cumpriam o rigoroso protocolo de intercâmbio de comida. Quando por fim lhe puseram nas mãos sua porção, Alex a devorou sem prestar atenção às penas e aos pelos que não tinham sido inteiramente queimados, e tudo lhe pareceu muito saboroso.

Faltavam ainda duas horas para o pôr do sol, e no planalto, onde a cúpula vegetal era menos densa, a luz do dia perdurava mais do que no vale. Depois de longa discussão entre Tahama e Mokarita, o grupo se pôs novamente em marcha.

Tapirawa-teri, a aldeia do povo da neblina, surgiu de repente no meio da selva, como se tivesse a mesma propriedade de seus habitantes para se fazer visível ou invisível conforme sua vontade. Estava protegida por um grupo de castanheiros gigantes, as árvores mais altas da floresta; alguns troncos deviam medir mais de dez metros de circunferência. Suas cúpulas cobriam a aldeia como imensos guarda-sóis. Tapirawa-teri era diferente do típico *shabono,* o que confirmou a suspeita de Alex de que o povo da neblina não era como os outros indígenas e certamente fazia poucos contatos com as demais tribos da Amazônia. A aldeia não consistia em uma única choça circular com um pátio no centro, onde vivia toda a tribo, mas de habitações pequenas, feitas com barro, pedras, madeira e palha, cobertas por ramos e arbustos, de modo que se confundiam perfeitamente com a natureza. Era possível estar a poucos metros de distância sem ter ideia de que ali havia uma construção humana. Alex compreendeu que, se era tão difícil distinguir a aldeia estando no meio dela, seria impossível vê-la do ar, ao contrário do que ocorria com o grande teto circular e o pátio sem vegetação do *shabono.* Essa devia ser a razão pela qual o povo da neblina conseguira se manter completamente isolado. Morria, assim, sua esperança de ser resgatado pelos helicópteros do Exército ou pelo pequeno avião de César Santos.

A aldeia era tão irreal quanto os indígenas que a habitavam. Assim como as choças eram invisíveis, tudo o mais parecia difuso e transparente. Ali, os objetos, como as pessoas, perdiam seus contornos precisos e existiam no plano da ilusão. Surgindo do ar, como fantasmas, as mulheres e os meninos vieram receber os guerreiros. Eram de baixa estatura, tinham a pele mais clara que a dos indígenas do vale, e seus olhos eram cor de âmbar; moviam-se com extraordinária rapidez, flutuando, quase como se não tivessem consistência material. Tudo que as cobria eram os desenhos pintados no corpo e algumas penas e flores enfiadas nas orelhas. Assustados com o aspecto dos forasteiros, os meninos pequenos puseram-se a chorar, e as mulheres mantiveram-se distantes e temerosas, apesar da presença de seus homens armados.

— Tire a roupa, Jaguar — disse Nádia, enquanto ela própria se livrava das calças curtas, da camiseta e até da roupa de baixo.

Alex a imitou, sem sequer pensar no que fazia. A ideia de ficar nu em público teria sido para ele um motivo de horror duas semanas antes, mas naquele lugar era natural. Andar vestido era indecente, quando todos os outros estavam nus. Também não lhe pareceu estranho ver o corpo da amiga, embora antes teria enrubescido se uma de suas irmãs lhe aparecesse sem roupa. Logo as mulheres e os meninos perderam o medo e, aos poucos, foram se aproximando. Jamais tinham visto pessoas de aspecto tão singular, sobretudo o garoto americano, tão branco em algumas partes do corpo. Alex sentiu que examinavam com especial curiosidade a diferença de cor entre a pele que habitualmente era coberta pela roupa de banho e o restante do corpo, bronzeado pelo sol. Esfregavam-no com os dedos, para ver se era pintura, e riam às gargalhadas.

Os guerreiros puseram no chão a maca de Mokarita, que foi imediatamente cercada pelos habitantes da aldeia. Comunicavam-se sussurrando, em tom melódico, imitando os sons da selva, a chuva, a água sobre as pedras dos rios, tal como falava Walimai. Maravilhado, Alex percebeu que podia compreender bastante bem, desde que não fizesse um esforço; devia "ouvir com o coração". Segundo Nádia, que era dotada de uma facilidade assombrosa para as línguas, as palavras não são tão importantes quando entendemos as intenções.

Iyomi, a mulher de Mokarita, ainda mais idosa que ele, aproximou-se. Os outros abriram espaço respeitosamente e ela se ajoelhou ao lado do marido, sem uma lágrima, murmurando palavras de consolo ao seu ouvido, enquanto as outras mulheres formavam um coro silencioso ao seu redor, sérias, apoiando o casal com sua proximidade, mas sem intervir.

De repente a noite caiu e o ar se tornou frio. Em um *shabono* há sempre uma roda de fogueiras para aquecer o local e cozinhar os alimentos, mas em Tapirawa-teri o fogo ficava escondido, como tudo o mais. As pequenas fogueiras só eram acesas à noite e dentro das choças, sobre um altar de pedra, para não chamar a atenção dos possíveis inimigos e dos maus espíritos. A fumaça escapava pelas brechas nos tetos, dispersando-se no ar. No início, Alex teve a impressão de que as casas estavam distribuídas ao acaso entre as árvores, mas logo compreendeu que eram arranjadas de forma vagamente circular, como em um *shabono*, e conectadas por meio de túneis ou de passagens cobertas de ramagens, o que dava unidade à aldeia. Seus habitantes podiam movimentar-se por aquela rede de caminhos ocultos, protegidos em caso de ataque e resguardados da chuva e do sol.

Os indígenas se agrupavam em famílias, mas os adolescentes e homens solteiros viviam separados em uma habitação comum, na qual havia redes penduradas em traves e pequenas esteiras no chão. Ali instalaram Alex, enquanto Nádia era conduzida para a morada de Mokarita. O chefe indígena havia se casado na puberdade com Iyomi, sua companheira por toda a vida, mas também tinha duas mulheres mais jovens e um grande número de filhos e netos. Não sabia quantos descendentes tinha, porque na realidade ali pouco importava saber quem eram os pais: os meninos criavam-se todos juntos, protegidos e cuidados pelos membros da aldeia.

Nádia descobriu que entre o povo da neblina era comum ter várias mulheres ou vários maridos; ninguém ficava só. Se um homem morria, seus filhos e mulheres eram de imediato adotados por outro capaz de protegê-los e sustentá-los. Era esse o caso de Tahama, que devia ser bom caçador, pois tinha responsabilidade por várias mulheres e uma dúzia de crianças. Por sua vez, a mãe cujo marido fosse um mau caçador podia adotar outros maridos para que a ajudassem a alimentar seus filhos. Os pais costumavam prometer as filhas em casamento assim que nasciam, mas nenhuma jovem era obrigada a casar-se ou a permanecer ao lado de um homem contra a sua vontade. O abuso contra as mulheres e os meninos era tabu: quem praticava uma violação perdia sua família e era condenado a dormir só, porque também deixava de ser aceito na cabana dos solteiros. Entre o povo da neblina o único castigo era o isolamento: nada temiam mais do que ser excluídos da comunidade. Afora isso, a ideia de prêmio e castigo não existia entre eles; os meninos aprendiam imitando os adultos, pois, se não o fizessem, estariam destinados a perecer. Deviam aprender a caçar, pescar, plantar e colher, respeitar a natureza e os demais, a ajudar e a manter seu posto na aldeia. Cada um aprendia segundo seu próprio ritmo e de acordo com sua capacidade.

Às vezes não nasciam bastantes meninas em uma geração, e então os homens saíam em longas expedições à procura de mulheres. Por sua vez, as garotas da aldeia podiam encontrar marido durante as raras vezes em que visitavam outras áreas do território. Também se misturavam, adotando famílias de outras tribos, abandonadas depois de uma batalha, pois um grupo muito pequeno não podia sobreviver na selva. De vez em quando tinham de declarar guerra a outro *shabono*; assim, os guerreiros se fortaleciam e havia intercâmbio de casais. Era muito triste quando os jovens se despediam para ir viver em outra tribo, pois só muito raramente voltavam a ver a família. O povo da neblina guardava cuidadosamente o segredo de sua aldeia para evitar os ataques e os costumes dos forasteiros. Tinham vivido à sua maneira durante milhares de anos e não desejavam mudar.

Havia poucas coisas no interior das palhoças: redes, cabaças, machados de pedra, dentes ou garras que eram usados como facas, animais domésticos que pertenciam à comunidade e que saíam de uma casa e entravam em outra livremente. No dormitório dos solteiros eram guardados arcos e flechas, zarabatanas e dardos. Não havia nada supérfluo, nem mesmo objetos de arte, apenas o essencial à estrita sobrevivência; do resto a natureza se encarregava. Alexander Cold não viu nenhum objeto de metal, nada que indicasse contato com o mundo dos brancos, e lembrou-se como o povo da neblina tinha ignorado os presentes que César Santos havia exposto a fim de atraí-los. Nesse ponto eles também se diferenciavam das demais tribos da região, que uma após outra iam sucumbindo ao desejo pelo aço e os outros bens dos forasteiros.

Quando a temperatura caiu, Alex vestiu suas roupas, mas continuou a tremer. À noite, viu que seus companheiros de abrigo dormiam aos pares nas redes ou amontoados no chão, a fim de se aquecerem; ele, porém, vinha de uma cultura na qual o contato físico entre homens não era tolerado: lá os homens só se tocavam em ímpetos de violência ou na prática dos mais rudes esportes. Deitou-se sozinho em um canto, sentindo-se insignificante, menor que uma pulga. Aquele pequeno grupo humano, em uma diminuta aldeia no meio da floresta, era invisível na imensidão do espaço sideral. No infinito, seu tempo de vida era menos que uma fração de segundo. Ou talvez nem sequer existisse; talvez os seres humanos, os planetas e o restante da Criação fossem apenas sonhos, ilusões. Sorriu com humildade ao lembrar que apenas alguns dias antes se considerava o centro do universo. Tinha frio e fome, achava que aquela seria uma noite muito longa, mas em menos de cinco minutos estava adormecido, como se o tivessem anestesiado.

Despertou enroscado no chão, em cima de uma esteira de palha, apertado entre dois fortes guerreiros, que roncavam e bufavam em seu ouvido, como costumava fazer Poncho, o cão. Desprendeu-se com dificuldade dos braços dos indígenas e levantou-se discretamente, mas não chegou a ir muito longe, pois, atravessada na porta, havia uma grossa cobra, com mais de dois metros de comprimento. Parou petrificado, sem atrever-se a dar um passo, embora o réptil não desse o menor sinal de vida: talvez dormisse, talvez estivesse morto. Logo os indígenas despertaram e deram início às suas atividades com a maior calma, passando por cima da cobra sem lhe prestar atenção. Era uma *jiboia* domesticada, cuja missão consistia em eliminar ratos, morcegos e escorpiões, além de espantar as cobras venenosas. O povo da neblina tinha várias mascotes: macacos que se criavam com os meninos, cãezinhos que as mulheres amamentavam como se fossem seus filhos, tucanos, papagaios, iguanas e até um decrépito jaguar amarelo, inofensivo, coxo de uma perna. Bem alimentadas e em geral letárgicas, as boas se prestavam a que os meninos brincassem com elas. Alex pensou no quanto sua irmã Nicole se sentiria feliz no meio daquela fauna exótica, mas domesticada.

Boa parte do dia foi consumida pelos preparativos da festa destinada a celebrar o regresso dos guerreiros e a visita das duas "almas brancas", como eles se referiam a Nádia e Alex. Todos participaram, menos um homem, que permaneceu sentado em um extremo da aldeia, separado dos demais. O indígena cumpria o rito da purificação — *unokaimú* —, obrigatório quando se mata outro ser humano. Alex foi informado de que o *unokaimú* consistia em jejum total, silêncio e imobilidade durante vários dias; assim, o espírito do morto, que havia escapado pelas narinas do cadáver a fim de grudar-se no centro do peito do assassino, iria pouco a pouco desprendendo-se. Se o homicida consumisse qualquer alimento, o fantasma de sua vítima engordaria, e seu peso acabaria por esmagá-lo. Diante do guerreiro imóvel, em estado de *unokaimú*, havia uma longa zarabatana de bambu, decorada com símbolos estranhos, idênticos aos do dardo envenenado que atravessara o coração de um dos soldados da expedição durante a viagem pelo rio.

Alguns homens saíram para caçar e pescar, guiados por Tahama, enquanto várias mulheres foram colher milho e bananas nas pequenas roças que se escondiam no meio da floresta, enquanto outras ainda se ocupavam em fazer farinha de mandioca. Os meninos menores catavam formigas e outros insetos para cozinhá-los; os maiores colhiam nozes e frutas, e outros subiam com incrível rapidez em uma das árvores, a fim de tirar mel de um favo, única fonte de açúcar na selva. Desde que aprendiam a andar, os meninos também aprendiam a subir em árvores e logo se tornavam capazes de correr pelos galhos mais altos, sem jamais perder o equilíbrio. Só de vê-los pendurados a tão grande altura, como se fossem símios, Nádia sentia vertigens.

Entregaram a Alex um cesto de vime, ensinaram-lhe como levá-lo às costas, amarrado na cabeça, e indicaram que seguisse os outros jovens. Caminharam por uma boa extensão da floresta, cruzaram o rio apoiando-se em varas e segurando-se em cipós, e chegaram a um local onde cresciam esbeltas palmeiras, cujos troncos estavam recobertos de afiados espinhos. Sob as copas, a mais de quinze metros de altura, brilhavam cachos de um fruto amarelo, parecido com o pêssego. Os jovens amarraram alguns pedaços de madeira de modo a formar duas cruzes bem firmes, cercaram o tronco com uma e puseram a outra mais acima. Um deles subiu na primeira, empurrou a outra para cima, subiu nela, estendeu a mão para elevar a cruz que estava abaixo dele e, assim, foi subindo até o ponto mais alto, com a agilidade de um alpinista. Alex já tinha ouvido falar daquele método, mas até vê-lo em prática não conseguia entender como se podia subir sem ferir-se nos espinhos. Lá de cima o indígena lançou os frutos que os outros recolheram em seus cestos. Mais tarde as mulheres da aldeia os amassaram, misturados com bananas, a fim de fazer uma sopa, muito apreciada pelo povo da neblina.

Apesar de todos estarem atarefados com os preparativos, havia um ambiente relaxado e festivo. Ninguém se apressava, e sobrou tempo para se banharem alegremente durante horas no rio. Enquanto nadava com outros jovens, Alexander Cold pensou que nunca antes o mundo lhe parecera tão belo e que nunca voltaria a ser tão livre. Depois de um longo banho, as garotas de Tapirawa-teri prepararam tintas vegetais de diferentes cores e com elas fizeram pinturas de intrincadas formas em todos os membros da tribo, inclusive nos bebês. Nesse meio-tempo os homens mais idosos misturavam folhas e cascas de diversas árvores a fim de obter o *yopo*, o pó mágico das cerimônias.

RITO DE INICIAÇÃO

A festa começou no meio da tarde e durou a noite toda. Pintados dos pés à cabeça, os indígenas cantaram, dançaram e comeram até se fartar. Era considerado descortês que um convidado recusasse oferecimento de comida ou bebida, de modo que Alex e Nádia, imitando os demais, encheram a barriga até sentir ânsias de vômito, o que ali se considerava uma demonstração de bons modos. Os meninos corriam com grandes borboletas e besouros fosforescentes pregados nos cabelos compridos. Com as orelhas enfeitadas de pirilampos, orquídeas e penas coloridas, e palitos atravessados nos lábios, as mulheres começaram a festa dividindo-se em dois grupos, que se enfrentavam cantando, em uma competição amistosa. Em seguida convidaram os homens a dançar com elas, inspirados nos movimentos dos animais quando se acasalam na estação das chuvas. Por fim, os homens exibiram-se sozinhos, primeiro girando em uma roda, imitando macacos, jaguares e jacarés, e em seguida fazendo uma demonstração de força e destreza, brandindo suas armas e dando saltos ornamentais. O espetáculo, o tutuque dos tambores, os cânticos, os gritos e os ruídos da selva ao redor deixavam Nádia e Alex meio tontos.

Mokarita fora levado para o centro da aldeia, onde recebia as saudações cerimoniosas de todos. Embora bebesse pequenos goles de *masato*, não pôde provar a comida. Outro ancião, com reputação de curandeiro, apresentou-se diante dele, coberto com uma crosta de barro seco e uma resina com a qual havia pregado pequenas penas brancas no corpo, o que lhe dava o aspecto de um estranho pássaro recém-nascido. O curandeiro esteve muito tempo dando saltos e soltando gritos a fim de espantar os demônios que haviam entrado no corpo do chefe. Em seguida chupou-lhe várias partes do ventre e do peito, fazendo a mímica de aspirar os maus humores e cuspi-los longe. Além disso, esfregou o moribundo com uma pasta de *paranary*, planta empregada na Amazônia para curar feridas; mas as feridas de Mokarita não eram visíveis e o remédio não surtiu efeito nenhum. Alex supunha que a queda havia rebentado algum órgão interno do chefe, talvez o fígado, pois, à medida que as horas passavam, o ancião se mostrava cada vez mais fraco, enquanto um fio de sangue escapava-lhe pela abertura dos lábios.

Ao amanhecer, Mokarita chamou para junto de si Nádia e Alex e, com as poucas forças que lhe restavam, explicou que eles eram os únicos forasteiros que haviam pisado em Tapirawa-teri desde a fundação da aldeia.

— As almas do povo da neblina e dos nossos antepassados habitam aqui — disse o chefe. — Os *nahab* dizem mentiras e não conhecem a justiça, por isso podem macular nossas almas.

Os dois tinham sido convidados, acrescentou Mokarita, conforme instruções do grande xamã, que os avisara de que Nádia estava destinada a ajudá-los. Não sabia qual o papel que Alex desempenharia nos acontecimentos futuros, mas, como

companheiro da menina, também era bem-vindo em Tapirawa-
-teri. Alexander e Nádia entenderam que o velho se referia a
Walimai e à sua profecia sobre o Rahakanariwa.

— Qual a forma adotada pelo Rahakanariwa? — perguntou
Alex.

— Muitas formas. É um pássaro chupa-sangue. Não é humano, age como um demente, nunca se sabe o que fará, está
sempre sedento de sangue, se aborrece e castiga — explicou
Mokarita.

— Vocês têm visto uns pássaros grandes? — perguntou Alex.

— Temos visto os pássaros que fazem ruído e vento, mas eles
não nos veem. Sabemos que não são o Rahakanariwa, embora
se pareçam muito; esses são os pássaros dos *nahab*. Só voam de
dia, nunca de noite, e por isso temos cuidado ao acender o fogo
para que o pássaro não veja a fumaça — disse Mokarita. — Por
essa razão vivemos escondidos e somos o povo invisível.

— Os *nahab* virão mais cedo ou mais tarde; isso é inevitável.
Que fará, então, o povo da neblina?

— Meu tempo no Olho do Mundo está terminando. O chefe que vier depois de mim decidirá — disse Mokarita, em voz
quase inaudível.

Mokarita morreu ao amanhecer. Durante horas um coro de la-
mentos sacudiu Tapirawa-teri: ninguém era capaz de recordar
o tempo anterior ao daquele chefe que havia guiado a tribo durante muitas décadas. O cocar de penas amarelas, símbolo de
sua autoridade, foi atado em um poste até que o sucessor fosse designado; enquanto isso, o povo da neblina despojou-se de
seus adornos e cobriu-se de barro, carvão e cinza, em sinal de
tristeza. Reinava grande inquietação, porque, segundo acreditavam, raramente a morte se apresenta por motivos naturais; em

geral a causa está em um inimigo que se valeu de magia para fazer o mal. A forma de apaziguar o espírito do morto é encontrar o inimigo e eliminá-lo, pois, do contrário, o fantasma permanecerá no mundo, molestando os vivos. Se o inimigo fosse de outra tribo, isso poderia levar a uma batalha, mas se fosse da mesma aldeia poderia ser morto de modo simbólico, mediante uma cerimônia apropriada. Os guerreiros, que haviam passado a noite bebendo *masato,* estavam muito excitados ante a ideia de vencer o inimigo causador da morte de Mokarita. Descobri-lo e derrotá-lo era uma questão de honra. Ninguém ali aspirava a substituir Mokarita, pois entre eles não existiam hierarquias, nenhum era mais importante do que os demais, tudo que o chefe tinha a mais que os outros eram obrigações. Mokarita não era respeitado pela sua posição de comando, mas por ser muito idoso, o que significava mais experiência e conhecimento. Os homens, embriagados e excitados, podiam tornar-se violentos de um instante para outro.

Nádia sussurrou para Alex:

— Acho que chegou o momento de chamar Walimai.

Afastou-se para um extremo da aldeia, tirou o amuleto do pescoço e se pôs a soprá-lo. O agudo pio de coruja que o osso emitia soava estranho naquele lugar. Nádia acreditava que bastaria usar o talismã para que Walimai aparecesse por artes mágicas, mas, por mais que soprasse, o xamã não se apresentava.

Nas horas seguintes a tensão foi aumentando na aldeia. Um dos guerreiros agrediu Tahama e este devolveu o gesto com uma paulada na cabeça do outro, que caiu e ficou sangrando no chão; vários homens tiveram de intervir para separar e acalmar os exaltados. Finalmente decidiram resolver o conflito mediante o *yopo,* um pó verde, que, como o *masato,* só podia ser usado pelos homens. Estes formaram pares, cada par na posse de um talo oco e talhado na ponta, por meio do qual sopravam o pó uns nos outros, diretamente nos narizes. O *yopo* alcançava o cérebro com a força de uma pancada e o homem caía para trás, gritando de dor; em seguida se punha a vomitar, dar saltos, grunhir e ter visões, enquanto um muco verde saía-lhe pela boca e pelas fossas nasais. Não era um espetáculo muito agradável, mas os indígenas usavam-no para transportar-se ao mundo dos espíritos. Alguns homens se transformaram em demônios, outros assumiram a alma de diversos animais, outros ainda profetizaram o futuro, mas o fantasma de Mokarita não apareceu a nenhum deles para designar seu sucessor.

Alex e Nádia suspeitavam que aquele pandemônio ia terminar em violência e por isso preferiram manter-se mudos e separados na esperança de que ninguém se lembrasse deles. Não tiveram sorte, porque de repente um dos guerreiros teve a visão de que o inimigo de Mokarita, o causador de sua morte, era o garoto forasteiro. Em um instante os outros se reuniram para castigar o suposto assassino do chefe e, empunhando cacetes, saíram atrás de Alex. Aquele não era o momento de pensar na flauta como meio de acalmar os ânimos; o garoto deitou a correr como uma gazela. Suas únicas vantagens eram o desespero, que lhe dava asas, e o fato de seus perseguidores não estarem em melhores condições do que ele. Os indígenas embriagados tropeçavam, empurravam-se e, na confusão, batiam uns nos outros, enquanto as mulheres e os meninos corriam ao seu redor, animando-os. Alex pensou que havia chegado a hora da sua morte, e a imagem de sua mãe passou-lhe como um relâmpago pela mente, enquanto corria e corria pela floresta.

O garoto americano não podia competir em velocidade e destreza com aqueles guerreiros, mas estes estavam drogados, e um a um foram caindo pelo caminho. Por fim, Alex pôde refugiar-se embaixo de uma árvore, ofegante e extenuado. Quando pensou que estava salvo, sentiu-se cercado e, antes que pudesse recomeçar a fuga, as mulheres da tribo caíram-lhe em cima. Riam, como se tê-lo caçado fosse apenas uma brincadeira de mau gosto, mas o fato é que o sujeitaram firmemente e, apesar de seus socos e pernadas, arrastaram-no de volta a Tapirawa-teri, onde o ataram ao tronco de uma árvore. Algumas garotas vieram fazer-lhe cócegas e outras puseram pedaços de frutas em sua boca, mas, apesar dessas atenções, as cordas continuavam bem atadas. Nesse meio-tempo o efeito do *yopo* começava a reduzir-se, vagarosamente, e os homens, esgotados, iam abandonando suas visões para voltar à realidade. Várias horas se passariam antes que recuperassem a lucidez e as forças.

Dolorido por ter sido arrastado e humilhado pelas brincadeiras das mulheres, Alex lembrou-se das aterrorizantes histórias do professor Ludovic Leblanc. Se a teoria do antropólogo fosse correta, ele seria devorado. E o que aconteceria com Nádia? Sentia-se responsável por ela. Pensou que nos filmes e nos romances aquele era o momento em que chegariam os helicópteros para resgatá-los, e olhou para o céu, sem esperanças, pois na vida real os helicópteros nunca chegam a tempo. Nesse meio-tempo, Nádia havia se aproximado da árvore, sem que ninguém a detivesse, pois nenhum dos guerreiros podia imaginar que uma garota se atrevesse a desafiá-los. Alex e Nádia tinham vestido suas roupas ao cair o frio da primeira noite e, como o povo da neblina havia se acostumado a vê-los vestidos, não sentiram necessidade de tirá-las. Alex estava usando o cinto do qual pendiam sua flauta, sua bússola e seu canivete, que Nádia utilizou para soltá-lo. Nos filmes basta um movimento para cortar uma corda, mas Nádia teve de se esforçar durante um bom tempo, suando de impaciência, antes de cortar todas as tiras de couro. Assombrados com tanto atrevimento, alguns meninos e mulheres da tribo se aproximaram para ver o que a forasteira fazia, mas Nádia continuou a agir com segurança, brandindo a lâmina do canivete diante dos narizes dos curiosos; assim, ninguém realmente interferiu e, em menos de dez minutos, Alex estava livre. Os dois puseram-se a retroceder dissimuladamente, sem atrever-se a correr, para não atrair a atenção dos guerreiros. Naquele momento a arte da invisibilidade lhes teria ajudado muito.

Os jovens forasteiros não foram muito longe porque, enquanto recuavam, Walimai entrou na aldeia. O velho bruxo apareceu com sua coleção de bolsinhas pendentes do bastão, sua lança curta e seu cilindro de quartzo que soava como um guizo. Continha pequenas pedras encontradas no local onde caíra um raio, era o símbolo dos curandeiros e xamãs, e representava o poder do Pai Sol. Walimai vinha em companhia de uma jovem, cujos cabelos, como um manto negro, a cobriam até a cintura. A jovem trazia as sobrancelhas raspadas, usava colares de contas e uns pedacinhos de madeira polida atravessados nas bochechas e no nariz. Era muito bonita e parecia alegre, sorrindo o tempo todo, embora não dissesse uma palavra. Alex compreendeu que era a esposa-anjo do xamã e regozijou-se pelo fato de poder vê-la; isso significava que algo se abrira em seu entendimento ou em sua intuição. Como lhe havia ensinado Nádia, era necessário "ver com o coração". Ela contara que muitos anos atrás, quando Walimai ainda era jovem, vira-se obrigado a matar a moça, ferindo-a com sua faca envenenada, para livrá-la da escravidão. Não foi um crime e sim um favor, mas, de qualquer maneira, a alma da jovem havia se grudado ao seu peito. Walimai fugiu para o mais fundo da floresta, levando a alma da jovem para onde ninguém jamais pudesse encontrá-la. Ali cumpriu os obrigatórios ritos de purificação, o jejum e a imobilidade. No entanto, durante a viagem, ele e a mulher tinham se apaixonado e, uma vez terminado o rito do *unokaimú*, o espírito dela não quis se despedir e preferiu ficar neste mundo ao lado do homem a quem amava. Fazia quase um século que isso acontecera, e desde então ela estivera sempre ao lado de Walimai, esperando o momento em que ele, transformado em espírito, pudesse voar com ela.

A presença de Walimai aliviou a tensão em Tapirawa-teri e, mesmo os guerreiros que pouco antes se dispunham a massacrar Alex, agora o tratavam com amabilidade. A tribo respeitava e temia o grande xamã porque ele possuía a habilidade sobrenatural de interpretar sinais. Todos sonhavam e tinham visões, mas somente os eleitos, como Walimai, viajavam pelo mundo dos espíritos superiores, onde aprendiam o significado das visões e podiam guiar os outros e mudar o rumo dos desastres naturais.

O velho bruxo anunciou que o garoto tinha a alma do jaguar negro, animal sagrado, e havia vindo de muito longe para ajudar o povo da neblina. Explicou que estavam vivendo tempos muito estranhos, tempos em que se tornara difusa a fronteira entre o mundo de cá e o mundo de lá, tempos em que todos podiam ser devorados pelo Rahakanariwa. Lembrou-lhes a existência dos *nahab*, que a maioria deles só conhecia mediante os contos que lhes eram narrados pelos irmãos de outras tribos assentadas nas terras baixas. Os guerreiros de Tapirawa-teri haviam espionado durante vários dias a expedição da *International Geographic*, mas nenhum deles compreendia as ações e os hábitos daqueles estranhos forasteiros. Walimai, que em um século de vida tinha visto muito, contou-lhes aquilo que sabia.

— Os *nahab* são hoje como os mortos, a alma lhes fugiu do peito — disse. — Os *nahab* não sabem nada de nada, não sabem pescar um peixe com uma lança, nem acertar um dardo em um macaco, nem tampouco subir em uma árvore. Não andam, como nós, vestidos de ar e de luz, mas de roupas hediondas. Não se banham no rio, não conhecem as regras da decência ou da cortesia, não dividem sua casa, sua comida, seus filhos e suas mulheres. Têm os ossos moles e basta uma pequena paulada para lhes partir o crânio. Matam animais e não os comem, largando-os no chão para que apodreçam. Por onde passam deixam um rastro de lixo e veneno, inclusive na água. Os *nahab* são tão loucos que pretendem levar as pedras do chão, a areia dos rios, as árvores da floresta. Alguns querem a terra. Dizemos que não podem carregar a selva nas costas, como uma anta morta, mas não nos escutam. Falam dos seus deuses, mas não querem ouvir falar dos nossos. São insaciáveis como os jacarés. Vi essas coisas terríveis com meus próprios olhos e ouvi com meus próprios ouvidos e toquei com minhas próprias mãos.

— Jamais permitiremos que esses demônios cheguem ao Olho do Mundo — disse Tahama. — Nós os mataremos com os nossos dardos e flechas quando estiverem subindo pela catarata, como fizemos com todos os forasteiros que tentaram antes, desde os tempos dos avós dos nossos avós...

— Mas, de qualquer maneira, eles virão — interrompeu Alex. — Os *nahab* têm pássaros de barulho e vento que podem voar por cima das montanhas. Virão porque querem as pedras, as árvores e a terra.

— É verdade — admitiu Walimai.

— Os *nahab* também podem matar por meio de doenças. Muitas tribos já morreram assim — disse Nádia —, mas o povo da neblina poderá salvar-se.

— Essa menina cor de mel sabe o que diz, devemos ouvi-la. O Rahakanariwa costuma assumir a forma de doenças mortais — assegurou Walimai.

— Ela é mais poderosa do que o Rahakanariwa? — perguntou Tahama com incredulidade.

— Eu não, mas conheço outra mulher que é realmente muito poderosa — respondeu a menina. — Ela tem as vacinas que podem evitar as epidemias.

Nádia e Alex passaram a hora seguinte tentando convencer os indígenas de que nem todos os *nahab* eram demônios nefastos, havia alguns que eram amigos, como a Dra. Omayra Torres. Às limitações da linguagem somavam-se as diferenças culturais. Como explicar-lhes em que consistia uma vacina? Eles mesmos não o entendiam inteiramente, e por isso preferiram dizer que se tratava de uma poderosa magia.

— A única salvação está na vinda dessa mulher para vacinar todo o povo da neblina — argumentou Nádia. — Assim, mesmo que venham os *nahab* ou o *Rahakanariwa*, sedentos de sangue, não poderão fazer mal a vocês com doenças.

— Poderão nos ameaçar de outras maneiras — disse Tahama. — Então iremos à guerra contra eles.

— Fazer guerra contra os *nahab* não é uma boa ideia — opinou Nádia.

— O próximo chefe terá de decidir — concluiu Tahama.

Walimai encarregou-se de dirigir os ritos funerários de Mokarita, em conformidade com as mais antigas tradições. Apesar do perigo de serem vistos do ar, os indígenas acenderam uma grande fogueira para cremar o corpo, e durante horas os restos mortais do chefe foram se consumindo, enquanto os habitantes da aldeia lamentavam sua partida. Walimai preparou uma poção mágica, a poderosa *ayahuasca,* para ajudar os homens da tribo a verem o fundo de seus corações. Os jovens forasteiros foram convidados, porque deviam cumprir uma tarefa heroica, a mais importante missão de suas vidas, para a qual não necessitariam apenas da ajuda dos deuses, mas também do conhecimento de suas próprias forças. Não se atreveram a rejeitar a poção, embora seu sabor fosse asqueroso, e tiveram de fazer um grande esforço para engoli-la e retê-la no estômago. Só um pouco mais tarde sentiram os efeitos, quando de repente o chão deslizou sob os seus pés e o céu se encheu de figuras geométricas e cores brilhantes, seus corpos começaram a girar e se dissolver, e o pânico os invadiu até a última fibra. Justamente quando pensavam ter chegado às portas da morte, sentiram-se impulsionados, em vertiginosa velocidade, através de inumeráveis câmaras de luz, e de repente as portas do reino dos deuses totêmicos abriram-se, intimando-os a entrar.

Alex sentiu que suas extremidades se alongavam e um calor ardente o invadia por dentro. Olhou as mãos e viu que eram duas patas terminadas em afiadíssimas garras. Abriu a boca e um temível rugido brotou de seu ventre. Viu-se transformado em um felino, grande, negro e lustroso: o magnífico jaguar macho que tinha visto no pátio de Mauro Carías. O animal não estava nele, nem ele no animal, mas os dois se fundiam em um único ser; ambos eram o garoto e a fera simultaneamente. Alex deu alguns passos, alongando-se, experimentando os músculos, e compreendeu que possuía a ligeireza, a velocidade e a força do jaguar. Possuído de energia sobrenatural, correu pela floresta, dando grandes saltos de gato. Com um desses saltos subiu ao galho de uma árvore e dali observou a paisagem com seus olhos dourados, enquanto movia lentamente no ar sua longa cauda negra. Soube que era poderoso, temido, solitário, invencível, o rei da selva sul-americana. Não havia outro animal tão valente quanto ele.

Nádia subiu aos céus e em instantes perdeu o medo de altura que sempre a havia angustiado. Suas poderosas asas de águia moviam-se apenas um pouco; o ar frio a sustentava e bastava um leve movimento para mudar o rumo e a velocidade da viagem.

Voava a grande altura, tranquila, indiferente, desprendida, observando sem curiosidade a terra muito abaixo. De cima via a selva e os cumes planos dos *tepuis*, muitos cobertos de nuvens, como se estivessem coroados de espuma; via também a débil coluna de fumaça da fogueira na qual ardiam os restos do chefe Mokarita. Suspensa no ar, a águia era tão invencível quanto o jaguar na terra: nada poderia alcançá-la. A menina-pássaro deu várias voltas olímpicas sobrevoando o Olho do Mundo, examinando de cima a vida dos indígenas. As penas de sua cabeça eriçavam-se como se fossem numerosas antenas, captando o calor do sol, a vastidão do vento, a dramática emoção da altura. Soube que era a protetora daqueles indígenas, a mãe-águia do povo da neblina. Voou sobre a aldeia de Tapirawa-teri, e a sombra de suas magníficas asas cobriu como um manto os tetos quase invisíveis das pequenas casas ocultas na floresta. Por fim, a grande ave dirigiu-se ao topo de um *tepui*, a mais alta de todas aquelas montanhas, onde em seu ninho, exposto a todos os ventos, brilhavam três ovos de cristal.

Na manhã seguinte, quando os dois regressaram do mundo dos animais totêmicos, cada um contou sua experiência.

— O que significariam os três ovos? — perguntou Alex.

— Não sei, mas acho que são muito importantes. Aqueles ovos não são meus, Jaguar, mas tenho de consegui-los para salvar o povo da neblina.

— Não entendo. O que aqueles ovos têm a ver com os indígenas?

— Acho que têm tudo a ver... — replicou Nádia, tão confusa quanto ele.

Quando se apagaram as brasas da pira funerária, Iyomi, a mulher de Mokarita, separou os ossos calcinados, moeu-os com uma pedra até transformá-los em pó e os misturou com água e banana para fazer uma sopa. A cuia com o líquido cinzento passou de mão em mão, e todos, até os jovens forasteiros, beberam um gole. Em seguida enterraram a cuia, e o nome do chefe foi esquecido para que ninguém voltasse jamais a pronunciá-lo. A memória do homem passou a seus descendentes e amigos, assim como as partículas de sua coragem e sua sabedoria. Assim, uma parte sua permaneceria para sempre entre os vivos. Nádia e Alex tinham bebido a sopa de ossos como uma forma de batismo: agora pertenciam à tribo. Ao levar a cuia aos lábios, o garoto lembrou-se de ter lido algo sobre uma doença causada pelo ato de "comer o cérebro dos antepassados". Fechou os olhos e bebeu com respeito.

Terminada a cerimônia do funeral, Walimai conclamou a tribo a eleger o novo chefe. De acordo com a tradição, só os homens podiam aspirar à condição de chefe, mas Walimai explicou que daquela vez seria necessário escolher com a maior prudência, pois viviam tempos estranhos e se necessitava de um chefe capaz de compreender os mistérios de outros mundos, comunicar-se com os deuses e manter afastado o Rahakanariwa. Disse que eram tempos de seis luas no firmamento, tempos em que os deuses tinham sido obrigados a abandonar sua morada. Ao serem mencionados os deuses, os indígenas levaram as mãos à cabeça e começaram a balançar os corpos para a frente e para trás, cantando algo que aos ouvidos de Nádia e Alex soava como uma oração.

— Todos em Tapirawa-teri, inclusive os meninos, devem participar da eleição do novo chefe — instruiu Walimai.

Durante todo o dia os membros da tribo estiveram propondo candidatos e negociando. Ao entardecer, Nádia e Alex adormeceram, esgotados, famintos e aborrecidos. O garoto havia tentado em vão explicar a maneira de escolher mediante votos, como em uma democracia, mas os indígenas não sabiam contar, e o conceito de votação lhes pareceu tão incompreensível quanto o de vacina. Eles elegiam mediante *visões*.

Os jovens foram despertados por Walimai, bem tarde da noite, com a notícia de que a visão mais forte tinha indicado Iyomi e, portanto, a viúva de Mokarita era agora quem chefiava a aldeia. Pela primeira vez, desde quando podiam se lembrar, uma mulher ocupava o cargo.

A primeira ordem partida da velha Iyomi depois de receber o cocar de penas amarelas, durante tantos anos usado pelo marido, foi a de que preparassem comida. A ordem foi imediatamente acatada, até porque fazia dois dias que o povo da neblina nada comia além do gole da sopa de ossos. Tahama e outros caçadores partiram para a selva com suas armas e, algumas horas mais tarde, voltaram com um tamanduá e um veado, que esquartejaram e assaram sobre as brasas. Enquanto a carne assava, as mulheres fizeram pão de mandioca e um cozido de bananas. Quando todos deram mostras de estar saciados, Iyomi convidou o povo da aldeia a sentar-se em um círculo e promulgou seu segundo edito.

— Vou nomear outros chefes. Um chefe para a guerra e a caça: Tahama. Um chefe para aplacar Rahakanariwa: a menina cor de mel chamada Águia. Um chefe para negociar com os *nahab* e seus pássaros de barulho e vento: o forasteiro chamado Jaguar. Um chefe para visitar os deuses: Walimai. Um chefe para os chefes: Iyomi.

Assim a sábia mulher distribuiu o poder e organizou o povo da neblina para enfrentar os tempos terríveis que se aproximavam. E, desse modo, Nádia e Alex viram-se investidos de uma responsabilidade para a qual nenhum dos dois se sentia capacitado.

Iyomi deu sua terceira ordem ali mesmo. Disse que a menina Águia devia manter sua "alma pura" para enfrentar Rahakanariwa, única forma de evitar que fosse devorada pelo pássaro canibal, mas que o jovem forasteiro, Jaguar, devia se transformar em homem e receber suas armas de guerreiro. Todo garoto, antes de empunhar suas armas e pensar em se casar, precisava morrer como menino e nascer como homem. Não havia tempo para a cerimônia tradicional, que durava três dias e normalmente incluía todos os jovens da tribo que haviam alcançado a puberdade. No caso de Jaguar, disse Iyomi, deviam improvisar algo mais breve, pois o jovem acompanharia a Águia em viagem à montanha dos deuses. O povo da neblina achava-se em perigo, e só aqueles forasteiros podiam trazer a salvação e, por isso, deviam partir imediatamente.

Coube a Walimai e Tahama organizar o rito de iniciação de Alex, do qual só participavam os homens adultos. Depois ele contou a Nádia que, se soubesse antes em que consistia a cerimônia, talvez a experiência tivesse sido menos terrível. Sob a direção de Iyomi, as mulheres rasparam o alto de sua cabeça com uma pedra afiada, um método bastante doloroso em razão do corte que ainda não havia cicatrizado, onde fora atingido ao ser raptado. Ao passarem a navalha de pedra por sua cabeça, a ferida fora reaberta, mas as mulheres cobriram o local com um pouco de barro e o sangramento logo estancou. Em seguida, com uma pasta de cera e carvão, as mulheres o pintaram de preto da cabeça aos pés. Depois disso teve de despedir-se de sua amiga e de Iyomi, pois as mulheres não podiam estar presentes durante a cerimônia, indo então passar o dia na floresta na companhia das crianças. Só voltariam à aldeia no início da noite, quando os guerreiros o tivessem levado para a prova que fazia parte da iniciação.

Tahama e seus homens desenterraram da lama do rio os instrumentos musicais sagrados, usados somente nas cerimônias masculinas. Eram tubos grossos, com cerca de um metro e meio de comprimento, que, ao serem soprados, produziam um som rouco e pesado, algo parecido com o bufo de um touro. As mulheres e os meninos ainda não iniciados não podiam vê-los, sob pena de adoecerem e morrerem vítimas de magia. Aqueles instrumentos representavam o poder masculino da tribo, o vínculo entre pais e filhos homens. Sem aquelas trombetas, todo o poder estaria nas mulheres, que possuíam a faculdade divina de ter filhos ou "fazer gente", como diziam.

O rito começou de manhã e iria se prolongar por todo o dia e toda a noite. Deram-lhe para comer umas amoras amargas e o deixaram encolhido no chão, em posição fetal; depois disso, dirigidos por Walimai, os homens pintados e decorados com os símbolos dos demônios distribuíram-se ao redor de Alex, em um círculo apertado, batendo no chão com os pés e fumando cigarros de folha. Por causa das amoras amargas, do susto e da fumaça, Alex não tardou a se sentir mal.

Durante horas os guerreiros dançaram e cantaram em torno do garoto, soprando as trombetas sagradas, cujos extremos se apoiavam no chão. O som retumbava dentro do cérebro confuso de Alex. Durante horas escutou os cânticos que repetiam a história do Pai Sol, que ficava além do sol cotidiano que ilumina o céu, mas na verdade era um fogo invisível do qual procedia a Criação; também falavam da gota de sangue que se havia desprendido da Lua para dar origem ao primeiro homem; cantaram o rio de Leite, que continha todas as sementes da vida, mas também putrefação e morte; o canto dizia que esse rio levava ao reino onde os xamãs, como Walimai, encontravam-se com espíritos e outros seres sobrenaturais para receber a sabedoria e o poder de curar. Diziam, ainda, que tudo que existe é sonhado pela Mãe Terra, que cada estrela sonha seus habitantes, e tudo que ocorre no universo é uma ilusão, nada mais que sonhos dentro de outros sonhos. Em meio ao seu aturdimento, Alexander Cold sentia que tais palavras referiam-se a conceitos que ele mesmo havia pressentido; deixou então de raciocinar e abandonou-se à estranha experiência de "pensar com o coração".

As horas passavam e Alex ia perdendo o sentido do tempo, do espaço, da sua própria realidade, fundindo-se em um estado de terror e profunda fadiga. Em algum momento sentiu que o levantavam e o obrigavam a marchar, e logo percebeu que a noite já havia descido. Dirigiram-se em procissão para o rio, tocando seus instrumentos e brandindo suas armas; mergulharam-no várias vezes na água, até ele ter a sensação de estar morrendo afogado. Esfregaram-no com folhas abrasivas para que a pintura negra se desprendesse de seu corpo e em seguida passaram pimenta na pele já ardida. Em meio a uma gritaria ensurdecedora, puseram-se a golpeá-lo com varetas, nas pernas, nos braços, no peito e no ventre, mas sem intenção de machucá-lo; ameaçavam-no com suas lanças, tocando-o às vezes com as pontas afiadas, sem contudo feri-lo. Tentavam assustá-lo por todos os meios possíveis e alcançaram seu objetivo, pois o garoto americano não entendia o que estava acontecendo e temia que em algum momento os atacantes passassem dos limites e o matassem de verdade. Procurava defender-se dos socos e dos empurrões dos guerreiros de Tapirawa-teri, mas o instinto lhe dizia que não tentasse escapar, pois seria inútil, visto que não tinha para onde ir naquele território desconhecido e hostil. Foi uma decisão acertada, pois, se o tivesse feito, seria considerado um covarde, o mais imperdoável defeito de um guerreiro.

Quando Alex estava a ponto de se descontrolar e ter um acesso de histeria, lembrou-se de seu animal totêmico. Não teve de fazer nenhum esforço extraordinário para entrar no corpo do jaguar negro; a transformação ocorreu com rapidez e facilidade: o rugido que saiu de sua garganta foi o mesmo que já havia produzido; já conhecia os lanhos de suas próprias garras, e o salto sobre a cabeça de seus inimigos foi um ato natural. Os indígenas celebraram a chegada do jaguar com uma algaravia ensurdecedora e, a seguir, em solene procissão, conduziram Alex até a árvore sagrada, onde Tahama o aguardava para a prova final.

Amanhecia na floresta. As formigas-de-fogo haviam sido presas em uma espécie de tubo de palha trançada — como os que eram usados para extrair ácido cianídrico da mandioca — que Tahama sustentava com duas varetas, para evitar o contato com os insetos. Esgotado, depois daquela comprida e aterradora noite, Alex demorou um momento para entender o que esperavam dele. Então respirou fundo, encheu os pulmões com o frio ar noturno, buscou ajuda na coragem do pai, alpinista, na resistência da mãe, que jamais se dava por vencida, na força do seu animal totêmico e, em seguida, introduziu o braço esquerdo, até a altura do cotovelo, no tubo de palha.

As formigas-de-fogo passearam por sua pele durante alguns segundos antes de picá-lo. Quando o fizeram, ele sentiu como se o queimassem com ácido até o osso. A dor medonha o aturdiu por alguns instantes, mas, mediante um esforço brutal de vontade, não retirou o braço do artefato. Lembrou-se das palavras de Nádia quando lhe ensinou a conviver com os mosquitos: não se defenda, ignore-os. Era impossível ignorar as formigas-de-fogo, mas depois de alguns minutos de absoluto desespero, durante os quais esteve a ponto de correr para lançar-se ao rio, percebeu que era possível controlar o impulso da fuga, deter o grito em seu peito, abrir-se ao sofrimento sem lhe opor resistência, permitindo que o penetrasse por inteiro, até a última fibra de seu ser e de sua consciência. E então a dor o atravessou com uma espada, saiu-lhe pelas costas e, milagrosamente, pôde suportá-la. Alex nunca poderia explicar a sensação de poder que o invadira no decorrer daquele suplício. Sentiu-se tão forte e invencível como antes, quando, depois de beber a poção mágica de Walimai, estivera na pele do jaguar negro. Essa foi a recompensa por ter sobrevivido à prova. Soube, então, que afinal sua infância tinha de fato ficado para trás e que a partir daquela noite era capaz de viver por si mesmo.

— Bem-vindo entre os homens — disse Tahama, retirando o tubo de palha do braço de Alex.

Semiconsciente, o jovem foi conduzido pelos guerreiros de volta à aldeia.

13

A MONTANHA SAGRADA

Banhado em suor, dolorido, ardendo de febre, Alexander Cold, o Jaguar, percorreu um longo corredor verde, passou por uma porta de alumínio e viu sua mãe. Lisa Cold repousava numa poltrona, em meio a almofadas e coberta por um lençol, em um quarto onde a luz era branca como um luar. Cobria a cabeça calva com um gorro de lã azul e tinha fones nos ouvidos; estava muito pálida e abatida, com olheiras escuras ao redor dos olhos. Uma fina sonda conectava-se com uma veia logo abaixo de sua clavícula e por ela gotejava um líquido amarelo procedente de uma bolsa plástica. Cada gota penetrava, como o fogo das formigas, diretamente no coração de sua mãe.

A milhares de quilômetros de distância, em um hospital do Texas, Lisa Cold recebia seu tratamento quimioterápico. Procurava não pensar na droga que, como um veneno, entrava em suas veias para combater o veneno ainda pior da enfermidade. Para manter-se distraída, concentrava-se em cada nota do concerto de flauta que estava escutando, o mesmo que tantas vezes tinha ouvido o filho ensaiar.

No mesmo momento em que Alex, delirante, sonhava com ela em plena selva, Lisa Cold viu seu filho com a mais completa nitidez. Viu-o de pé na porta do quarto, mais alto, mais forte, mais maduro e mais esbelto do que podia recordar. Lisa o havia chamado tantas vezes com o pensamento, que não estranhou sua presença. Não se perguntou como e por que vinha, simplesmente se entregou à felicidade de tê-lo ao seu lado. *Alexander... Alexander...*, murmurou. Estendeu as mãos e ele avançou até tocá-la, ajoelhando-se ao lado da poltrona e pondo a cabeça sobre os seus joelhos. Enquanto Lisa Cold repetia o nome do filho e acariciava-lhe a nuca, ouviu pelos fones, entre as notas diáfanas da flauta, a voz dele pedindo-lhe que lutasse, que não se rendesse à morte, repetindo-lhe, várias vezes: *Mãe, eu te amo.*

O encontro de Alexander Cold com sua mãe pode ter durado um instante ou várias horas; nenhum dos dois soube com certeza. Quando por fim se despediram, os dois regressaram fortalecidos ao mundo material. Pouco depois, John Cold entrou no quarto de sua mulher e surpreendeu-se ao vê-la sorrindo, as faces coradas.

— Como se sente, Lisa? — perguntou, solícito.

— Estou contente, John — respondeu ela. — Alex veio me ver.

— Lisa, o que está dizendo... Alexander está na Amazônia com a minha mãe, não se lembra? — murmurou o marido, aterrado com o efeito que os remédios podiam produzir em sua mulher.

— Claro que me lembro, mas isso não impede que ele tenha estado aqui há alguns minutos.

— Não pode ser... — retrucou o marido.

— Ele cresceu, está mais alto, mais forte, mas seu braço esquerdo está muito inchado — contou ela, fechando os olhos para descansar.

No coração do continente sul-americano, no Olho do Mundo, Alexander Cold acordou da febre. Necessitou de alguns minutos para reconhecer a garota dourada que se inclinava para lhe dar água.

— Agora você é um homem, Jaguar — disse Nádia, sorrindo aliviada ao vê-lo de volta ao mundo dos vivos.

Walimai preparou uma pasta de plantas medicinais e a aplicou no braço de Alex, e com esse remédio em poucas horas cederam tanto a febre quanto o inchaço. O feiticeiro explicou-lhe que, se na selva há venenos que matam sem deixar rastro, também existem milhares e milhares de remédios naturais. O garoto descreveu a doença de sua mãe e perguntou se conhecia alguma planta capaz de curá-la.

— Há uma planta sagrada que deve ser misturada com a água da saúde — respondeu o xamã.

— Posso conseguir essa planta e essa água?

— Pode ser que sim, pode ser que não. Terá de desempenhar muitas tarefas.

— Farei tudo que for necessário! — exclamou Alex.

No dia seguinte o jovem ainda estava todo dolorido, e nas picadas das formigas cresciam bolhas vermelhas, mas estava de pé e sentia apetite. Quando contou sua experiência a Nádia, ela disse que as meninas da tribo não passavam por uma cerimônia de iniciação porque não era necessário; as mulheres sabem quando deixam a infância para trás, porque seu corpo sangra e assim lhes dá o aviso.

Fora um daqueles dias em que Tahama e seus companheiros não tinham se saído bem na caça e a tribo só dispunha de milho e alguns peixes. Alex concluiu que, se antes fora capaz de comer sucuri assada, também poderia comer aquele peixe, embora estivesse coberto de escamas e cheio de espinhas. Para sua surpresa, gostou muito do peixe.

— E pensar que por mais de quinze anos me privei deste prato delicioso! — exclamou no segundo bocado.

Nádia lhe disse que comesse bastante, porque no dia seguinte partiriam com Walimai em uma viagem ao mundo dos espíritos, onde talvez não houvesse alimento para o corpo.

— Walimai disse que iremos à montanha sagrada, onde vivem os deuses — contou Nádia.

— E o que faremos lá?

— Procuraremos os três ovos de cristal que apareceram na minha visão. Walimai acredita que esses ovos salvarão o povo da neblina.

A viagem começou ao amanhecer, logo depois de o primeiro raio de luz ter aparecido no céu. Walimai seguia à frente, acompanhado por sua bela mulher-anjo, que algumas vezes caminhava de mãos dadas com o xamã e em outras voava como uma borboleta por cima de sua cabeça, sempre silenciosa e sorridente. Alexander Cold conduzia orgulhoso seu arco e suas flechas, as novas armas que no final do rito de iniciação havia recebido das mãos de Tahama. Em uma cabaça, Nádia levava uma espécie de sopa de banana e também os bolos de mandioca que Iyomi lhes dera para a viagem. O bruxo não necessitava de provisões, porque, segundo disse, em sua idade se comia pouquíssimo. Não parecia humano: alimentava-se com goles de água e umas poucas nozes que chupava durante muito tempo com suas gengivas desdentadas, dormia poucas horas e sobravam-lhe forças para continuar caminhando enquanto os dois jovens caíam de cansaço.

Cruzavam as florestas do planalto, em direção ao mais alto dos *tepuis*, uma torre negra e brilhante como uma escultura de obsidiana. Alex consultou sua bússola e viu que se dirigiam sempre para leste. Não existia um caminho visível, mas Walimai embrenhava-se na floresta com incrível segurança, localizando-se entre árvores, vales, colinas, rios e cascatas, como se levasse um mapa na mão.

À medida que avançavam, a natureza ia mudando. Walimai apontou para uma paisagem e disse que se tratava do reino da Mãe das Águas e, com efeito, tinham pela frente uma incrível profusão de cataratas e quedas-d'água. Ali os garimpeiros ainda não haviam chegado, em sua busca de ouro e pedras preciosas, mas tudo era apenas uma questão de tempo. Eles trabalhavam em grupos de quatro ou cinco e, como eram muito pobres para dispor de transporte aéreo, moviam-se a pé por aqueles terrenos cheios de obstáculos ou de canoa pelos rios. Mas havia homens como Mauro Carías que conheciam as imensas riquezas da região e contavam com recursos modernos. A única coisa que os impedia de explorar as minas com jorros d'água sob pressão, capazes de pulverizar a floresta e transformar a paisagem em um lamaçal, eram as novas leis de proteção ao meio ambiente e aos indígenas. As primeiras eram constantemente violadas, mas já não parecia tão fácil fazer o mesmo com as outras, porque os olhos do mundo estavam atentos aos indígenas da Amazônia, últimos sobreviventes da Idade da Pedra. Já não podiam exterminá-los a ferro e fogo, como tinham feito até recentemente, sem provocar uma reação internacional.

Alex calculou uma vez mais a importância das vacinas da Dra. Omayra Torres e da reportagem de sua avó na *International Geographic*, que alertaria os outros países para a situação dos indígenas. O que significariam os três ovos de cristal que Nádia tinha visto em seu sonho? Por que deveriam fazer aquela viagem na companhia do feiticeiro? Parecia-lhe mais útil reunir-se à expedição e tratar da aplicação das vacinas, sem esquecer a posterior publicação do artigo de sua avó. A ele, Alex, Iyomi designara "chefe para negociar com os *nahab* e seus pássaros de barulho e vento", mas, em vez de cumprir essa tarefa, estavam cada vez mais se afastando da civilização. Não havia lógica nenhuma naquilo que estavam fazendo, pensou, com um suspiro. Diante dele erguiam-se os misteriosos e solitários *tepuis*, como construções de outro planeta.

Os três viajantes caminharam de sol a sol, em passos ligeiros, detendo-se apenas para refrescar os pés e beber água nos rios. Alex tentou caçar um tucano que descansava a poucos metros, em um galho de árvore, mas sua flecha não atingiu o alvo. Em seguida apontou para um macaco, tão próximo que dava para ver seus dentes amarelados, e também não conseguiu acertá-lo. O macaco retribuiu-lhe o gesto com caretas que lhe pareceram francamente sarcásticas. Pensou que de pouco lhe serviam suas belas armas de guerreiro; se seus companheiros dependiam dele para comer, morreriam de fome. Walimai indicou umas nozes, que se mostraram saborosas, e os frutos de uma árvore que o garoto não conseguiu alcançar.

Os indígenas tinham os dedos dos pés muito separados, fortes e flexíveis; podiam subir com incrível agilidade em troncos lisos. Embora calosos como couro de jacaré, aqueles pés também eram muito sensíveis: podiam utilizá-los até para tecer cordas e cestos. Na aldeia, mal os meninos aprendiam a andar, começavam a lhes ensinar como subir em árvores; já ele, Alexander, apesar de toda sua experiência em escalar montanhas, não foi capaz de subir na árvore para colher os frutos. Walimai, Nádia e Borobá choravam de rir dos seus inúteis esforços, e nenhum dos três demonstrou a menor simpatia quando caiu sentado de uma boa altura, ferindo o traseiro e o orgulho. Sentia-se pesado e lento como um paquiderme.

Ao entardecer, depois de muitas horas de marcha, Walimai indicou que podiam descansar. Entrou no rio, com água até os joelhos, e ali permaneceu imóvel e silencioso, até que os peixes esqueceram sua presença e começaram a rondá-lo. Quando teve uma presa ao alcance de sua arma, atingiu-a com a lança curta e entregou a Nádia um belo peixe prateado que ainda se debatia.

— Como ele consegue fazer isso com tanta facilidade? — quis saber Alex, humilhado pelos seus fracassos anteriores.

— Ele pede permissão ao peixe, explica que deve matá-lo por necessidade e depois agradece por oferecer sua vida para que vivamos — esclareceu Nádia.

Alexander pensou que no início da viagem teria achado graça das palavras de menina, mas agora escutava com atenção o que ela dizia.

— O peixe entende porque antes ele mesmo comeu outros e agora é a sua vez de ser comido — acrescentou Nádia. — Assim são as coisas.

O xamã acendeu uma pequena fogueira para assar o jantar, que devolveu a força aos dois jovens; ele, porém, limitou-se a beber água. Os dois dormiram encolhidos entre as grandes raízes de uma árvore, procurando assim defender-se do frio, pois não houvera tempo de improvisar redes com cascas de árvores, como tinha visto fazerem na aldeia; estavam cansados e deviam recomeçar a viagem bem cedo. Cada vez que um se movia, o outro se acomodava para ficarem o mais juntos possível e se manterem quentes na noite fria. Já o velho Walimai, de cócoras e imóvel, passou a noite observando o céu, enquanto a seu lado a mulher velava como uma fada transparente, vestida apenas com seus cabelos escuros. Quando os jovens despertaram, o indígena estava exatamente na mesma posição em que o tinham visto na noite anterior, invulnerável ao frio e à fadiga. Alex perguntou-lhe quantos anos já vivera, de onde tirava energia e qual o segredo de sua formidável saúde. O velho explicou que tinha visto nascer muitos meninos que logo se fizeram avós e que também tinha visto a morte desses avós e o nascimento de seus netos. Quantos anos? Deu de ombros: não importava ou não sabia. Disse que era mensageiro dos deuses, costumava ir ao mundo dos imortais, onde não existiam as doenças que matam os homens. Alex lembrou-se da lenda do Eldorado, onde não apenas havia fabulosas riquezas, mas também a fonte da eterna juventude.

— Minha mãe está muito doente... — murmurou Alex, comovido com a lembrança. A experiência de ter se transportado mentalmente para o hospital no Texas para estar com a mãe fora tão real que não podia esquecer os detalhes, desde o cheiro dos remédios até as pernas delgadas de Lisa Cold embaixo do lençol, sobre as quais havia apoiado a cabeça.

— Todos morremos — disse o xamã.

— Sim, mas minha mãe é jovem.

— Uns se vão jovens, outros velhos. Eu já vivi demais, gostaria que meus ossos descansassem na memória dos outros — disse Walimai.

Na metade do dia seguinte chegaram ao sopé do mais alto *tepui* do Olho do Mundo, um gigante cujo topo se perdia em uma coroa espessa de nuvens brancas. Walimai explicou que o cume do *tepui* nunca ficava sem nuvens e que ninguém, nem mesmo o poderoso Rahakanariwa, tinha visitado aquele lugar sem ser convidado pelos deuses. Fazia milhares de anos — ou seja, desde quando os seres humanos tinham sido fabricados com o calor do Pai Sol, o sangue da Lua e o barro da Mãe Terra — que o povo da neblina sabia da morada dos deuses no alto daquela montanha. A cada geração havia uma pessoa, sempre um xamã, que depois de ter passado por muitos trabalhos de purificação era designado para visitar o *tepui* e servir de mensageiro. Como lhe tocara esse papel, ali estivera muitas vezes, havia convivido com os deuses e conhecia seus costumes.

Estava preocupado, revelou aos dois jovens, porque ainda não havia treinado seu sucessor. E, se ele morresse, quem seria o mensageiro? Havia procurado o sucessor em cada uma de suas viagens espirituais, mas visão nenhuma tinha vindo em sua ajuda. Não era qualquer pessoa que podia ser treinada, devia ser alguém nascido com alma de xamã, alguém que tivesse o poder de curar, aconselhar e interpretar os sonhos. Tal pessoa demonstrava desde cedo os seus talentos; devia ser muito disciplinada a fim de vencer as tentações e controlar o corpo: um bom xamã não tinha desejos nem necessidades. Foi isso, em resumo, o que os jovens entenderam do longo discurso do bruxo, que falava em círculos, repetindo, como se recitasse um interminável poema. Ficou claro, no entanto, que só ele estava autorizado a cruzar o portal do mundo dos deuses, embora em duas ocasiões extraordinárias outros indígenas tivessem recebido permissão para passar por ele. Aquela seria a primeira vez que, desde o início dos tempos, forasteiros seriam admitidos.

— Como é o espaço dos deuses? — perguntou Alex.

— Maior que o maior dos *shabonos,* brilhante e amarelo como o sol.

— Eldorado! Será essa a lendária cidade de ouro que os conquistadores andaram procurando? — perguntou o jovem, ansioso.

— Pode ser que sim, pode ser que não — respondeu Walimai, que não dispunha de referências para saber o que era uma cidade, reconhecer o ouro ou imaginar os conquistadores.

— Como são os deuses? São como a criatura que chamamos de a Fera?

— Talvez sim, talvez não.

— Por que nos trouxe até aqui?

— Por causa das visões. O povo da neblina pode ser salvo por uma águia e um jaguar, e por isso vocês foram convidados a visitar a morada secreta dos deuses.

— Seremos dignos dessa confiança — prometeu Alex. — Nunca revelaremos a entrada...

— Não poderão revelar nada. Se saírem vivos, a esquecerão — replicou o indígena com simplicidade.

Se eu sair vivo... Alexander nunca havia pensado na possibilidade de morrer jovem. No fundo considerava a morte como algo desagradável que só ocorria aos outros. Apesar dos perigos vividos nas últimas semanas, não duvidou de que voltaria a reunir-se com sua família. Já havia até começado a preparar as palavras com as quais contaria suas aventuras, embora tivesse poucas esperanças de que acreditassem nele. Qual de seus amigos poderia imaginar que naquele momento ele estava entre criaturas da Idade da Pedra e que talvez chegasse a encontrar o Eldorado?

Ali, no sopé do *tepui*, compreendeu que a vida era cheia de surpresas. Antes não acreditava no destino, que lhe parecia um conceito fatalista, preferindo acreditar que cada um é livre para fazer da vida o que quiser, assim como ele estava decidido a fazer da sua algo de muito bom, a triunfar e ser feliz. Agora tudo isso lhe parecia absurdo. Não podia confiar mais apenas na razão; havia entrado no território incerto dos sonhos, da intuição e da magia. O destino existia e às vezes era necessário lançar-se na aventura e manter-se à superfície de qualquer maneira, tal como acontecera na ocasião em que sua avó o empurrara na água, e assim ele tivera de aprender a nadar aos quatro anos. Não tinha alternativa senão mergulhar nos mistérios que o rodeavam. Uma vez mais teve consciência dos riscos. Achava-se isolado na região mais remota do planeta, onde não funcionavam as leis que conhecia. Tinha de admitir: sua avó lhe havia feito um imenso favor ao arrancá-lo da segurança da Califórnia e lançá-lo naquele estranho mundo. Não só Tahama e suas formigas-de-fogo o haviam iniciado como adulto, como também a inefável Kate Cold.

Walimai deixou seus dois companheiros de viagem descansando nas margens de um arroio, com instruções para esperá-lo, e partiu sozinho. Naquela área do planalto a vegetação era menos densa, e o sol do meio-dia caía a prumo sobre suas cabeças. Nádia e Alex atiraram-se à água, espantando as enguias e as tartarugas que repousavam no fundo, enquanto Borobá, na margem do riacho, caçava moscas e sacudia as pulgas. Alex sentia-se inteiramente à vontade com aquela garota, divertia-se com ela e confiava nela, pois naquele ambiente Nádia era muito mais sábia do que ele. Parecia-lhe algo estranho que sentisse tanta admiração por alguém com a idade da sua irmã. Às vezes caía na tentação de compará-la com Cecilia Burns, mas não tinha por onde começar: as duas eram completamente diferentes.

Cecilia Burns estaria tão perdida na floresta quanto Nádia Santos na cidade. Cecilia tinha se desenvolvido cedo, e aos quinze anos já era uma jovem adulta. Ele não era o único apaixonado por ela: todos os garotos da escola tinham as mesmas fantasias em relação a ela. Nádia, ao contrário, ainda era comprida e fina como um junco, não tinha formas femininas, era apenas osso e pele bronzeada, um ser andrógino com cheiro de selva. Mas, apesar de seu aspecto infantil, inspirava respeito: tinha desenvoltura e dignidade. Talvez por lhe faltarem irmãs ou amigas da sua idade, agia como adulta; era silenciosa, séria, compenetrada, não tinha a atitude coquete que Alex tanto detestava em muitas meninas. Irritava-se quando as garotas se punham a cochichar e a rir entre si, fazendo com que ele se sentisse inseguro, achando que zombavam dele.

— Nem sempre falamos de você, Alexander Cold, temos outros assuntos mais interessantes — dissera-lhe certa vez Cecilia Burns diante de toda a turma.

Alex pensou que Nádia jamais o humilharia daquela maneira.

O velho feiticeiro regressou algumas horas mais tarde, descansado e sereno como sempre, trazendo dois pedaços de madeira untados com uma resina semelhante àquela que os indígenas tinham usado para subir pelas encostas da cachoeira. Anunciou que havia descoberto a entrada para a montanha dos deuses e, depois de ter escondido o arco e as flechas, que não poderiam usar, convidou-os a segui-lo.

No sopé do *tepui* a vegetação era formada principalmente por imensas samambaias, que cresciam emaranhadas como estopa. Tinham de avançar com muito cuidado e lentidão, separando as folhas e abrindo caminho com dificuldade. Quando se puseram a caminhar por baixo daquelas gigantescas plantas, o céu desapareceu, os três se fundiram no universo vegetal que os rodeava, o tempo parou e a realidade perdeu suas formas conhecidas. Entraram em um dédalo de folhas palpitantes, de orvalho almiscarado, de insetos fosforescentes e flores suculentas, das quais gotejava um mel azul e espesso. O ar se tornou pesado como o hálito de uma fera, havia um zumbido constante, as pedras ardiam como brasas e a terra tinha a cor do sangue. Alexander agarrou-se com uma das mãos ao ombro de Walimai e com a outra segurou Nádia, consciente de que, caso se separassem alguns centímetros, as samambaias os engoliriam e eles nunca mais se encontrariam. Borobá aferrava-se ao corpo de sua dona, silencioso e atento. Tinham de afastar dos olhos as delicadas teias de aranha bordadas de mosquitos e gotas de orvalho, que se estendiam como uma renda entre as folhas.

Quando olhavam para os pés, os dois jovens tinham vontade de perguntar que matéria avermelhada, viscosa e quente era aquela na qual afundavam até o tornozelo.

Alex não podia imaginar como o xamã reconhecia o caminho — talvez fosse guiado pela esposa-espírito; às vezes pensava que estavam caminhando em círculos no mesmo lugar, sem avançar um só passo. Não havia pontos de referência, mas apenas a voraz vegetação a envolvê-los em seu reluzente abraço. Tentou consultar sua bússola, mas a agulha vibrava enlouquecida, acentuando a impressão de que realmente estavam andando em círculos. De repente, Walimai se deteve, afastou uma samambaia que em nada se diferenciava das outras e os três se viram diante de uma abertura na encosta do morro; parecia uma caverna de raposas.

O bruxo entrou engatinhando e os dois o seguiram. Era uma passagem estreita, de uns três ou quatro metros de comprimento, que levava a uma gruta espaçosa, iluminada apenas por um raio de luz que vinha do exterior, onde puderam pôr-se de pé. Walimai tratou de esfregar pacientemente duas pedras a fim de fazer fogo, enquanto Alex pensava que nunca mais sairia de casa sem fósforos. Finalmente a faísca de uma das pedras inflamou uma palha que Walimai usou para acender a resina de uma das tochas.

À luz vacilante que acabavam de acender viram elevar-se acima deles uma nuvem escura composta por milhares e milhares de morcegos. Estavam em uma caverna de rocha, cercados de água que minava das paredes e cobria o chão como uma lagoa escura. Vários túneis naturais saíam em diferentes direções, uns mais largos do que outros, formando um intricado labirinto subterrâneo. Sem vacilar, o indígena se dirigiu a uma daquelas passagens, com os jovens em seus calcanhares.

Alex lembrou-se da história do fio de Ariadne que, segundo a mitologia grega, permitiu a Teseu regressar das profundidades do labirinto depois de matar o feroz minotauro. Mas Alex não dispunha de um carretel para assinalar o caminho e se perguntou como sairiam dali caso Walimai falhasse. Como a agulha da bússola vibrava sem rumo, deduziu que se encontravam em um campo magnético. Quis usar seu canivete para deixar marcas nas paredes, mas a rocha era dura como granito e necessitaria de horas para deixar um pequeno sinal. Passavam de um túnel para outro, sempre ascendendo pelo interior do *tepui*, tendo a improvisada tocha como única defesa contra as trevas absolutas que os rodeavam. Nas entranhas da terra não reinava um silêncio tumular, como ele havia imaginado, mas ouviam o adejar de morcegos, guinchos de ratos, correrias de pequenos animais, gotejamento de água e uma pancada rítmica, o batimento de um coração, como se estivessem dentro de um organismo vivo, um enorme animal em repouso. Ninguém falava, mas às vezes Borobá soltava um grito assustado que ecoava no labirinto e voltava para eles multiplicado. Alex perguntava a si mesmo que tipo de criaturas viveriam naquelas profundezas — talvez serpentes e escorpiões venenosos —, mas decidiu não pensar em nenhuma dessas possibilidades e manter a cabeça fria, como parecia ser o caso de Nádia, que seguia Walimai, muda e confiante.

Pouco a pouco foram vislumbrando o final da longa passagem. Viram uma tênue claridade verde e, ao avançar um pouco mais, acharam-se em uma grande caverna, cuja beleza era quase impossível de descrever. Por algum ponto entrava luz suficiente para iluminar aquele amplo espaço, tão grande quanto o de uma catedral, dentro do qual se erguiam maravilhosas formações rochosas e minerais que se constituíam em verdadeiras esculturas. O labirinto que haviam deixado para trás era de pedra escura, mas agora estavam em uma câmara circular, iluminada, embaixo da abóbada de uma grande igreja, cercados de cristais e pedras preciosas. Alex sabia pouquíssimo de minerais, mas não lhe foi difícil reconhecer opalas, topázios, ágatas, pedaços de quartzo, alabastro, jade e turmalina. Viu cristais que faiscavam como diamantes, outros de luminosidade leitosa, outros ainda que pareciam iluminados por dentro, alguns rajados de verde, vermelho e violeta, como se estivessem incrustados de esmeraldas, rubis e ametistas. Estalactites transparentes pendiam do teto como punhais de gelo, gotejando água calcária. Cheirava a umidade e, surpreendentemente, a flores. A mistura resultava em um aroma rançoso, intenso e penetrante, um pouco nauseabundo, misto de perfume e sepultura. O ar era frio e cortante, como costuma ser no inverno depois de a neve cair.

Não demoraram a perceber que algo se movia na outra extremidade da caverna, e no instante seguinte desprendeu-se de uma rocha de cristal azul algo que parecia um pássaro, um pássaro estranho, semelhante a um réptil alado. O animal abriu as asas, dispondo-se a voar, e então Alex pôde vê-lo com clareza: era semelhante aos desenhos dos lendários dragões, só que muito belo e, ao contrário do que tinha visto no papel, do tamanho de um simples pelicano. Os dragões das terríveis lendas europeias, que sempre vigiavam um tesouro ou uma donzela prisioneira, eram figuras repelentes. Aquele que estava diante de seus olhos parecia-se muito mais com os dragões que tinha visto nas festas do bairro chinês de São Francisco: pura alegria e vitalidade. Mas, por precaução, abriu o canivete suíço e se preparou para a defesa. Walimai tranquilizou-o com um gesto.

A mulher-espírito do feiticeiro, leve como uma libélula, voou através da gruta e foi pousar entre as asas do animal, cavalgando-o. Borobá guinchou aterrorizado e mostrou os dentes, mas Nádia o fez calar-se, embevecida com o dragão. Quando voltou à realidade, pôs-se a chamar o fabuloso animal com a linguagem das aves e dos répteis, na esperança de atraí-lo, mas o dragão examinou de longe os visitantes com suas pupilas douradas, ignorando o chamado de Nádia. Em seguida levantou voo para dar, com elegância e rapidez, uma volta olímpica pela abóbada da gruta, com a mulher de Walimai nas costas, como se apenas quisesse mostrar a beleza de suas linhas e de suas escamas fosforescentes. Voltou à rocha de cristal azul, pousou, dobrou as asas e aguardou com a atitude impassível de um gato.

O espírito da mulher voltou para onde estava o marido e ali ficou flutuando, suspensa no ar. Alex se indagou como poderia, mais tarde, descrever o que seus olhos viam naquele momento; teria dado qualquer coisa para ter à mão a câmera fotográfica de sua avó, para poder provar que aquele local e aquelas criaturas realmente existiam, que ele não havia naufragado na tempestade das próprias alucinações.

Foi com certa tristeza que deixaram a caverna encantada e o dragão alado, pois não tinham certeza de que voltariam a vê-los. Alex ainda procurava explicações racionais para o que estava acontecendo; já Nádia aceitava o maravilhoso sem fazer perguntas. O garoto supôs que aqueles *tepuis*, tão isolados do resto do planeta, eram os últimos enclaves da era paleolítica no qual se tinham preservado intactas a flora e a fauna de milhares e milhares de anos atrás. Possivelmente se encontravam em um lugar semelhante às Ilhas Galápagos, onde as espécies mais antigas haviam escapado das mutações e da extinção. Aquele dragão devia ser apenas uma ave desconhecida. Aquelas criaturas apareciam nos contos folclóricos e na mitologia de lugares muito diversos. Eles tanto eram invocados na China, como símbolos de boa sorte, quanto na Inglaterra, onde serviam para provar a coragem de cavaleiros como São Jorge. Possivelmente, concluiu, foram animais que conviveram com os primeiros seres humanos do planeta; a superstição popular os recordava como gigantescos répteis que lançavam fogo pelas narinas. O dragão da gruta não exalava chamas, mas um perfume penetrante de cortesã. Não lhe acorria, contudo, uma explicação para a mulher de Walimai, aquela fada de aspecto humano que os acompanhava em sua estranha viagem. Bem, talvez a encontrasse mais tarde...

Seguiram Walimai por novos túneis enquanto a luz da tocha se tornava cada vez mais fraca. Passaram por outras grutas, mas nenhuma tão espetacular quanto a primeira, e nelas viram outras estranhas criaturas: aves de plumagem vermelha com quatro asas, que grunhiam como cães, e gatos brancos de olhos cegos, que estiveram a ponto de atacá-los, mas recuaram quando Nádia os acalmou com a linguagem dos felinos. Ao passar por uma gruta inundada tiveram de caminhar com água pelo peito; Borobá ia montado na cabeça de sua dona, e os dois viram peixes dourados com asas que nadavam por entre suas pernas e de repente levantavam voo, perdendo-se na escuridão dos túneis.

Em outra gruta, que exalava uma densa névoa púrpura, como a de certos crepúsculos, cresciam sobre a rocha nua flores inexplicáveis. Walimai tocou em uma delas com sua lança e imediatamente surgiram entre suas pétalas uns tentáculos carnosos que se estendiam em busca da presa. Em certa curva de um dos túneis viram, à luz alaranjada e vacilante da tocha, uma espécie de nicho na parede, onde havia algo parecido com um menino petrificado em resina, como um desses insetos que ficam presos em um pedaço de âmbar. Alex imaginou que aquela criatura havia permanecido em sua hermética sepultura desde os primórdios da humanidade e continuaria intacta, no mesmo lugar, por mais milhares e milhares de anos. Como teria chegado ali? Como teria morrido?

Finalmente o grupo chegou à última passagem daquele imenso labirinto. Viram diante de si um espaço aberto, de onde veio um jorro de luz branca que por alguns instantes cegou-os. Perceberam, então, que estavam em uma espécie de balcão, uma saliência de rocha projetada para o interior da montanha oca, como a cratera de um vulcão. O labirinto que haviam percorrido penetrava as profundidades do *tepui*, unindo o exterior com o fabuloso mundo encerrado em seu interior. Compreenderam que, pelos túneis, tinham feito uma ascensão de muitos e muitos metros. Para cima estendiam-se as encostas verticais, cobertas de vegetação, perdendo-se entre as nuvens. Não se via o céu, mas apenas um teto espesso e branco como algodão, pelo qual se filtrava a luz do sol, criando um estranho fenômeno ótico: seis luas transparentes flutuando em um céu leitoso. Eram as luas que Alex tinha visto em suas visões. No ar voavam pássaros nunca vistos, alguns translúcidos e leves como medusas, outros pesados como condores de plumagem negra, alguns como o dragão que tinham visto na gruta.

Vários metros abaixo havia um grande vale circular, que da altura em que se encontravam aparecia como um jardim verde-azulado, envolto em vapor. Cascatas, filetes de água e pequenos riachos deslizavam pelas ladeiras, alimentando as lagoas do vale, tão simétricas e perfeitas que nem pareciam naturais. E, no centro, cintilante como uma coroa, erguia-se, orgulhoso, o Eldorado. Nádia e Alex reprimiram uma exclamação, ofuscados pelo incrível resplendor da cidade de ouro, a morada dos deuses.

Walimai deu um tempo para que os dois jovens se refizessem da surpresa, e daí a pouco indicou-lhes os degraus talhados na montanha que desciam coleantes do ressalto em que se achavam até o vale. À medida que iam descendo, compreendiam que a flora era tão extraordinária quanto a fauna que haviam entrevisto; as plantas, flores e arbustos das ladeiras eram únicos. Com a descida aumentavam o calor e a umidade, a vegetação se tornava mais densa e exuberante, as árvores mais altas e frondosas, as flores mais perfumadas, os frutos mais suculentos. Mas a impressão, embora fosse de grande beleza, não lhes parecia muito aprazível e sim vagamente ameaçadora, como uma misteriosa paisagem do planeta Vênus. A natureza pulsava, arfava, crescia diante de seus olhos, espreitava. Viram moscas amarelas e transparentes como topázios, escaravelhos azuis dotados de chifres, grandes caracóis tão coloridos que de longe pareciam flores, exóticos lagartos listrados, roedores de presas afiadas e curvas, esquilos pelados que saltavam entre os galhos como gnomos nus.

Ao chegarem ao vale e se aproximarem do Eldorado, os viajantes compreenderam que aquilo não era uma cidade e muito menos de ouro. Tratava-se de uma série de formações geométricas naturais, semelhantes às dos cristais que tinham visto nas grutas. A cor dourada tinha origem na mica, um mineral sem valor, e na pirita, chamada, com razão, de "ouro dos tolos". Alex esboçou um sorriso, pensando que, se os conquistadores e tantos outros aventureiros tivessem conseguido vencer os incríveis obstáculos do caminho a fim de alcançar o Eldorado, teriam saído de lá mais pobres do que quando haviam chegado.

AS FERAS

Minutos depois, Nádia e Alex viram a Fera. Estava a uns vinte metros de distância, dirigindo-se para a cidade. Parecia um gigantesco homem-macaco, de mais de três metros de altura, de pé sobre duas patas, braços poderosos que tocavam o chão, um rosto melancólico e uma cabeça demasiado pequena para o tamanho do corpo. Era coberto de pelos duros como arame e em cada mão tinha três longas garras afiadas como facas. Movia-se com tão incrível lentidão que era praticamente como se não se movesse. Nádia reconheceu a Fera imediatamente, porque já a vira antes. Paralisados de terror e surpresa, permaneceram imóveis, avaliando a criatura, que lembrava um animal conhecido, o qual, no entanto, não conseguiam identificar na memória.

— Parece uma preguiça — disse finalmente Nádia, sussurrando.

E então Alex lembrou-se de que tinha visto no zoológico de São Francisco um animal parecido com um macaco ou com um urso, que vivia nas árvores e se movia com a mesma lentidão da Fera, razão pela qual se chamava preguiça. Era uma criatura indefesa, porque lhe faltava velocidade para atacar, escapar ou proteger-se, mas tinha poucos predadores: sua pele grossa e sua carne ácida não faziam dela prato apetecível nem ao mais faminto dos carnívoros.

— E o cheiro? — perguntou Nádia sem alterar o tom de voz. — A Fera que eu vi tinha um cheiro horrível.

— Esta não é fedorenta — disse Alex. — Pelo menos daqui não podemos sentir o seu cheiro... Deve ter uma glândula, como os gambás, e expele o cheiro voluntariamente, a fim de defender-se ou imobilizar sua presa.

Os sussurros dos dois chegaram aos ouvidos da Fera, que se voltou vagarosamente para ver do que se tratava. Alex e Nádia recuaram, mas Walimai avançou pausadamente, como se imitasse a incrível apatia da criatura, seguido a um passo de distância pela esposa-espírito. O xamã era um homem pequeno, não ultrapassava os quadris da Fera, que se elevava como uma torre diante do ancião. A mulher e ele caíram de joelhos no chão, prostrados diante daquela criatura extraordinária e, então, os jovens ouviram claramente uma voz profunda e cavernosa que pronunciava palavras na língua do povo da neblina.

— Ela fala como um ser humano! — murmurou Alex, convencido de estar sonhando.

— O padre Valdomero tinha razão, Jaguar.

— Pelo visto, ela possui uma inteligência humana. Você acha que pode se comunicar com ela?

— Se Walimai pode, eu também posso — sussurrou a garota. — Mas não tenho certeza de que devo me aproximar...

Esperaram um bom tempo, porque as palavras saíam da boca da criatura uma a uma, com lentidão idêntica à dos seus movimentos.

— Ela está perguntando quem somos — traduziu Nádia.

— Isso eu entendi. Entendi quase tudo... — murmurou Alex, avançando um passo. Walimai deteve-o com um gesto.

O diálogo entre o xamã e a Fera continuou com a mesma angustiante parcimônia, sem que ninguém se movesse, enquanto a luz mudava no céu, tornando-se alaranjada. Os jovens calcularam que fora daquela cratera o sol já devia estar começando sua descida para o horizonte. Walimai, finalmente, pôs-se de pé e regressou para onde eles estavam.

— Haverá um conselho dos deuses — anunciou.

— Como? Há outras criaturas como esta? Quantas são? — perguntou Alex, mas Walimai não pôde esclarecer suas dúvidas porque não sabia contar.

O bruxo guiou seus jovens companheiros pelo interior do *tepui,* seguindo a margem do vale até uma pequena caverna naturalmente aberta na rocha, onde se acomodaram o melhor possível. Em seguida, Walimai saiu em busca de comida. Voltou com umas frutas muito cheirosas, que nenhum dos outros dois tinha visto até então, mas estavam tão famintos que as devoraram sem fazer perguntas. A noite caiu de maneira repentina e os três viram-se mergulhados na mais profunda escuridão; a cidade de falso ouro, que antes resplandecia, deslumbrando-os, desapareceu nas sombras. Walimai não tentou acender sua segunda tocha, que certamente guardava para o regresso pelo labirinto, e não havia luz em parte alguma. Alex deduziu que aquelas criaturas, embora humanas em sua linguagem e talvez em certas condutas, eram mais primitivas que os homens das cavernas, pois ainda não haviam descoberto o fogo. Comparados com elas, os indígenas eram muito sofisticados. Por que o povo da neblina as considerava como deuses se eles próprios eram mais evoluídos?

O calor e a umidade não haviam diminuído, pois emanavam da própria montanha, como se na realidade estivessem na cratera apagada de um vulcão. Não era tranquilizadora a ideia de se encontrarem sobre uma delgada crosta de terra e rocha, enquanto mais embaixo ardiam as chamas do inferno, mas Alex deduziu que o vulcão estava inativo havia milhares de anos, como provava a luxuriosa vegetação ali existente. Seria o cúmulo da má sorte se o vulcão resolvesse explodir justamente na noite da visita dos três.

As horas seguintes transcorreram muito lentas. Os jovens pouco dormiram naquele local desconhecido. Recordavam-se muito bem do aspecto do soldado morto. A Fera devia ter usado suas enormes garras para estripá-lo daquela maneira horrenda. Por que o homem não havia escapado? Por que não havia disparado sua arma? A tremenda lentidão da criatura lhe daria tempo de sobra. A explicação só podia estar no fedor paralisante que emanava da Fera. Não havia como se proteger quando aquelas criaturas decidiam usar suas glândulas odoríficas contra alguém. Não bastava tapar o nariz, o fedor penetrava pelos poros do corpo, apoderando-se do cérebro e da vontade; era um veneno tão mortal quando o *curare*.

— São humanos ou animais? — indagou Alex, mas Walimai também não soube responder a tal pergunta, pois para ele essa diferença não existia.

— De onde vêm?

— Sempre estiveram aqui. São deuses.

Alex pensou que o interior do *tepui* era um arquivo ecológico onde sobreviviam espécies desaparecidas do restante da Terra. Disse a Nádia que certamente as Feras eram antepassados das preguiças que ambos conheciam.

— Não parecem humanos, Águia. Não vi casas, ferramentas ou armas, nada que sugira uma sociedade — acrescentou.

— Mas falam como pessoas, Jaguar — observou ela.

— Devem ser animais de metabolismo muito lento, e por isso talvez vivam centenas de anos. Se tiverem memória, poderão aprender muitas coisas nessa longa vida, até mesmo a falar. Não acha?

— Falam a língua do povo da neblina. Quem a inventou? Foram os indígenas que a ensinaram às Feras ou foram elas que a ensinaram aos indígenas?

— De qualquer forma — disse Alex — começo a achar que os indígenas e as preguiças vêm mantendo, há séculos, uma relação simbiótica.

— O quê? — perguntou ela, que nunca havia escutado tal palavra.

— Quer dizer: necessitam mutuamente uns dos outros para sobreviver.

— Por quê?

— Não sei, mas vou averiguar. Uma vez — lembrou-se Alex — li que os deuses precisam da humanidade tanto quanto a humanidade precisa de seus deuses.

— O conselho das Feras será, decerto, muito longo e tedioso. O melhor é tratarmos de descansar um pouco, pois, assim, estaremos bem de manhã — sugeriu Nádia, preparando-se para dormir. Teve de desprender-se de Borobá, obrigando-o a afastar-se um pouco, porque não suportava o calor. O macaco era como uma extensão de seu ser; estavam tão habituados ao contato de seus corpos que uma separação, por breve que fosse, era sentida por eles como uma premonição de morte.

Com o amanhecer, a vida despertou na cidade de ouro, e o vale dos deuses iluminou-se em todos os tons de vermelho, laranja e rosa. As Feras, no entanto, demoraram várias horas para espantar o sono e surgir, uma a uma, de seus abrigos entre as formações de rocha e cristal. Alex e Nádia contaram onze criaturas, três machos e oito fêmeas, umas mais altas que outras, mas todas adultas. Não viram exemplares jovens daquela singular espécie e se perguntaram como ocorria a reprodução entre eles. Walimai disse que, não só era raro nascer um, como isso nunca havia sucedido no curso de sua própria vida, e acrescentou que também nunca vira morrer nenhum deles, embora soubesse de uma gruta, no meio de um labirinto, onde jaziam seus esqueletos. Para Alex, isso combinava com a hipótese de que viviam séculos e imaginou que aqueles mamíferos pré-históricos deviam ter uma ou duas crias em suas vidas, de modo que assistir ao nascimento de uma delas era um acontecimento muito raro.

Ao observar de perto as criaturas, compreendeu que, dada sua limitação para se moverem, não podiam caçar e deviam ser vegetarianas. As tremendas garras não serviam para matar, mas para subir. Isso explicava por que eram capazes de descer e subir pelo caminho vertical que eles próprios haviam escalado por baixo das águas da catarata. As preguiças usavam as mesmas depressões, saliências e rachaduras da rocha que serviam aos indígenas para fazer a escalada. Quantas criaturas existiriam lá fora? Uma só ou várias? Como Alex gostaria de voltar para casa levando provas daquilo que seus olhos agora viam!

Muitas horas depois começou a reunião do conselho. As Feras sentaram-se em semicírculo no centro da cidade do ouro, e Walimai e os jovens se puseram diante delas. Sentiam-se minúsculos em face daqueles gigantes. Tiveram a impressão de que os corpos das criaturas vibravam e eram difusos os seus contornos; mas logo compreenderam que na pele centenária das Feras aninhavam-se populações inteiras de insetos os mais diversos, alguns dos quais voavam em torno delas, como moscas ao redor de frutas. O vapor do ar criava a ilusão de que uma nuvem envolvia as Feras. Estavam a poucos metros delas, distância suficiente para vê-las em detalhes, mas também para escapar em caso de necessidade, embora ambos soubessem que, se qualquer um daqueles onze gigantes decidisse expelir seu cheiro, não haveria poder no mundo capaz de salvá-los. Walimai comportava-se com grande solenidade e reverência, mas não se mostrava assustado.

— Estes são Águia e Jaguar, forasteiros amigos do povo da neblina — disse o ancião. — Vieram receber instruções.

Essa introdução foi recebida com um silêncio que pareceu eterno, como se as palavras tardassem muito a causar algum impacto no cérebro daquelas criaturas. Em seguida, Walimai recitou um longo poema dando notícias da tribo, os últimos nascimentos, a morte do chefe Mokarita, as visões nas quais Rahakanariwa aparecia, a visita às terras baixas, a chegada dos forasteiros e a eleição de Iyomi como chefe dos chefes. Então teve início um lentíssimo diálogo entre o bruxo e as criaturas que Nádia e Alex entenderam sem dificuldade, pois havia tempo para pensar e consultar-se depois de cada palavra. Assim se inteiraram de que havia séculos o povo da neblina conhecia a localização da cidade de ouro e tinha mantido zelosamente o segredo, protegendo os deuses do mundo exterior, enquanto, por sua vez, aqueles seres extraordinários guardavam cada palavra da história da tribo.

Houvera momentos de grandes cataclismos, nos quais a bolha ecológica do *tepui* sofreu graves transtornos e a vegetação deixou de ser suficiente para satisfazer as necessidades das espécies que habitavam seu interior. Nessas épocas os indígenas traziam "sacrifícios" para eles: milho, batata, mandioca, frutas, nozes. Deixavam suas ofertas nas imediações do *tepui*, evitando embrenhar-se no labirinto secreto, e mandavam um mensageiro avisar os deuses. As ofertas incluíam ovos, peixes e animais caçados pelos indígenas; com o decorrer do tempo, a dieta vegetariana das Feras foi mudando.

Alexander Cold pensou que, se aquelas criaturas, antigas e de lenta inteligência, tivessem necessidade do divino, certamente seus deuses seriam os indígenas invisíveis de Tapirawa-teri, os únicos seres que conheciam. Para elas os indígenas eram magos: andavam depressa, podiam reproduzir-se com facilidade, tinham armas e ferramentas, eram senhores do fogo e do vasto universo externo, eram todo-poderosos. Mas as gigantescas preguiças ainda não haviam alcançado aquela etapa da evolução em que se tem consciência da própria morte e, portanto, não necessitavam de deuses. Suas longuíssimas vidas transcorriam no plano puramente material.

A memória das Feras guardava todas as informações que os mensageiros dos homens lhes haviam confiado: eram arquivos vivos. Os indígenas não conheciam a escrita, mas sua história não se perdia, porque as preguiças nada esqueciam. Interrogando-as com paciência e tempo, seria possível obter delas o passado da tribo desde os primeiros tempos, vinte mil anos atrás. Os xamãs como Walimai as visitavam a fim de mantê-las em dia, recitando-lhes poemas épicos que falavam da história passada e recente da tribo. Os mensageiros morriam e eram substituídos por outros, mas cada palavra daqueles poemas permanecia armazenada no cérebro das Feras.

Desde os começos da história, apenas duas vezes a tribo havia entrado no interior do *tepui* e, em ambas as ocasiões, o fizera para escapar de um inimigo poderoso. A primeira fora há quatrocentos anos, quando o povo da neblina tivera de ocultar-se, durante várias semanas, de um grupo de soldados espanhóis que tinha conseguido chegar ao Olho do Mundo. Quando os guerreiros viram que os estrangeiros matavam de longe com uns paus de fumaça e barulho, sem nenhum esforço, compreenderam que suas armas eram inúteis para enfrentar as deles. Então desarmaram suas cabanas, enterraram seus escassos pertences, cobriram os restos da aldeia com ramos e terra, apagaram suas próprias pegadas e se retiraram com as mulheres e as crianças para o *tepui* sagrado. Ali foram amparados pelos deuses, até que os estrangeiros morressem um a um.

Os soldados que andavam à procura do Eldorado estavam cegos de cobiça e acabaram matando-se. Os que restaram foram exterminados pelas Feras e pelos guerreiros indígenas. Apenas um conseguiu sair vivo e, não se sabe como, reencontrou seus compatriotas. Passou o resto da vida louco, amarrado em um poste num asilo de Navarra, falando sobre gigantes mitológicos e uma cidade de ouro puro. A lenda perdurou nas páginas dos cronistas do império espanhol, alimentando até hoje a fantasia dos aventureiros.

A segunda vez fora apenas três anos atrás, quando os grandes pássaros de barulho e vento dos *nahab* tinham aterrorizado o Olho do Mundo. Como da vez anterior, o povo da neblina ocultou-se até que os estrangeiros partissem, desiludidos, porque não haviam encontrado as minas que procuravam. Mas, advertidos pelas visões de Walimai, os indígenas se preparavam para o retorno dos *nahab*. Desta vez não se passariam quatrocentos anos antes que os *nahab* se aventurassem novamente pelo planalto, porque agora podiam voar. Então as Feras decidiram que sairiam a fim de matá-los, sem suspeitar que eles eram milhões. Habituados ao número reduzido de sua espécie, acreditavam que poderiam exterminar os inimigos um a um.

Nádia e Alex ouviram as histórias contadas pelas Feras e foram tirando muitas conclusões.

— Foi por isso — observou Alex, maravilhado — que não morreram indígenas, só forasteiros.

— E o padre Valdomero? — lembrou Nádia.

— O padre Valdomero viveu com os indígenas. Com certeza a Fera descobriu nele o cheiro dos indígenas e por isso não o atacou.

— E eu? — perguntou Nádia. — Também não fui atacada naquela noite.

— Estávamos com os indígenas. Se a Fera tivesse nos visto quando estávamos com os outros membros da expedição, teríamos morrido como o soldado.

— Se estou entendendo bem, as Feras saíram com o intuito de castigar os forasteiros — concluiu Nádia.

— Certamente, mas o resultado foi o oposto do que esperavam. Dá para ver o que se passou: atraíram a atenção dos forasteiros para os indígenas e para o Olho do Mundo. Eu não estaria aqui se minha avó não fosse contratada por uma revista para descobrir a Fera — disse Alex.

Entardeceu e anoiteceu sem que os participantes do conselho chegassem a um acordo. Alex perguntou quantos deuses tinham saído da montanha e Walimai respondeu que tinham sido dois, o que não era um dado confiável, pois dois para o indígena podiam ser o mesmo que meia dúzia. O garoto conseguiu explicar às Feras que a única esperança de salvação para elas era permanecer dentro do *tepui*, e, para os indígenas, estabelecer contato com a civilização de forma controlada. O contato era inevitável, disse; mais cedo ou mais tarde os helicópteros aterrissariam de novo no Olho do Mundo e dessa vez os *nahab* viriam para ficar. Havia alguns *nahab* que desejavam destruir o povo da neblina e apoderar-se do Olho do Mundo. Foi muito difícil explicar esse ponto, pois nem as Feras nem Walimai compreendiam como alguém podia apropriar-se da terra. Alex disse que havia outros *nahab* que desejavam salvar os indígenas e que certamente fariam qualquer coisa para também preservar os deuses, pois eles eram os últimos de sua espécie no planeta. Lembrou ao xamã que fora nomeado chefe por Iyomi para negociar com os *nahab* e pediu permissão e ajuda para cumprir sua missão.

— Não cremos que os *nahab* sejam mais poderosos que os deuses — disse Walimai.

— Às vezes são. Os deuses não poderão defender-se deles, nem tampouco o povo da neblina. Mas há alguns *nahab* que podem deter outros *nahab* — replicou Alex.

— Em minhas visões — disse Walimai — o Rahakanariwa anda sedento de sangue.

— Fui nomeada chefe com a missão de aplacar o Rahakanariwa — lembrou Nádia.

— Não deve haver mais guerra. Os deuses devem voltar para a montanha, e Nádia e eu conseguiremos que o povo da neblina e a morada dos deuses sejam respeitados pelos *nahab* — prometeu Alex, procurando tornar suas palavras convincentes.

De fato, não sabia como agir para vencer Mauro Carías, o capitão Ariosto e tantos outros aventureiros que cobiçavam as riquezas da região. Não conhecia o plano de Mauro Carías nem o papel que estava reservado aos membros da expedição da *International Geographic* no extermínio dos indígenas. O empresário tinha dito claramente que eles seriam testemunhas, mas Alex não conseguia imaginar de quê.

Alex pensou que haveria uma comoção mundial quando a avó soltasse a informação sobre a existência das Feras e do paraíso ecológico onde se erguia o *tepui*. Com sorte e manejando habilmente a imprensa, Kate Cold poderia conseguir que o Olho do Mundo fosse declarado reserva natural e protegido pelos governos. Essa solução, no entanto, poderia chegar muito tarde; se Mauro Carías levasse o seu plano a cabo, "em três meses os indígenas seriam exterminados", como dissera em sua conversa com o capitão Ariosto. A única esperança era a de que a proteção internacional chegasse antes. Embora não fosse possível evitar a curiosidade dos cientistas nem as câmeras de televisão, pelo menos se poderia deter a invasão de aventureiros e colonos dispostos a domar a selva e exterminar seus habitantes. Também lhe passou pela mente a terrível premonição de que um empresário de Hollywood poderia transformar o *tepui* em uma espécie de Disneyworld ou Parque dos Dinossauros. Esperava que a pressão criada pelas reportagens da avó pudesse adiar ou evitar semelhante pesadelo.

As Feras ocupavam diversas câmaras na fabulosa cidade. Eram seres solitários que não dividiam seus espaços. Apesar de seu enorme tamanho, comiam pouco, mastigavam durante horas os vegetais, as frutas, as raízes que colhiam e, de vez em quando, algum pequeno animal que caía morto ou ferido aos seus pés. Nádia conseguia comunicar-se com as criaturas melhor do que Alex. Duas fêmeas demonstraram interesse por ela e lhe permitiram aproximar-se. O que a menina mais desejava era tocá-las; mas, ao pôr a mão nos pelos duros, uma centena de insetos das mais variadas espécies subiu pelo seu braço, cobrindo todo o seu corpo. Nádia sacudiu-se com desespero, mas não pôde desprender-se da maioria deles, que ficaram grudados em sua roupa e em seu cabelo. Walimai indicou-lhe uma das pequenas lagoas da cidade e ela mergulhou na água, que era morna e gasosa. Ao afundar, sentiu na pele a cócega produzida pelas bolhas de ar. Chamou Alex, e os dois banharam-se durante horas, sentindo-se finalmente limpos depois de tantos dias suando e arrastando-se pelo chão.

Nesse meio-tempo, Walimai havia esmagado em uma cuia a polpa de uma fruta dotada de grandes sementes negras, que em seguida misturou com o suco de umas uvas azuis e brilhantes. O resultado foi uma pasta arroxeada, com a consistência da sopa de ossos que haviam bebido durante o funeral de Mokarita, mas com um sabor delicioso e um aroma persistente de mel e néctar de flores. O xamã ofereceu a bebida às Feras, em seguida ele próprio bebeu sua parte e finalmente deu o restante aos jovens e a Borobá. Aquele alimento concentrado imediatamente lhes aplacou a fome, e os dois se sentiram um pouco tontos, como se tivessem ingerido álcool.

Naquela noite foram instalados em uma das grutas da cidade de ouro, na qual o calor era menos severo que na da noite anterior. Em meio às formações minerais cresciam orquídeas desconhecidas lá fora, algumas de aroma tão intenso que mal se podia respirar nas suas proximidades. Durante muito tempo caiu uma chuva, quente e densa como uma ducha; a água empapava o solo e corria, com a força de rios, por entre as fendas do cristal, emitindo um som persistente de tambores. Quando finalmente cessou, o ar repentinamente refrescou e os extenuados jovens deitaram-se no chão duro do Eldorado, entregando-se ao sono com a sensação de ter a barriga cheia de flores perfumadas.

A bebida preparada por Walimai teve a virtude mágica de levá-los ao reino dos mitos e do sonho coletivo, no qual todos, deuses e humanos, podiam compartilhar as mesmas visões. Assim se pouparam muitas palavras, muitas explicações. Sonharam que o Rahakanariwa estava preso em uma caixa de madeira selada, desesperado, tentando libertar-se com seu bico formidável e suas garras terríveis, enquanto deuses e humanos, amarrados em troncos de árvores, aguardavam a morte. Sonharam com os *nahab* matando-se uns aos outros, todos com os rostos mascarados. Viram o pássaro canibal destruir a caixa e sair disposto a devorar tudo em sua passagem, mas então uma águia branca e um jaguar negro seguiram em seu encalço, a fim de desafiá-lo para uma luta mortal. Porém, o duelo não chegou ao fim, como, aliás, costuma acontecer nos sonhos. Alexander Cold reconheceu o Rahakanariwa porque o tinha visto antes em um pesadelo, no qual aparecia como um abutre, quebrava a janela de sua casa e levava sua mãe presa às garras monstruosas.

Ao despertarem ao amanhecer, não tiveram necessidade de contar o que tinham visto, pois todos haviam estado presentes no mesmo sonho, até o pequeno Borobá. Assim, quando o conselho dos deuses voltou a se reunir para continuar suas deliberações, não foi necessário passar horas repetindo as mesmas ideias, como no dia anterior. Sabiam o que devia ser feito, cada um conhecia o seu papel e estava consciente dos acontecimentos que estavam por vir.

— Jaguar e Águia lutarão contra o Rahakanariwa. Se vencerem, qual será sua recompensa? — conseguiu dizer uma das preguiças, depois de longas vacilações.

— Os três ovos do ninho — disse Nádia sem vacilar.

— E a água da saúde — acrescentou Alex, pensando em sua mãe.

Horrorizado, Walimai disse aos dois que acabavam de violar a norma elementar da reciprocidade: não se pode receber sem dar. Era a lei natural. Tinham se atrevido a pedir algo aos deuses sem oferecer nada em troca... A pergunta da Fera tinha sido meramente formal, e o correto era responder que não desejavam recompensa alguma, que lutariam como um ato de reverência aos deuses e de compaixão pelos humanos. De fato, as Feras pareciam confusas e irritadas com os pedidos dos forasteiros. Algumas se puseram lentamente de pé, ameaçadoras, grunhindo e levantando os braços, grossos como galhos de carvalho. Walimai atirou-se de bruços diante do conselho, dando explicações e pedindo desculpas, mas não conseguiu aplacar os ânimos. Temendo que alguma das Feras decidisse fulminá-los com seu cheiro corporal, Alex recorreu à única tábua de salvação que lhe ocorreu: a flauta de seu avô.

— Tenho uma oferta para os deuses — disse, tremendo.

As doces notas do instrumento irromperam, ainda vacilantes, no ar quente do *tepui*. Pegas de surpresa, as Feras tardaram uns minutos a reagir e, quando o fizeram, Alex já tinha alçado voo e se abandonava ao prazer de criar música. Sua flauta parecia ter adquirido os poderes sobrenaturais de Walimai. As notas multiplicavam-se no estranho teatro da cidade de ouro, ecoando como intermináveis arpejos, fazendo vibrar as orquídeas entre as altas formações de cristal. Jamais Alex havia tocado daquele modo, nunca tinha se sentido tão poderoso: podia amansar as Feras com a magia de sua flauta. Sentia-se como se estivesse ligado a um poderoso sintonizador, que acompanhava a melodia com toda uma orquestra de cordas, sopros e percussão.

As Feras, inicialmente imóveis, começaram a oscilar como grandes árvores movidas pelo vento; suas patas centenárias puseram-se a bater no chão, e o fértil oco do *tepui* passou a ressoar como um grande sino. Então, num impulso, Nádia saltou para o meio do semicírculo do conselho, enquanto Borobá, como se compreendesse que aquele era um momento crucial, manteve-se quieto aos pés de Alex.

Nádia começou a dançar com a energia da terra, que atravessava seus delgados ossos como se fosse uma luz. Jamais tinha visto um balé, mas havia armazenado todos os ritmos que muitas vezes ouvira: o samba do Brasil, a *salsa* e o *joropo* da Venezuela, a música americana que chegava pelo rádio. Tinha visto negros, caboclos e brancos dançarem até cair extenuados durante o carnaval em Manaus, e também os indígenas dançando solenes em suas cerimônias. Sem saber o que fazia, agindo por puro instinto, improvisou seu presente aos deuses. Voava. Seu corpo se movia sozinho, em transe, sem nenhuma consciência ou premeditação de sua parte. Oscilava como as mais esbeltas palmeiras, elevava-se como a espuma das cataratas, girava como o vento. Nádia imitava o voo das araras, a corrida dos jaguares, a navegação dos golfinhos, o zumbido dos insetos, a ondulação das serpentes.

Ao longo de milhares e milhares de anos tinha existido vida no cilíndrico oco do *tepui*, mas, até aquele momento, jamais se ouvira música ali, nem mesmo o batuque de um tambor. Nas duas vezes em que o povo da neblina buscara proteção na cidade lendária, agira de modo a não irritar os deuses, em completo silêncio, fazendo uso de seu talento para tornar-se invisível. As Feras não suspeitavam da habilidade humana para criar música. Tampouco tinham visto um corpo mover-se com a rapidez, a leveza, a paixão e a graça de Nádia em sua dança. Na verdade, aquelas pesadas criaturas jamais tinham recebido uma oferta tão grandiosa. Seus lentos cérebros recolheram cada nota e cada movimento, guardando-os para os séculos futuros. O presente daqueles dois visitantes ficaria com elas, como parte de sua lenda.

OS OVOS DE CRISTAL

Em troca da música e da dança que haviam recebido, as Feras concederam aos jovens aquilo que tinham solicitado. A Nádia disseram que devia subir ao topo do *tepui*, ao cume mais alto, onde se encontrava o ninho com os três prodigiosos ovos de sua visão. Alex, por sua vez, devia descer às profundezas da terra, onde encontraria a água da saúde.

— Podemos ir juntos, primeiro ao alto do *tepui* e em seguida ao fundo da cratera? — perguntou Alex, pensando que as tarefas se tornam mais fáceis quando compartilhadas.

As preguiças negaram lentamente com a cabeça e Walimai explicou que toda viagem ao reino dos espíritos deve ser solitária. Acrescentou que dispunham de apenas um dia, o seguinte, para cumprir cada um sua missão, pois ao anoitecer deviam, sem falta, voltar ao mundo exterior; esse era o acordo com os deuses. Se àquela hora não estivessem de volta, os dois ficariam presos no *tepui* sagrado, pois jamais encontrariam por si mesmos a saída do labirinto.

Durante o resto do dia os jovens estiveram percorrendo o Eldorado, cada um contando ao outro sua curta vida, pois ambos queriam saber o máximo um do outro antes de se separarem. Para Nádia era difícil imaginar seu amigo na Califórnia, cercado pela família; nunca tinha visto um computador, não tinha ido à escola, não sabia o que era um inverno. De sua parte, o jovem americano sentia inveja da existência livre e silenciosa da garota, em estreito contato com a natureza. Nádia Santos possuía um bom senso e uma sabedoria que a ele pareciam fora de alcance.

Nádia e Alexander deleitaram-se diante das magníficas formações de mica e outros minerais da cidade, diante da flora inverossímil que brotava de todos os lugares e dos singulares animais e insetos que aquele local abrigava. Perceberam que os dragões, semelhantes aos da caverna, que às vezes cruzavam o ar, eram mansos como papagaios amestrados. Chamaram um. Ele veio, aterrissando com graça aos seus pés, e puderam tocá-lo. Sua pele era suave e fria como a de um peixe; tinha o olhar de um falcão e o hálito com perfume semelhante ao das flores. Banharam-se nas lagoas de águas quentes e comeram muitas frutas, mas apenas as autorizadas por Walimai. Havia frutas e cogumelos mortais, outros que induziam visões de pesadelo ou destruíam a vontade, outros ainda que apagavam a memória para sempre, segundo explicou o xamã.

Em seus passeios, vez por outra topavam com as Feras, que passavam a maior parte da vida em estado letárgico. Depois de consumirem folhas e frutas necessárias à sua alimentação, permaneciam o resto do dia contemplando a tórrida paisagem circundante e o tampo de nuvens que fechava a boca do *tepui*.

— Elas acreditam que o céu é branco e do tamanho daquele círculo — comentou Nádia, e Alex respondeu que eles também tinham uma visão parcial do céu, que os astronautas sabiam que o céu não era azul, mas infinitamente profundo e escuro.

Naquela noite deitaram-se tarde e cansados; dormiram lado a lado sem tocar-se, porque fazia muito calor, mas compartilhando o mesmo sonho, como haviam aprendido a fazer com os frutos mágicos de Walimai.

No dia seguinte, ao amanhecer, o velho xamã entregou a Alexander Cold uma cabaça vazia e a Nádia dos Santos uma cabaça com água e uma cesta, que ela amarrou nas costas. Lembrou-lhes de que uma vez iniciada a viagem, tanto para as alturas quanto para as profundezas, não haveria como desistir. Teriam de vencer os obstáculos ou perder a vida no desempenho da missão, porque não era permitido voltar de mãos vazias.

— Estão certos de que é isso que desejam? — perguntou o xamã.

— Eu estou — respondeu Nádia, decidida.

Não tinha a menor ideia da serventia dos ovos nem sabia por que devia buscá-los, mas acreditava em sua visão. Deviam ser muito valiosos ou muito mágicos; por eles estava disposta a vencer seu medo mais enraizado: a vertigem das alturas.

— Eu também — disse por sua vez Alex, pensando que, para salvar a mãe, seria capaz de ir até o inferno.

— Talvez vocês voltem, talvez não — despediu-se o bruxo, indiferente, porque para ele a fronteira entre a vida e a morte era apenas uma linha de fumaça que a mais leve brisa podia desfazer.

Nádia desprendeu Borobá de sua cintura e explicou-lhe que não poderia levá-lo ao lugar aonde ia. O macaco agarrou-se a uma perna de Walimai, gemendo e ameaçando com o punho, mas não tentou desobedecer. Os dois amigos deram um abraço apertado, comovidos e atemorizados. Em seguida cada um partiu na direção apontada por Walimai.

Nádia Santos subiu pelos mesmos degraus talhados na rocha que, com Walimai e Alex, tinha usado para descer do labirinto até a base do *tepui*. A subida até esse mirante não foi difícil, embora a escada fosse muito empinada, não tivesse corrimão e os degraus fossem estreitos, irregulares e gastos. Lutando contra a vertigem, Nádia olhou para baixo e viu a extraordinária paisagem verde e azulada do vale, envolto em uma bruma tênue, com a magnífica cidade de ouro no centro. Em seguida olhou para cima e seus olhos se perderam nas nuvens. A boca do *tepui* parecia mais estreita que sua base. Como subiria pelas encostas inclinadas? Necessitaria de patas de besouro. Qual era realmente a altura do *tepui*, quanto de sua altura as nuvens ocultavam? Onde exatamente estava o ninho? Decidiu não pensar nos problemas, mas nas soluções: enfrentaria os obstáculos um a um, à medida que surgissem. Se pudera subir pela cascata, também poderia fazer isso, pensou, embora desta vez fosse sozinha e não estivesse atada ao Jaguar por uma corda.

Chegando ao mirante, compreendeu que ali terminava a escada; a partir de agora teria de subir pendurando-se a qualquer coisa em que pudesse se agarrar. Acomodou o cesto nas costas, fechou os olhos e procurou calma em seu interior. Jaguar havia explicado que no centro de seu ser concentravam-se a energia vital e a coragem. Inspirou profundamente para que o ar límpido lhe enchesse o peito e percorresse os caminhos de seu corpo, até alcançar as pontas dos dedos dos pés e das mãos. Repetiu três vezes a mesma respiração profunda e, sempre de olhos fechados, visualizou a águia, seu animal totêmico.

Imaginou que seus braços se estendiam, alongavam-se, transformavam-se em asas emplumadas, que suas pernas se transformavam em patas terminadas em garras feito ganchos, que em seu rosto crescia um bico feroz e seus olhos se afastavam até se situarem dos lados da cabeça. Sentiu que seu cabelo, macio e cacheado, transformava-se em penas duras, nascidas do crânio, que ela podia eriçar à vontade, penas que continham os conhecimentos das águias: eram antenas para captar o que estava na atmosfera, mesmo o invisível. Seu corpo perdeu a flexibilidade e, em troca, adquiriu uma leveza tão absoluta que, se quisesse, poderia desprender-se do chão e flutuar com as estrelas. Sentiu em si um tremendo poder, toda a força da águia em seu sangue. Sentiu que a força alcançava até a última fibra de seu corpo e de sua consciência. Sou Águia, disse em voz alta, e em seguida abriu os olhos.

Nádia agarrou-se a uma pequena fenda que encontrou na rocha acima de sua cabeça e pôs o pé em outra à altura de sua cintura. Içou o corpo e se deteve a fim de encontrar o equilíbrio. Ergueu a mão esquerda e procurou mais acima, até que encontrou uma raiz na qual agarrar-se, enquanto com o pé direito procurava encontrar outra rachadura. Repetiu o movimento com a outra mão, procurando uma saliência e, quando a encontrou, elevou-se um pouco mais.

A vegetação que crescia nas ladeiras a ajudava: havia raízes, arbustos e cipós. Viu profundos arranhões nas pedras e em alguns troncos; pensou que eram marcas de garras. As Feras também deviam ter subido em busca de alimento ou talvez não conhecessem todas as particularidades do labirinto e, assim, cada vez que entravam ou saíam do *tepui*, tinham de subir até o alto e descer pelo outro lado. Calculou que isso devia demorar dias, talvez semanas, tendo em vista a portentosa lentidão daquelas gigantescas preguiças.

Uma parte de sua mente, ainda ativa, compreendeu que a parte oca do *tepui* não era um cone invertido, como havia suposto em razão do efeito ótico resultante do fato de olhá-lo de baixo, mas, ao contrário, abria-se ligeiramente. A boca da cratera mostrava-se de fato mais larga do que a base. Não necessitaria, pois, de patas de besouro, bastaria que tivesse coragem e fosse capaz de se concentrar. Assim, durante horas, foi escalando metro a metro, com admirável determinação e uma destreza recém-adquirida. Essa destreza vinha do mais recôndito e misterioso lugar, um lugar de calma dentro de seu coração, onde se achavam os nobres atributos de seu animal totêmico. Ela era Águia, a ave de voo mais alto, a rainha do céu, aquela que faz seu ninho onde só os anjos conseguem chegar.

A menina-águia continuou a subir passo a passo. O ar quente e úmido do vale abaixo ia se transformando em uma brisa fresca que a impelia para cima. Detinha-se frequentemente, muito cansada, lutando contra a tentação de olhar para baixo ou calcular a distância até o alto: concentrava-se unicamente no próximo movimento. Abrasava-a uma sede terrível; sentia areia na boca, um gosto amargo, mas não podia se soltar para pegar a cabaça d'água que Walimai lhe dera. Beberei quando chegar lá em cima, murmurava, pensando na água fria e límpida banhando-a por dentro. Se ao menos chovesse, pensou; mas das nuvens não caía uma só gota. Quando supunha que não podia dar mais um passo, sentia o talismã mágico de Walimai pendendo do pescoço e isso lhe dava coragem. Era sua proteção. Ele a ajudara a subir as rochas negras e lisas da cascata, tornara-a amiga dos indígenas, amparara-a diante das Feras: enquanto o tivesse, estaria a salvo.

Muito depois, sua cabeça alcançou as primeiras nuvens, densas como merengue, e então uma brancura leitosa a envolveu. Continuou subindo às cegas, agarrando-se às rochas e à vegetação, cada vez mais escassa à medida que subia. Não tinha consciência de que suas mãos, joelhos e pés estavam sangrando, só pensava no mágico poder que a sustentava, até que de repente as mãos tocaram uma fenda larga. Içou imediatamente o corpo e viu-se no alto do *tepui*, sempre oculta pela massa de nuvens. Uma poderosa exclamação de triunfo, um clamor ancestral e selvagem como o tremendo e uníssono grito de cem águias, brotou do peito de Nádia Santos e foi repercutir nas rochas de outros cimos, reboando e ampliando-se, até perder-se no horizonte.

A menina esperou imóvel no topo da montanha, até que seu grito desaparecesse nas últimas fendas da grande meseta. Então o tambor de seu coração se acalmou e ela pôde respirar profundamente. Assim que se sentiu firme em cima das rochas, desatou a cabaça e bebeu toda a água que nela havia. Jamais tinha desejado tanto uma coisa como aquela água. O líquido fresco entrou-lhe pela garganta e, depois de ter limpado de sua boca o gosto amargo e as asperezas da areia, umedecido a língua e os lábios ressecados, penetrou seu corpo como um bálsamo prodigioso, capaz de curar a angústia e apagar a dor. Nádia compreendeu então que a felicidade consiste em alcançar aquilo que estivemos esperando durante muito tempo.

A altitude e o brutal esforço para superar seus terrores e chegar até o topo tiveram o efeito de uma droga mais poderosa que a dos indígenas em Tapirawa-teri ou a poção dos sonhos coletivos administrada por Walimai. Voltou a sentir que voava, mas já não tinha o corpo da águia, havia se desprendido de tudo que era material, tornara-se puro espírito. Estava suspensa em um espaço glorioso. O mundo havia ficado muito longe, lá embaixo, no plano das ilusões. Flutuou por um tempo incalculável e de repente viu uma abertura no céu radiante. Sem vacilar, lançou-se como uma flecha em direção àquela abertura e entrou em um espaço vazio e escuro, como o céu infinito de uma noite sem luar. Aquele era o espaço absoluto de todo o divino e da morte, o espaço onde até mesmo o espírito se dissolve. Ela era o vazio, sem desejos nem lembranças. Nada havia a temer. Ali permaneceu fora do tempo.

Mas em cima do *tepui* o corpo de Nádia pouco a pouco a chamava, reclamando-a. O oxigênio devolveu à sua mente o sentido da realidade material, e a água deu-lhe a energia de que necessitava para mover-se. Por fim, o espírito de Nádia fez a viagem inversa, voltou a cruzar como uma flecha a abertura no vazio, chegou à abóbada gloriosa onde flutuou uns instantes na imensa brancura e, naquele momento, retomou a forma da águia. Teve de resistir à tentação de voar para sempre, sustentada pelo vento e, com um último esforço, regressou ao seu corpo de adolescente. Encontrava-se sentada no cume do mundo e olhou ao redor.

Estava no ponto mais elevado de uma meseta, cercada pelo vasto silêncio das nuvens. Embora não pudesse ver a altura ou a extensão do lugar onde se encontrava, calculou que a abertura no centro do *tepui* era pequena, em comparação com a imensidade da montanha que o continha. O terreno apresentava grandes fendas, em alguns locais era rochoso, em outros, coberto de densa vegetação. Passaria muito tempo, imaginou, antes que os pássaros de aço dos *nahab* explorassem aquele lugar, pois era absurdo tentar aterrissar ali, mesmo para um helicóptero, e quase impossível para uma pessoa mover-se na rugosidade daquele terreno. Sentiu-se desfalecer, pois podia passar o resto dos seus dias a procurar o ninho naquelas fendas, sem jamais encontrá-lo; mas logo se lembrou de que Walimai lhe havia indicado exatamente por onde subir. Descansou um momento e depois se pôs em marcha, subindo e descendo de pedra em pedra, impelida por uma força que ainda não conhecia, uma espécie de certeza instintiva.

Não teve de ir muito longe. O ninho estava perto dali, em uma fenda formada por grandes rochedos, e em seu centro

Nádia viu imediatamente os três ovos de cristal. Eram menores e mais brilhantes do que os da sua visão, simplesmente maravilhosos.

Com mil precauções para não escorregar em uma das fissuras profundas e quebrar todos os ossos, Nádia Santos foi se arrastando até alcançar o ninho. Seus dedos fecharam-se sobre a reluzente perfeição do cristal, mas o seu braço não pôde movê-lo. Estranhando a resistência, tentou apanhar o segundo ovo, mas não conseguiu erguê-lo, e o mesmo aconteceu com o terceiro. Era impossível que aqueles objetos do tamanho de um ovo de tucano pesassem tanto. O que estaria acontecendo?

Examinou-os, apalpando-os por todos os lados, até comprovar que não estavam colados nem pregados, pelo contrário, pareciam descansar quase flutuando no macio colchão de penas e gravetos. A garota sentou-se em uma das rochas, sem entender o que ocorria e sem poder acreditar que toda aquela aventura e todo aquele esforço tivessem sido inúteis. Impelida por uma força sobre-humana, subira como uma lagartixa pelas paredes internas do *tepui*, e agora, quando finalmente estava no topo, faltavam-lhe forças para mover, um milímetro que fosse, o tesouro que tinha ido buscar.

Nádia Santos hesitou durante longos minutos, transtornada, sem imaginar a solução para o enigma. De repente pensou que aqueles ovos pertenciam a alguém. Talvez as Feras os tivessem deixado ali, mas também podiam ser de alguma criatura fabulosa, uma ave ou um réptil, como os dragões. Nesse caso a mãe poderia aparecer a qualquer momento e, ao encontrar uma intrusa perto do ninho, lançar-se ao ataque com justificada fúria. Não devia ficar ali, decidiu, mas tampouco pensava em renunciar aos ovos. Walimai dissera que não podia regressar com as mãos vazias... Que mais tinha dito o xamã? Que devia voltar antes do anoitecer. E então lembrou-se daquilo que o sábio bruxo lhe havia ensinado no dia anterior: a lei da reciprocidade. Em troca de cada coisa que recebemos, devemos dar outra.

Sentiu-se desconsolada. Não tinha nada para dar. Trazia apenas uma camiseta, uma bermuda e uma cesta atada às costas. Ao examinar o corpo percebeu pela primeira vez os arranhões, os machucados e as feridas que as rochas haviam aberto ao subir a montanha. Seu sangue, onde se encontrava a energia vital que lhe havia permitido chegar até ali, era talvez a sua única posse valiosa. Aproximou-se, apresentando seu corpo dolorido para que o sangue gotejasse sobre o ninho. Pequenas manchas vermelhas apareceram sobre as penas macias. Ao inclinar-se, sentiu o talismã em seu peito e compreendeu imediatamente que ele era o preço a pagar pelos ovos. Vacilou por longos minutos. Entregá-lo significava renunciar aos poderes mágicos de proteção que ela atribuía ao osso talhado, presente do xamã. Jamais teria nada tão mágico quanto aquele amuleto, que era muito mais importante para ela do que os ovos. Não, não podia separar-se do talismã, decidiu.

Fechou os olhos, esgotada, enquanto o sol, que se filtrava pelas nuvens, ia mudando de cor. Por alguns instantes voltou ao sonho alucinante da *ayahuasca*, o sonho do funeral de Mokarita, e voltou a ser a águia voando em um céu branco, suspensa pelo vento, rápida e poderosa. Viu os ovos lá do alto, brilhando no ninho, como naquela visão, e então voltou a ter a certeza de que aqueles ovos continham a salvação do povo da neblina.

Por fim abriu os olhos com um suspiro, tirou o talismã do pescoço e o depositou no ninho. Em seguida estirou a mão e tocou em um dos ovos, que logo cedeu e pôde ser recolhido sem esforço. O mesmo ocorreu com os outros dois. Guardou-os cuidadosamente em seu cesto e se preparou para descer seguindo a trilha pela qual havia subido. A luz do sol ainda se filtrava através das nuvens; calculou que a descida seria mais rápida e que chegaria lá embaixo antes do anoitecer, dentro do prazo determinado por Walimai.

16
A ÁGUA DA SAÚDE

nquanto Nádia Santos subia para alcançar o topo do *tepui*, Alexander Cold descia por uma passagem estreita que levava ao ventre da terra, um mundo fechado, quente, escuro e palpitante, como seus piores pesadelos. Se ao menos tivesse uma lanterna... Tinha de seguir tateando, às vezes andando de quatro, outras vezes arrastando-se na mais completa escuridão. Seus olhos não podiam habituar-se, porque as trevas eram absolutas. Estendia uma das mãos e com ela apalpava a rocha, a fim de calcular a direção e a largura do túnel, em seguida movia o corpo, coleando para diante, centímetro por centímetro. À medida que avançava, o túnel parecia estreitar-se, e pensou que, se quisesse desistir, não poderia dar a volta. O pouco ar que havia era sufocante e fétido, como se estivesse numa sepultura. Ali de nada lhe serviam os atributos do jaguar negro; necessitaria de outro animal totêmico, algo assim como uma toupeira, um rato ou um verme.

Deteve-se muitas vezes com a intenção de voltar antes que fosse tarde demais, mas em cada ocasião continuou a avançar, impelido pela lembrança da mãe. Cada minuto transcorrido aumentava a opressão em seu peito e o terror se fazia mais e mais insondável. Voltou a ouvir aquele surdo batimento de um coração que já escutara no labirinto em companhia de Walimai. Sua mente, transtornada, embaralhava os inúmeros perigos que o cercavam; o pior de todos seria ficar sepultado vivo nas entranhas do *tepui*. Qual seria a extensão do túnel? Chegaria ao final ou cairia vencido pelo caminho? O oxigênio o alcançaria ou ele morreria asfixiado?

Em certo momento, Alexander caiu de bruços, esgotado, gemendo. Seus músculos estavam tensos, o sangue latejava nas têmporas, cada nervo do corpo estava dolorido; não conseguia raciocinar, sentindo que sua cabeça ia explodir por falta de ar. Jamais sentira tanto medo, nem mesmo na longa noite de iniciação com os indígenas. Recordou-se das emoções que o haviam abalado quando estivera pendurado na ponta de uma corda em El Capitán, mas não dava para comparar aquilo com o que enfrentava agora. Lá era o pico de uma montanha, aqui o ventre de outra. Lá estava em companhia do pai, aqui absolutamente só.

Abandonou-se ao desespero, tremendo, extenuado. Durante uma eternidade as trevas penetraram sua mente; Alex perdeu o rumo e, derrotado, pôs-se a chamar a morte. E então, quando seu espírito se afastava na escuridão, a voz do pai abriu caminho pelas brumas de seu cérebro e chegou até ele, primeiro como um sussurro, em seguida bem audível. O que o pai lhe tinha dito muitas vezes quando o ensinava a escalar rochas? "Calma, Alexander, procure o centro de si mesmo, o ponto onde está sua força. Respire. Quando inspirar, você ficará carregado de energia; quando expirar, estará se livrando da tensão. Não pense, obedeça ao seu instinto." Era o que ele mesmo havia aconselhado a Nádia quando subiam ao Olho do Mundo. Como podia ter esquecido?

Concentrou-se em respirar: inalar energia, sem pensar na falta de oxigênio, exalar seu terror, relaxar, repelir os pensamentos negativos que o paralisavam. Posso fazer isso, posso fazer... repetiu. Pouco a pouco foi voltando ao seu próprio corpo. Visualizou os dedos dos pés e procurou relaxá-los um após o outro, depois as pernas, os joelhos, a cintura, as costas, as pálpebras. Já respirava melhor, não soluçava mais. Localizou o centro de si mesmo, um lugar vermelho e vibrante à altura do umbigo. Escutou as batidas do coração. Sentiu cócegas na pele, em seguida um calor nas veias e finalmente a força voltou ao seu corpo, aos seus sentidos e à sua mente.

Alexander Cold soltou uma exclamação de alívio. O som tardou alguns instantes a encontrar alguma coisa em que repercutir e voltar aos seus ouvidos. Percebeu que, agindo assim, imitava o sonar dos morcegos, graças ao qual podiam deslocar-se na escuridão. Repetiu a exclamação, esperou que ela voltasse, indicando-lhe a distância e a direção, e assim, como tantas vezes lhe tinha dito Nádia, pôde "ouvir com o coração". Havia descoberto a forma de avançar nas trevas.

O restante da viagem pelo túnel transcorreu em um estado de semiconsciência, no qual seu corpo se movia sozinho, como se conhecesse a trilha. De vez em quando Alex voltava a conectar-se por um instante com seu pensamento lógico e instantaneamente deduzia que aquele ar carregado de gases desconhecidos talvez lhe estivesse afetando a mente. Mais tarde pensaria que tinha vivido um sonho.

Quando ainda parecia que a estreita passagem nunca chegaria ao fim, Alex ouviu um rumor de água, como o de um rio, e um sopro de ar quente alcançou seus pulmões esgotados. Isso renovou suas forças. Impulsionou o corpo para a frente e, ao alcançar uma curva do túnel, percebeu que seus olhos conseguiam distinguir alguma coisa no negrume. Uma claridade, inicialmente muito tênue, foi surgindo aos poucos. Continuou a rastejar, esperançoso, e viu que a luz e o ar aumentavam. Logo se viu em uma gruta que, de algum modo, devia estar ligada ao exterior, pois se apresentava levemente iluminada. Um cheiro estranho subiu-lhe às narinas, persistente, nauseabundo, como o de vinagre e flores apodrecidas. A gruta mostrava as mesmas reluzentes formações de minerais que tinha visto no labirinto. As facetas polidas daquelas estruturas desempenhavam o papel de espelhos, refletindo e multiplicando a escassa luz que chegava até ali. Encontrou então a margem de uma pequenina lagoa, alimentada por um arroio de águas brancas como leite desnatado. Para quem vinha de uma verdadeira tumba, aquela lagoa e aquele rio de águas brancas pareceram-lhe o que de mais belo já tinha visto na vida. Seria aquela a fonte da eterna juventude? O cheiro o enjoava. Pensou que devia ser um gás oriundo das profundezas, talvez um gás tóxico que lhe embotava o cérebro.

Uma voz sussurrante e acariciadora chamou-lhe a atenção. Surpreso, percebeu algo na outra margem da pequena lagoa, a poucos metros de distância e, quando conseguiu adaptar as pupilas à pouca luz da gruta, distinguiu uma figura humana. Não podia vê-la bem, mas a forma e a voz eram as de uma jovem. Impossível, disse, não existem sereias, estou enlouquecendo, é o gás, o cheiro. Mas a jovem parecia real, seu longo cabelo se movia, sua pele irradiava luz, seus gestos eram humanos, sua voz o seduzia.

Alexander sentiu o ímpeto de lançar-se à água para beber até saciar-se e para lavar-se do barro e da poeira que o cobriam, bem como do sangue que havia em seus cotovelos e joelhos feridos. A tentação de aproximar-se da bela criatura que o convidava a abandonar-se ao prazer era irresistível. Ia fazê-lo quando notou que a aparição era igual a Cecilia Burns, tinha o mesmo cabelo castanho, os mesmos olhos azuis, os mesmos gestos lânguidos.

Uma parte ainda consciente de seu cérebro advertiu-lhe que aquela sereia era uma criação de sua mente, tal como aquelas medusas marítimas, gelatinosas e transparentes, que flutuavam no ar pálido da caverna. Lembrou-se daquilo que tinha ouvido sobre a mitologia dos indígenas, das histórias que Walimai lhe havia contado sobre as origens do universo, nas quais figurava o rio de Leite, que continha todas as sementes da vida, mas também a putrefação e a morte. Não, não era aquela a água milagrosa que devolveria a saúde à sua mãe, aquilo era um ardil de sua mente para afastá-lo da missão. Não havia tempo a perder, cada minuto era precioso. Tapou o nariz com a camiseta, lutando contra a penetrante fragrância que o aturdia. Viu que ao lado da margem onde se encontrava existia uma passagem estreita, que se perdia seguindo o curso do riacho, e por ali ele fugiu.

Alexander Cold seguiu a vereda, deixando para trás a lagoa e a prodigiosa aparição da garota. Surpreendeu-o o fato de que a tênue claridade persistisse, e assim, pelo menos, já não tinha de andar às apalpadelas. O cheiro foi se atenuando, até desaparecer inteiramente. Procurou avançar o mais rápido que lhe era possível, agachado, cuidando de não bater a cabeça na parte superior da trilha ou perder o equilíbrio, pensando que, se caísse no rio mais abaixo, seria arrastado pela corrente. Lamentou não dispor de tempo para descobrir o que vinha a ser aquele líquido branco, parecido com leite e cheirando a molho de salada.

A longa vereda estava coberta por um mofo escorregadio, no qual fervilhavam mil criaturas minúsculas, larvas, insetos, vermes e grandes sapos azulados, de pele tão transparente que dava para ver os órgãos internos palpitando. Suas compridas línguas de serpente tentavam alcançar as pernas de Alex, que agora sentia falta das botas, pois tocar naqueles corpos moles e frios como gelatina o deixava incontrolavelmente enojado.

Duzentos metros adiante a camada de mofo e os sapos desapareceram, e a vereda se tornou mais larga. Aliviado, o garoto pôde dar uma olhada ao redor e, então, notou, pela primeira vez, que as paredes estavam salpicadas de belas cores. Ao examiná-las de perto, compreendeu que eram pedras preciosas e veios de ricos metais. Abriu o canivete suíço e escavou a rocha, constatando que as pedras se desprendiam com certa facilidade. Que pedras eram aquelas? Reconheceu algumas cores, como o verde intenso das esmeraldas e o vermelho puro dos rubis. Estava cercado por um fabuloso tesouro. Aquele, sim, era o verdadeiro Eldorado, durante séculos cobiçado pelos aventureiros.

Bastaria cavar um pouco as paredes com seu canivete para reunir uma fortuna. Se enchesse com uma porção daquelas pedras preciosas a cabaça que lhe dera Walimai, regressaria milionário à Califórnia, podendo pagar os melhores tratamentos para a enfermidade da mãe, comprar uma casa nova para os pais e educar as irmãs. E para ele? Compraria um carro de luxo para matar de inveja os amigos e deixar Cecilia Burns de queixo caído. Naquelas preciosidades estava a solução de sua vida: poderia dedicar-se à música, ao montanhismo, àquilo que quisesse, sem ter de se preocupar com salário...

Não! O que estava pensando? Aquelas pedras preciosas não eram só suas, deviam servir para ajudar os indígenas. Com aquela incrível riqueza conseguiria o poder de que necessitava para cumprir a missão recebida de Iyomi: negociar com os *nahab*. Poderia, assim, se tornar o protetor da tribo e de suas florestas e cascatas; com a pena da avó, mais o seu próprio dinheiro, transformariam o Olho do Mundo na reserva natural mais extensa do planeta. Em poucas horas poderia encher a cabaça e mudar o destino do povo da neblina e de sua própria família.

Com a ponta do canivete começou a cavar ao redor de uma pedra verde, fazendo saltar pedacinhos de rocha. Alguns minutos depois a pedra soltou-se e, quando a teve entre as mãos, Alex pôde vê-la bem. Não possuía o brilho de uma esmeralda polida, como as dos anéis, mas, sem dúvida, era da mesma cor. Ia guardá-la na cabaça quando se lembrou do propósito de sua missão no fundo da terra: encher a cabaça com a água da saúde. Não, não seriam as pedras preciosas que comprariam a saúde de sua mãe: necessitava de algo milagroso. Com um suspiro, guardou a pedra verde no bolso da calça e seguiu em frente, preocupado com o fato de ter perdido minutos preciosos e por não saber quanto ainda tinha de andar para chegar à fonte maravilhosa.

De repente a vereda terminou diante de um monte de pedras. Alex examinou o local, certo de que devia existir uma forma de seguir em frente: sua viagem não podia terminar daquela maneira tão abrupta. Se Walimai tinha lhe dito que fizesse aquela viagem infernal às profundezas da montanha, era porque a fonte existia, e tudo que precisava era encontrá-la; mas era possível que houvesse escolhido o caminho errado, que houvesse se desviado em alguma das bifurcações do túnel. Talvez devesse cruzar a lagoa de leite, e a garota não fosse uma tentação para distraí-lo, mas um guia para encontrar a água da saúde...

As dúvidas começaram a retumbar em seu cérebro como gritos no volume máximo. Levou as mãos às têmporas, procurando acalmar-se, repetiu a respiração profunda que havia praticado no túnel e prestou atenção à voz remota do pai que o guiava. Devo situar-me no centro de mim mesmo, onde haja calma e força, murmurou. Decidiu não gastar energia pensando nos possíveis erros cometidos, mas no obstáculo que tinha pela frente. No inverno do ano anterior, sua mãe lhe havia pedido que transferisse uma grande pilha de lenha do pátio para o fundo da garagem. Quando alegou que nem Hércules poderia realizar aquela tarefa, sua mãe lhe mostrou como: um pedaço de madeira de cada vez.

Alex começou a retirar as pedras, primeiro os seixos, depois as de tamanho médio, que se soltavam com facilidade, e finalmente as maiores. Foi um trabalho lento e árduo, mas ao fim de algum tempo havia aberto uma brecha. Um bafo de vapor quente atingiu-lhe o rosto, como se houvesse aberto a porta de um forno, obrigando-o a retroceder. Esperou, sem saber qual seria o passo seguinte, enquanto o vapor escapava. Nada sabia de mineração, mas tinha lido que no interior das minas costumam ocorrer escapamentos de gases, e supôs que, se fosse esse o caso, estava condenado. Percebeu que passados alguns minutos o sopro diminuiu, como se antes estivesse sob pressão, e finalmente desapareceu. Aguardou um pouco e em seguida passou a cabeça pelo buraco.

Do outro lado havia uma caverna com um poço profundo no centro, de onde saíam rolos de vapor e uma luz avermelhada. Ouviam-se pequenas explosões, como se lá embaixo estivesse fervendo algo espesso que rebentava em bolhas. Nem precisou aproximar-se para adivinhar que aquilo era lava ardente, talvez os últimos resíduos de atividade de um antiquíssimo vulcão. Estava, pois, no coração da cratera.

Pensou na possibilidade de os vapores serem tóxicos, mas, como não cheiravam mal, resolveu que entraria na caverna. Passou o restante do corpo pela abertura e pisou um chão quente, de pedra. Aventurou-se a dar um passo, depois outro, decidindo-se a explorar o recinto. O calor era mais forte que o de uma sauna e ele logo ficou inteiramente molhado de suor, mas havia ar suficiente para respirar. Tirou a camiseta e a amarrou de modo a tapar a boca e o nariz. Os olhos lacrimejavam. Compreendeu que devia avançar com extrema prudência para não escorregar e cair no poço.

A caverna era ampla e de formato irregular, iluminada pela luz avermelhada e palpitante do fogo que crepitava lá embaixo. À sua direita abria-se outra câmara, que explorou com cuidado, descobrindo que era mais escura, pois lá chegava apenas um pouco da luz que iluminava a primeira. Ali a temperatura era mais suportável, talvez porque alguma fenda permitisse a entrada de ar fresco. Alex estava no limite de sua resistência, sedento e banhado em suor, convencido de que suas forças não lhe bastariam para regressar pelo caminho percorrido. Onde estava a fonte que buscava?

Nesse momento sentiu o sopro de uma brisa forte e logo em seguida uma vibração espantosa ressoou em seus nervos, como se estivesse dentro de um grande tambor de lata. Tapou os ouvidos de modo instintivo, mas não era ruído e sim uma insuportável energia, e não havia como defender-se dela. Voltou-se, procurando a causa. E a encontrou. Era um morcego gigantesco, cujas asas abertas deviam medir uns cinco metros de ponta a ponta. O corpo de rato era duas vezes maior que o de seu cão Poncho e em sua cabeça abria-se um focinho guarnecido por longas presas de fera. Não era preto, mas totalmente branco, um morcego albino.

Aterrorizado, Alex compreendeu que aquele animal, como as Feras, era o último sobrevivente de uma era muito antiga, quando há milhares e milhares de anos os primeiros homens estavam começando a erguer a cabeça para olhar, com assombro, as estrelas do céu. A cegueira do morcego não era nenhuma vantagem para Alex, pois aquela vibração era o sistema de sonar do animal: o vampiro sabia exatamente como era e onde se encontrava o intruso. A ventania se repetiu: eram as asas que se agitavam, prontas para o ataque. Seria aquele o Rahakanariwa dos indígenas, o terrível pássaro chupador de sangue?

Sua mente se pôs a voar. Sabia que suas possibilidades de escapar eram quase nulas, porque não podia voltar para a outra câmara e começar a correr naquele terreno traiçoeiro sem risco de cair no poço de lava. De forma instintiva levou a mão ao seu canivete suíço, que carregava preso à cintura, embora soubesse que era uma arma ridícula em comparação com o tamanho do adversário. Seus dedos tocaram na flauta, também presa à cintura e, sem pensar duas vezes, desatou-a e a levou aos lábios. Conseguiu murmurar o nome do avô Joseph Cold, pedindo-lhe ajuda naquela situação de perigo mortal, e começou a tocar.

Naquele recinto maléfico as primeiras notas soaram cristalinas, frescas, puras. Extremamente sensível aos sons, o enorme vampiro recolheu as asas e pareceu diminuir de tamanho. Talvez tivesse vivido séculos na solidão e no silêncio daquele mundo subterrâneo e aqueles sons tiveram o efeito de uma explosão em seu cérebro, como se ele tivesse sido atingido por milhões de dardos afiados. O morcego soltou outro grito, em sua onda inaudível aos ouvidos humanos, embora claramente dolorosa, mas a vibração se confundiu com a música, e, desconcertado, o vampiro não pôde interpretá-la em seu sonar.

Enquanto Alex tocava a flauta, o grande morcego branco moveu-se para trás, retrocedendo aos poucos, até imobilizar-se em um recanto, como um urso branco alado, presas e garras à vista, mas paralisado. Uma vez mais Alexander sentiu-se maravilhado com o poder daquela flauta, que o havia acompanhado em cada momento crucial de sua aventura. Quando o animal se movimentou, Alex viu um tênue fio de água que escorria pela parede da caverna, e então soube que havia chegado ao final de seu caminho. Não era o abundante manancial no meio de um jardim, a que se referia a lenda. Eram apenas umas gotas humildes deslizando pela rocha bruta.

Alexander Cold avançou cauteloso, um passo de cada vez, sem deixar de tocar a flauta, aproximando-se do monstruoso vampiro, procurando pensar com o coração e não com a cabeça. Era uma experiência tão extraordinária que não podia confiar apenas na razão ou na lógica; havia chegado o momento de utilizar o mesmo recurso que lhe servia para escalar e criar música: a intuição. Procurou imaginar como o animal se sentia e concluiu que devia estar tão apavorado quanto ele. Encontrava-se pela primeira vez diante de um ser humano, nunca havia escutado sons como os da flauta, e o ruído devia ser tonitruante em seu sonar, sendo por isso que se comportava como se estivesse hipnotizado. Alex lembrou-se de que devia recolher a água na cabaça e regressar antes do anoitecer. Era impossível saber quantas horas já durava sua estada naquele mundo subterrâneo, mas tudo que desejava era sair o mais rápido possível.

Enquanto extraía uma única nota da flauta, valendo-se apenas de uma das mãos, estendia a outra para diante, quase roçando o vampiro. No entanto, depois de ter recolhido algumas gotas, a água que escorria pela parede foi diminuindo até desaparecer completamente. A frustração de Alex foi tão grande que esteve a ponto de esmurrar a rocha. Foi detido pela presença do horrendo animal parado como uma sentinela ao seu lado.

Então, quando já ia dar meia-volta, lembrou-se das palavras de Walimai sobre a lei inevitável da natureza: dar tanto quanto se recebe. Passou em revista seus escassos bens: a bússola, o canivete suíço, a flauta. Podia deixar os dois primeiros, que não eram de muita serventia, mas não a flauta mágica, herança de seu avô e seu instrumento de poder. Sem ela, estaria perdido.

Depositou a bússola e o canivete no chão e esperou. Nada. Nem uma gota caiu da rocha.

Compreendeu, então, que para ele aquela água da saúde era o tesouro mais valioso do mundo, o único que podia salvar a vida de sua mãe. Em troca, devia entregar seu bem mais precioso. Pôs a flauta no chão, enquanto as últimas notas reverberavam entre as paredes da caverna. Imediatamente o pequeno jorro d'água voltou a fluir. Durante eternos minutos esperou que a cabaça se enchesse, sem perder de vista o vampiro, que se mantinha ao seu lado. Estava tão perto que podia sentir seu fedor de tumba, contar seus dentes e sentir uma compaixão infinita pela profunda solidão que o envolvia, mas não permitiu que isso o distraísse de sua tarefa. Cheia a cabaça, pôs-se a recuar lentamente para não provocar o monstro. Saiu da caverna, entrou na outra, onde se ouvia o borbulhar da lava revolvendo-se nas entranhas da terra, e logo passou pela estreita entrada. Pensou em pôr as pedras de volta para tapá-la, mas não dispunha mais de tempo, e supôs que o vampiro fosse demasiado grande para escapar por aquele pequeno espaço e que não o seguiria.

Fez mais rápido o caminho de volta, pois já o conhecia. Não teve a tentação de recolher pedras preciosas e, quando passou pela lagoa de leite, onde o esperava a miragem de Cecilia Burns, tapou o nariz para defender-se do cheiro desagradável do gás que perturbava o entendimento, sem se deter. O mais difícil foi introduzir-se no túnel estreito, mantendo a cabaça em posição vertical, para não derramar a água. Tinha uma tampa: um pedaço de pele amarrado com uma corda, mas não era hermético, e Alex não desejava perder uma gota do maravilhoso líquido da saúde. Agora, de regresso, o túnel, embora opressivo e tenebroso, não lhe parecia tão terrível, pois sabia que no final encontraria a luz e o ar.

O colchão de nuvens na boca do *tepui*, que recebia os últimos raios do sol, tinha adquirido tons avermelhados, entre a ferrugem e o ouro. As seis luas de luz começavam a desaparecer no estranho firmamento do *tepui* quando Nádia Santos e Alexander Cold regressaram. Walimai esperava no anfiteatro da cidade de ouro, diante do conselho das Feras, acompanhado por Borobá. Assim que viu sua dona, o macaco, aliviado, correu para pendurar-se em seu pescoço. Os dois jovens estavam extenuados, com os corpos cobertos de arranhões e contusões, mas cada um trazia o tesouro que fora buscar. O velho bruxo não deu mostras de surpresa, recebendo-os com a mesma serenidade que mantinha em cada ato de sua existência, e disse-lhes que chegara o momento de partir. Não havia tempo para descansar, pois deveriam cruzar durante a noite o interior da montanha e voltar ao Olho do Mundo.

— Tive de deixar meu talismã — contou Nádia, desolada, ao amigo.

— E eu, minha flauta.

— Você pode conseguir outra. Quem faz a música é você, não a flauta — disse Nádia.

Walimai observou cuidadosamente os três ovos e provou a água da cabaça. Aprovou-os com ar de grande seriedade. Em seguida desatou uma das pequenas bolsas que pendiam do seu bastão de curandeiro e passou-a para Alex, instruindo-o a macerar as folhas e misturá-las com aquela água para curar sua mãe. O jovem recebeu a bolsinha com lágrimas nos olhos. Walimai agitou o cilindro de quartzo sobre a cabeça de Alex durante algum tempo, soprou-lhe no peito, nas têmporas e nas costas, tocando em seus braços e suas pernas com o bastão.

— Se não fosse *nahab*, você seria meu sucessor. Você nasceu com alma de xamã. Tem o poder de curar, use-o bem — disse o indígena.

— Isso quer dizer que posso curar minha mãe com esta água e estas folhas?

— Pode ser que sim, pode ser que não...

Alex percebia agora que suas ilusões não tinham uma base lógica: devia confiar nos modernos tratamentos do hospital do Texas e não em uma cabaça d'água com folhas secas recebidas de um velho que andava nu em pleno coração da Amazônia, mas naquela viagem tinha aprendido a abrir sua mente aos mistérios. Havia poderes sobrenaturais e outras dimensões da realidade, como aquele *tepui* povoado de criaturas dos tempos pré-históricos. Sim, quase tudo podia ser racionalmente explicado, sem excluir as Feras, mas Alex preferiu não o fazer, e se entregou simplesmente à esperança de um milagre.

O conselho dos deuses havia aceitado as advertências dos jovens forasteiros e do sábio Walimai. Não sairiam para matar os *nahab*, tratava-se de uma tarefa inútil, pois eles eram tão numerosos quanto as formigas, e depois deles viriam outros. As Feras permaneceriam na montanha sagrada, onde estavam seguras, pelo menos por enquanto.

Nádia e Alex despediram-se com pesar das grandes preguiças. Na melhor das hipóteses, se tudo saísse bem, a entrada labiríntica do *tepui* não seria descoberta e os helicópteros não desceriam para pousar lá dentro. Com a ajuda da sorte, mais um século se passaria antes que a curiosidade humana alcançasse o último refúgio dos tempos pré-históricos. Se não fosse assim, esperavam pelo menos que a comunidade científica defendesse aquelas extraordinárias criaturas antes que fossem destruídas pela cobiça dos aventureiros. De qualquer modo, não voltariam a ver as Feras.

Ao cair da noite subiram os degraus que conduziam ao labirinto, iluminados pela tocha de resina de Walimai. Percorreram sem vacilar o intrincado sistema de túneis, que o xamã conhecia perfeitamente. Em nenhum momento deram com um beco sem saída, nem tiveram de retroceder e trocar de caminho, pois o bruxo levava o mapa gravado na memória. Alex renunciou à ideia de memorizar as voltas, porque, embora pudesse depois recordá-las e mesmo desenhá-las em um papel, sempre lhe faltariam pontos de referência e seria impossível situar-se.

Chegaram à bela caverna onde tinham visto o primeiro dragão e se extasiaram uma vez mais diante das cores das pedras preciosas, dos cristais e dos metais que reluziam em seu interior. Era uma verdadeira caverna de Ali Babá, com todos os fabulosos tesouros que a mente mais ambiciosa poderia imaginar. Alex lembrou-se da pedra verde que havia posto no bolso e a retirou para compará-la. No pálido resplendor da caverna a pedra já não era verde, mas amarelada, e então compreendeu que a cor daquelas gemas era produto da luz, e talvez tivessem tão pouco valor quanto a mica do Eldorado. Agira bem ao fugir da tentação de encher a cabaça com elas e não com a água da saúde. Guardou a falsa esmeralda como lembrança: seria um presente para sua mãe.

O dragão alado estava em seu lugar, tal como o tinham visto na subida, mas tendo ao lado outro menor e de cores avermelhadas, talvez sua companheira. Não se moveram ante a presença dos três seres humanos, nem mesmo quando a mulher-espírito de Walimai voou até lá para saudá-los e se pôs a revolutear em torno deles como se fosse uma fada sem asas.

Naquele momento, tal como lhe ocorrera em sua peregrinação ao fundo do *tepui*, pareceu a Alex que o regresso era mais curto e mais fácil, até porque já conhecia o caminho e não esperava surpresas. De fato não houve surpresas e, depois de terem percorrido o último túnel, chegaram a uma cova que ficava a poucos metros da saída. Ali Walimai mandou que se sentassem, abriu uma de suas misteriosas bolsinhas e dela retirou umas folhas que pareciam de tabaco. Explicou-lhes em poucas palavras que iriam passar por uma "limpeza" para perder a lembrança daquilo que tinham visto. Alex não queria esquecer as Feras nem sua viagem ao fundo do *tepui*, e Nádia também não desejava renunciar ao que havia aprendido, mas Walimai explicou aos dois que recordariam tudo aquilo, só apagaria de suas mentes o caminho, para que não pudessem voltar à montanha sagrada.

O feiticeiro enrolou as folhas, colou-as com saliva, acendeu-as como se fossem um charuto e começou a fumá-las. Inalava e em seguida soprava a fumaça, com força, na boca dos jovens, primeiro na de Alex, depois na de Nádia. Não era um tratamento agradável: aspirar aquela fumaça fétida, quente e picante era como aspirar pimenta. A fumaça subiu direto para a cabeça, na qual, sem demora, sentiram uma espécie de golpe; depois veio uma vontade incontrolável de espirrar; por fim, sentiram-se enjoados. Alex lembrou-se de sua primeira experiência com tabaco, quando Kate o fizera fumar um charuto dentro do carro fechado, até ele passar mal. O que agora sentia era parecido, com a diferença de que tudo girava ao seu redor.

Então Walimai apagou a tocha. A caverna não recebia mais o tênue raio de luz que a iluminara, dias antes, quando haviam entrado em meio a uma total escuridão. Alex e Nádia deram-se as mãos, enquanto Borobá gemia assustado, sem soltar-se da cintura da dona. Submersos nas trevas, os jovens sentiam a presença de monstros que os observavam e ouviam sons de arrepiar os cabelos. Mas não tiveram medo. Com a escassa lucidez que lhes restava, deduziram que as visões aterrorizantes eram efeito da fumaça inalada, e que, enquanto o bruxo amigo estivesse com eles, estariam a salvo. Deitaram-se, abraçaram-se e em poucos minutos perderam a consciência.

Não puderam calcular o quanto dormiram. Despertaram aos poucos e logo ouviram Walimai chamando-os e tateando para encontrá-los. A caverna já não estava totalmente escura, uma suave penumbra permitia vislumbrar seus contornos. O xamã mostrou-lhes a estreita passagem pela qual deviam sair, e eles, ainda tontos, trataram de segui-lo. Saíram para a floresta de samambaias. Já era manhã no Olho do Mundo.

O PÁSSARO CANIBAL

No dia seguinte os viajantes empreenderam a marcha de volta a Tapirawa-teri. Ao se aproximarem, viram o brilho dos helicópteros entre as árvores e, assim, souberam que a civilização dos *nahab* havia finalmente chegado à aldeia. Walimai decidiu permanecer na floresta; durante toda a vida se mantivera afastado dos forasteiros e não era aquele o momento de mudar seus hábitos. O xamã, como todo o povo da neblina, tinha o talento de se tornar quase invisível, e durante anos havia rondado os *nahab*, aproximando-se de seus acampamentos, sem que ninguém suspeitasse de sua existência. Só era conhecido de Nádia Santos e do padre Valdomero, seu amigo desde os tempos em que o sacerdote vivia com os indígenas. O bruxo tinha encontrado a "menina cor de mel" em várias de suas visões e estava convencido de que ela era uma enviada dos espíritos. Considerava-a de sua família e por isso lhe dera permissão para chamá-lo pelo nome quando estivessem a sós, contara-lhe os mitos e as lendas dos indígenas, presenteara-a com o talismã e a levara à cidade sagrada dos deuses.

Alex teve um sobressalto de alegria ao ver de longe os helicópteros: não estava perdido para sempre no planeta das Feras, podia regressar ao mundo conhecido. Supôs que os helicópteros tivessem sobrevoado o Olho do Mundo durante vários dias para encontrá-los. A avó devia ter armado uma confusão monumental depois de seu desaparecimento, obrigando o capitão Ariosto a passar, do alto, um pente-fino naquela vasta região. Possivelmente tinham visto a fumaça da pira funerária de Mokarita e assim descoberto a aldeia.

Walimai explicou aos meninos que esperaria oculto entre as árvores para ver o que se passava na aldeia. Alex quis lhe dar uma lembrança em troca do remédio milagroso que deveria devolver a saúde à sua mãe e lhe entregou o canivete suíço. O indígena pegou o objeto metálico pintado de vermelho, sentiu seu peso e sua estranha forma, sem imaginar para que servia. Alex abriu as lâminas uma após outra, as pequenas pinças, as tesouras, o saca-rolhas, a chave de fenda, até o objeto se transformar em um verdadeiro porco-espinho. Ensinou ao xamã como abrir, fechar e usar cada um daqueles componentes.

Walimai agradeceu o presente, mas tinha vivido mais de um século sem conhecer os metais e, francamente, sentia-se um tanto velho para aprender os truques dos *nahab;* mas, não querendo ser descortês, pendurou o canivete no pescoço, junto com seus colares de dentes e outros amuletos. Em seguida lembrou a Nádia o grito da coruja, com o qual poderia chamá-lo e fazer contato quando necessário. A garota entregou-lhe a cesta com os três ovos de cristal, pois achava que eles estariam mais seguros nas mãos do ancião. Não queria aparecer com eles diante dos forasteiros e achava que os ovos pertenciam ao povo da neblina. Despediram-se e, em menos de um segundo, Walimai sumiu na selva, como se fosse uma ilusão.

Nádia e Alex aproximaram-se cautelosamente do lugar onde haviam aterrissado os "pássaros de barulho e vento", como os chamavam os indígenas. Ocultaram-se entre as árvores, de onde podiam observar sem que fossem vistos, embora estivessem longe demais para ouvir com clareza. Bem no centro de Tapirawa-teri estavam os pássaros de barulho e vento, além de três barracas, um grande toldo e até um fogão a querosene. Tinham estendido um arame do qual pendiam presentes para atrair os indígenas: facas, panelas, machadinhas e outras peças de alumínio e aço que brilhavam ao sol. Viram vários soldados armados, em atitude de alerta, mas nem sinal de indígena. O povo da neblina havia desaparecido, como sempre fazia diante do perigo. Essa estratégia sempre tinha sido positiva para a tribo; em compensação, os outros indígenas que haviam confrontado os *nahab* tinham sido exterminados ou assimilados. Os incorporados à civilização foram transformados em mendigos; tinham perdido suas terras e sua dignidade de guerreiros, passando a viver como ratos. Por isso, o chefe Mokarita jamais permitira que seu povo se aproximasse dos *nahab* nem que aceitasse seus presentes; dizia que, em troca de um facão ou de um chapéu, a tribo esqueceria para sempre suas origens, sua língua e seus deuses.

Nádia e Alex se perguntaram o que queriam aqueles soldados. Se eram parte do plano destinado a eliminar os indígenas do Olho do Mundo, o melhor era não se aproximarem deles. Lembravam-se de cada palavra da conversa que haviam escutado em Santa Maria da Chuva, entre o capitão Ariosto e Mauro Carías, e compreenderam que, se ousassem intervir, suas vidas estariam em perigo.

Começou a chover, como ocorria duas ou três vezes por dia, uns temporais imprevistos, breves e violentos, que empapavam tudo em um instante e cessavam imediatamente, deixando o mundo limpo e refrescado. Fazia quase uma hora que Nádia e Alex observavam o acampamento de seu refúgio entre as árvores, quando viram chegar à aldeia um grupo composto de três pessoas que certamente haviam saído a fim de explorar os arredores e agora voltavam correndo, molhadas até os ossos. Apesar da distância, os jovens reconheceram-nas imediatamente: eram Kate Cold, César Santos e o fotógrafo Timothy Bruce. Nádia e Alex não puderam evitar uma exclamação de alívio: aquilo significava que o professor Leblanc e a Dra. Omayra Torres também deviam se encontrar por perto. Com a presença deles na aldeia, o capitão Ariosto e Mauro Carías não poderiam recorrer às balas para tirar os indígenas — ou eles dois — do caminho.

Os jovens deixaram o esconderijo e se aproximaram cautelosamente de Tapirawa-teri, mas, depois de alguns passos, foram vistos pelas sentinelas e logo se viram cercados. O grito de alegria de Kate Cold quando viu o neto só foi comparável ao de César Santos ao ver a filha. Os dois correram ao encontro dos adolescentes, que vinham cobertos de arranhões e contusões, imundos, extenuados e com as roupas em farrapos. Além de tudo, Alexander se apresentava com o cabelo cortado à moda dos indígenas, que deixava exposto o alto da cabeça, onde havia um longo ferimento coberto por uma crosta seca. Santos levantou Nádia em seus braços robustos e a estreitou com tanta força que esteve a ponto de quebrar as costelas de Borobá, também envolvido pelo abraço. Kate Cold, ao contrário, conseguiu controlar a onda de afeto e alívio que sentia. Assim que o neto chegou perto, deu-lhe um tabefe na cara.

— Isto é pelo susto que nos fez passar, Alexander. Da próxima vez que desaparecer de minha vista, eu te mato — disse a avó. A única resposta de Alex foi abraçá-la.

Logo em seguida chegaram os outros: Mauro Carías, o capitão Ariosto, a Dra. Omayra Torres e o inefável professor Leblanc, com o corpo todo picado por abelhas. O indígena Karakawe, arredio como sempre, não mostrou surpresa ao ver os adolescentes.

— Como foi que vocês chegaram aqui? — perguntou o capitão Ariosto. — O acesso a este lugar é impossível sem um helicóptero.

Alex contou em poucas palavras sua aventura com o povo da neblina, sem dar detalhes nem explicar por onde haviam subido. Também não mencionou sua viagem com Nádia ao *tepui* sagrado. Achou que não expunha nenhum segredo, uma vez que os *nahab* já sabiam da existência da tribo. Havia sinais evidentes de que a aldeia fora desocupada pelos indígenas apenas algumas horas antes: a mandioca destilava nos cestos, as brasas das pequenas fogueiras ainda estavam mornas, a carne da última caça enchia-se de moscas na choça dos solteiros e alguns animais domésticos ainda rondavam o lugar. Os soldados tinham matado a facão as mansas cobras domesticadas, e seus corpos mutilados apodreciam ao sol.

— Onde estão os indígenas? — perguntou Mauro Carías.

— Foram para longe — respondeu Nádia.

— Não creio que tenham ido muito longe com as mulheres, os meninos e os velhos. Não podem desaparecer sem deixar rastro.

— São invisíveis.

— Estamos falando sério, menina! — exclamou Mauro.

— Eu sempre falo sério.

— Vai me dizer que eles também voam como as bruxas?

— Voar, não voam, mas andam muito rápido — esclareceu ela.

— Você sabe falar a língua desses indígenas, linda?

— Meu nome é Nádia Santos.

— Bem, Nádia Santos, sabe ou não sabe falar com eles? — insistiu Carías, impaciente.

— Sei.

A Dra. Omayra Torres interveio para explicar a imperiosa necessidade de vacinar a tribo. A aldeia fora descoberta, e era inevitável que dentro de pouco tempo houvesse contato com forasteiros.

— Como você sabe, Nádia, sem querer podemos transmitir doenças mortais para eles. Tribos inteiras morreram em apenas dois meses por causa de uma gripe. A mais grave de todas as doenças é o sarampo. Tenho as vacinas, posso imunizar esses pobres indígenas. Assim estarão protegidos. Pode me ajudar? — pediu a bela mulher.

— Vou tentar — prometeu a garota.

— Como vai fazer para se comunicar com a tribo?

— Ainda não sei. Preciso pensar.

Alexander Cold transferiu a água da saúde para um frasco de tampa hermética e o guardou cuidadosamente no bolso. Kate viu a manobra e quis saber de que se tratava.

— É uma água para curar minha mãe — disse ele. — Encontrei a fonte da eterna juventude que outros andaram procurando durante séculos, Kate. Minha mãe ficará boa.

Pela primeira vez, desde que conseguia lembrar-se, a avó tomou a iniciativa de lhe fazer um carinho. Sentiu seus braços delgados e musculosos envolvendo-o, seu cheiro de cachimbo, seus cabelos grossos cortados a golpes de tesoura, sua pele seca e áspera como couro de sapato; ouviu sua voz rouca dizendo seu nome e suspeitou que, apesar de tudo, a avó o amasse um pouco. Mal se deu conta do que fazia, Kate afastou-se bruscamente, empurrando-o para a mesa, onde Nádia o aguardava. Famintos e fatigados, os dois atacaram o feijão, o arroz, o pão de mandioca e os peixes meio carbonizados e cheios de espinhas. Alex devorou tudo com um apetite feroz, ante os olhos surpresos de Kate Cold, que sabia o quanto era problemático o apetite do neto.

Depois de comerem, os dois amigos se banharam longamente no rio. Sabiam que estavam cercados pelos indígenas invisíveis que, dentro da floresta, seguiam cada passo dos *nahab*. Enquanto brincavam na água, sentiam os olhos neles, como se fossem mãos que os tocassem. Concluíram que eles não se aproximavam por causa da presença dos desconhecidos e dos helicópteros, que tinham antes vislumbrado no céu, mas jamais tinham visto de perto.

Trataram de afastar-se um pouco, pensando que, se estivessem longe da aldeia, o povo da neblina se deixaria ver, mas havia muito movimento e era impossível para os dois se aproximarem da selva sem chamar a atenção. Por sorte, os soldados não se atreviam a se afastar um só passo do acampamento, porque as histórias sobre a Fera e o modo como ela havia matado um de seus companheiros os mantinham aterrorizados. Ninguém havia explorado antes o Olho do Mundo e eles tinham ouvido falar dos espíritos e demônios que rondavam a região. Temiam menos os indígenas, pois contavam com suas armas de fogo e eles mesmos tinham sangue indígena nas veias.

Ao anoitecer, todos, menos as sentinelas do turno, sentaram-se em grupos ao redor de uma fogueira para fumar e beber. O ambiente era lúgubre, e alguém pediu um pouco de música para levantar os ânimos. Alex teve de admitir que havia perdido a célebre flauta de Joseph Cold, mas não podia dizer onde sem mencionar a aventura no interior do *tepui*. Kate lhe lançou um olhar assassino, mas não disse palavra, adivinhando que o neto lhe ocultava muitas coisas. Um soldado tirou do bolso uma gaita de boca e tocou duas músicas populares, mas seus bons propósitos caíram em ouvidos moucos. O medo havia se apoderado de todos.

Kate Cold chamou Nádia e Alex à parte para lhes contar o que havia ocorrido em sua ausência. Quando perceberam que os dois tinham se evaporado, deram início à busca e, conduzindo lanternas, haviam entrado na floresta, chamando-os durante a noite inteira. Leblanc contribuíra para aumentar a angústia geral com mais um dos seus sensatos prognósticos: tinham sido levados pelos indígenas e àquela altura já estavam sendo assados em espetos e comidos. O professor aproveitou a ocasião para ilustrá-los sobre a maneira como os indígenas caribes cortavam pedaços de prisioneiros vivos a fim de devorá-los. Certo, admitiu, não estavam entre os caribes, que tinham sido civilizados ou exterminados fazia mais de cem anos, mas nunca se sabe quão longe podem ir as influências culturais. César Santos estivera a ponto de esmurrar o antropólogo.

Na tarde do dia seguinte finalmente um helicóptero apareceu para resgatá-los. O bote com o infortunado Joel González havia chegado sem novidade a Santa Maria da Chuva, onde as freiras do hospital se encarregaram de atendê-lo. Matuwe, o guia indígena, conseguira ajuda, e ele mesmo embarcara no helicóptero no qual viajava o capitão Ariosto. Seu sentido de orientação era tão extraordinário, que mesmo sem nunca ter voado foi capaz de se situar no verde interminável da floresta e assinalar com precisão o lugar onde os aguardava a expedição da *International Geographic*. Mal desceram, Kate Cold obrigou o militar a pedir, pelo rádio, reforços para organizar a busca sistemática dos adolescentes desaparecidos.

César Santos interrompeu Kate para acrescentar que ela havia ameaçado o capitão Ariosto com a imprensa, a embaixada americana e até a CIA, caso não cooperasse. Assim obteve o segundo helicóptero, no qual vieram mais soldados, além de Mauro Carías. Não pensava em sair dali sem o neto, havia assegurado Kate, mesmo que tivesse de percorrer a Amazônia inteirinha a pé.

— É verdade que você disse isso? — perguntou Alex com ar divertido.

— Não por sua causa, Alexander. Por uma questão de princípio — rosnou ela.

Naquela noite, Nádia Santos, Kate Cold e Omayra Torres ocuparam uma tenda; Ludovic Leblanc e Timothy Bruce, outra; Mauro Carías, ficou em uma exclusiva; e o restante dos homens acomodou-se em redes penduradas nas árvores. Puseram guardas nos quatro cantos do acampamento e mantiveram acesas as lâmpadas alimentadas a querosene. Embora ninguém o dissesse em voz alta, supunham que assim manteriam a Fera afastada. As luzes faziam deles alvos fáceis para os indígenas, mas até então as tribos nunca atacavam na escuridão, porque temiam os demônios noturnos que escapam dos pesadelos humanos.

Nádia, que tinha o sono leve, dormiu umas poucas horas e acordou, por volta da meia-noite, com os roncos de Kate Cold. Depois de comprovar que a doutora também não se mexia, ordenou a Borobá que permanecesse ali e deslizou silenciosamente para fora da tenda. Tinha observado com a máxima atenção o povo da neblina e decidira imitar sua faculdade de passar despercebido; descobriu, assim, que o segredo não estava somente em camuflar o corpo, mas também na firme vontade de se tornar imaterial e desaparecer. Era necessário se concentrar para alcançar o estado mental de invisibilidade, com o qual era possível permanecer a um metro de distância de uma pessoa sem ser vista. Sabia quando alcançava esse estado porque então sentia o corpo muito leve e em seguida parecia se dissolver e se apagar inteiramente.

Era preciso se manter firme, em seu propósito, sem se distrair, não permitindo que os nervos a traíssem; só assim poderia manter-se oculta diante dos demais. Ao sair da tenda teve de deslizar a pequena distância dos guardas que faziam a ronda noturna, mas não sentiu nenhum medo, pois estava protegida por aquele extraordinário campo mental que havia criado ao redor de si.

Assim que se sentiu segura na selva, vagamente iluminada pela lua, imitou duas vezes o canto da coruja e esperou. Algum tempo depois percebeu ao seu lado a silenciosa presença de Walimai. Pediu ao bruxo que falasse com o povo da neblina e o convencesse a se aproximar do acampamento a fim de se vacinar. Não poderiam se ocultar indefinidamente nas sombras das árvores, disse, e se tentassem construir uma nova aldeia seriam descobertos pelos "pássaros de barulho e vento". Prometeu que manteria Rahakanariwa sob controle e que Jaguar negociaria com os *nahab*. Contou que seu amigo tinha uma avó poderosa, mas não lhe explicou a importância de escrever e publicar na imprensa, supondo que o xamã não saberia de que falava, pois desconhecia a escrita e jamais vira uma página impressa. Limitou-se a dizer que aquela avó acumulava uma grande força mágica, que, no entanto, só valia a pena ser usada no meio dos *nahab*, tendo pouca serventia no Olho do Mundo.

Alexander Cold, por sua vez, deitara-se em uma rede ao ar livre, um pouco afastado dos demais. Alimentava a esperança de que no decorrer da noite os indígenas se comunicassem com ele, mas dormiu como uma pedra. Sonhou com o jaguar negro. O encontro com seu animal totêmico foi tão claro e preciso que no dia seguinte não tinha certeza se havia sonhado ou se vivera uma realidade.

No sonho ele se levantava da rede e se afastava cautelosamente do acampamento, sem ser visto pelas sentinelas. Ao entrar na floresta, fora do alcance da luminosidade da fogueira e das lamparinas a querosene, via o felino negro deitado num grosso galho de um enorme castanheiro, a cauda movendo-se no ar, os olhos brilhando na noite como deslumbrantes topázios, tal como aparecera em sua visão quando bebera a poção mágica de Walimai. Com seus dentes e suas garras poderia estripar um jacaré, com seus poderosos músculos era capaz de correr como o vento, com sua força e coragem podia enfrentar qualquer inimigo. Era um animal magnífico, rei das feras, filho do Pai Sol, príncipe dos mitos da América.

No sonho Alex detinha-se a poucos passos do jaguar e, tal como em seu primeiro encontro no pátio de Mauro Carías, escutava a voz cavernosa a saudá-lo, Alexander... Alexander... A voz soava em seu cérebro como um gigantesco gongo de bronze, enquanto seu nome era repetido. O que significava aquele sonho? Qual era a mensagem que o jaguar negro queria lhe transmitir?

Despertou quando todo mundo no acampamento já estava de pé. O vívido sonho da noite anterior o angustiava; estava certo de que continha uma mensagem, mas não conseguia decifrá-la. A única palavra que o jaguar tinha dito em suas aparições era o seu nome, Alexander. Nada mais. Sua avó aproximou-se com uma tigela de café com leite condensado, algo que antes ele nem provaria, mas que agora lhe parecia um delicioso desjejum. No impulso, contou-lhe o sonho.

— Defensor de homens — disse a avó.

— O quê?

— É isso o que seu nome significa. Alexander é um nome grego e quer dizer defensor.

— Por que me puseram este nome, Kate?

— A pedido meu. Seus pais queriam que você se chamasse Joseph, em homenagem ao seu avô, mas eu insisti para que o chamassem Alexander, em homenagem a Alexandre, o grande guerreiro da Antiguidade. Lançamos uma moeda no ar e eu ganhei. É por isso que você tem esse nome — explicou Kate.

— Por que pensou que eu devia me chamar Alexander?

— Há muitas vítimas e muitas causas nobres a serem defendidas neste mundo, Alexander. Um bom nome de guerreiro ajuda na luta pela justiça.

— Vai se decepcionar comigo, Kate. Não sou um herói.

— Veremos — replicou ela, entregando-lhe a tigela.

A sensação de serem observados por centenas de olhos mantinha todos nervosos no acampamento. Em anos recentes, vários funcionários do governo, enviados para ajudar os indígenas, tinham sido assassinados pelos mesmos indígenas que deviam proteger. Às vezes o primeiro contato era cordial, trocavam presentes e alimentos, mas de repente os indígenas empunhavam as armas e atacavam de surpresa. Eles eram imprevisíveis e violentos, dizia o capitão Ariosto, que estava inteiramente de acordo com as teorias de Leblanc, por isso não se podia baixar a guarda, tinham de se manter em alerta permanente. Nádia interveio para dizer-lhes que o povo da neblina era diferente, mas ninguém lhe deu a menor atenção.

A Dra. Omayra Torres explicou que nos últimos dez anos seu trabalho de médica tinha se realizado principalmente entre tribos pacificadas; nada sabia sobre aqueles indígenas que Nádia chamava de povo da neblina. De qualquer modo, esperava ter mais sorte do que em ocasiões anteriores, e vaciná-los antes que se contaminassem. Admitiu que em várias oportunidades suas vacinas tinham chegado tarde demais. Injetava-as, mas ainda assim os indígenas adoeciam e em poucos dias começavam a morrer às centenas.

Àquela altura, Ludovic Leblanc já havia perdido completamente a paciência. Sua missão fora inútil, iria voltar com as mãos vazias, sem notícia nenhuma da Fera da Amazônia. O que iria dizer aos editores da *International Geographic?* Que um soldado fora morto, estripado em misteriosas circunstâncias, que haviam se exposto a um cheiro bastante desagradável, que ele tinha caído involuntariamente em um buraco cheio de excrementos de um animal desconhecido. Convenhamos, não eram provas convincentes da existência da Fera. Também não teria nada a acrescentar sobre os indígenas da região, porque nem sequer os havia vislumbrado. Perdera seu tempo no pior dos desempenhos. Não via a hora de regressar à universidade, onde o tratariam como herói e estaria a salvo das picadas de abelhas e outros inconvenientes. Sua relação com o grupo deixava muito a desejar e com Karakawe era um desastre. Contratado para ser seu assistente pessoal, o indígena, mal saíram de Santa Maria da Chuva, deixara de abaná-lo com a folha de bananeira e, em vez de servi-lo, dedicara-se a tornar sua vida mais difícil. Leblanc o acusou de pôr um escorpião vivo em seu bolso e um verme morto em seu café, bem como de levá-lo propositadamente ao lugar onde as abelhas o picaram. Os outros membros toleravam o professor pelo seu aspecto pitoresco e porque podiam zombar dele a um palmo de seu nariz, sem que ele percebesse. Leblanc se levava tão a sério que lhe era impossível imaginar que os outros não fizessem o mesmo.

Mauro Carías mandou que grupos de soldados explorassem a floresta em várias direções. Os homens partiram de má vontade e logo regressaram sem notícias da tribo. Também sobrevoaram de helicóptero boa parte da área, embora Kate Cold lhes houvesse dito que o ruído espantaria os indígenas. A escritora os aconselhou a serem pacientes na espera: cedo ou tarde eles se disporiam a voltar à aldeia. Como Leblanc, ela estava menos interessada nos indígenas do que na Fera, sobre a qual devia escrever seu artigo.

— Você sabe alguma coisa sobre a Fera, alguma coisa que ainda não tenha me dito, Alexander? — perguntou ao neto.

— Pode ser que sim, pode ser que não... — disse Alex, sem se atrever a olhá-la nos olhos.

— Que tipo de resposta é essa?

Por volta do meio-dia o acampamento se agitou: uma figura havia saído da floresta e se aproximava timidamente. Mauro Carías fez-lhe sinais amistosos, chamando-a, depois de ordenar aos soldados que recuassem, para não a assustar. O fotógrafo Timothy Bruce passou a câmera para Kate Cold e pegou a filmadora: o primeiro contato com uma tribo era uma ocasião única.

Nádia e Alex reconheceram imediatamente a visitante. Era Iyomi, chefe dos chefes de Tapirawa-teri. Vinha só, nua, incrivelmente velha, engelhada e sem dentes, apoiada em um pedaço de pau torcido que lhe servia de bengala, o cocar de penas amarelas enfiado até as orelhas. Aproximou-se passo a passo, para grande estupor dos *nahab*. Mauro Carías chamou Karakawe e Matuwe para perguntar se conheciam a tribo à qual pertencia aquela mulher, mas os dois não sabiam. Nádia deu um passo à frente.

— Eu posso falar com ela.

— Pois diga a ela que não lhe faremos mal, somos amigos de seu povo, que venham nos ver sem suas armas, pois temos muitos presentes para ela e para os demais — disse Mauro Carías.

Nádia traduziu livremente, sem mencionar a parte sobre as armas, que não lhe parecia uma boa ideia, considerando a quantidade de armas dos soldados.

— Não queremos presentes dos *nahab* — replicou Iyomi com firmeza. — O que queremos é que saiam do Olho do Mundo.

— É inútil, não irão — explicou Nádia à anciã.

— Então meus guerreiros os matarão.

— Virão outros, muitos outros, e todos os seus guerreiros morrerão.

— Meus guerreiros são fortes, estes *nahab* não têm arcos nem flechas, são pesados, lentos e pouco inteligentes, além de se assustarem como crianças.

— A guerra não é a solução, chefe dos chefes. Devemos negociar — disse Nádia, suplicante.

— Que diabos diz essa velha? — perguntou Carías, impaciente porque fazia um bom tempo que a garota não traduzia.

— Diz que seu povo não come há vários dias e está com muita fome — improvisou Nádia.

— Diga que lhes daremos quanta comida quiserem.

— Eles têm medo das armas — acrescentou Nádia, embora na realidade os indígenas nunca tivessem visto uma pistola ou um fuzil e não suspeitassem de seu mortífero poder.

Mauro Carías deu uma ordem aos homens para que pusessem as armas no chão como um sinal de boa vontade, mas Leblanc, apavorado, interveio para lhes lembrar que os indígenas costumavam atacar à traição. Em vista disso, depuseram as metralhadoras, mas mantiveram as pistolas na cintura. Iyomi recebeu das mãos da Dra. Omayra Torres um alguidar de carne com milho e se afastou pelo mesmo caminho por que havia chegado. O capitão Ariosto tentou segui-la, mas em menos de um minuto a velha tinha virado fumaça no meio da vegetação.

Esperaram o restante do dia, observando a vegetação sem ver ninguém, enquanto suportavam os avisos de Leblanc, à espera de um contingente de canibais dispostos a atacá-los. Armado até os dentes e cercado de soldados, o professor caíra na tremedeira após a visita da anciã nua com um cocar de penas amarelas. As horas transcorreram sem incidentes, salvo por um momento de tensão, quando a Dra. Omayra Torres surpreendeu Karakawe metendo as mãos em suas caixas de vacinas. Não era a primeira vez que isso acontecia. Mauro Carías interveio para advertir o indígena de que, se voltasse a vê-lo perto dos medicamentos, o capitão Ariosto o prenderia imediatamente.

À tarde, quando já suspeitavam de que a anciã não regressaria, a tribo inteira do povo da neblina materializou-se de súbito diante do acampamento. Primeiro vieram as mulheres e os meninos, impalpáveis, tênues, misteriosos. Os homens tardaram vários segundos para perceber que, na verdade, eles haviam chegado antes e se haviam disposto em semicírculo. Surgiram do nada, mudos e soberbos, encabeçados por Tahama, pintados para a guerra com o vermelho do urucum, o negro do carvão, o branco das cinzas e o verde das plantas, decorados com penas, dentes, garras e sementes, com todas as suas armas nas mãos. Estavam no meio do acampamento, mas se mimetizavam tão bem com o entorno que era necessário ajustar os olhos para vê-los com nitidez. Eram leves, etéreos, pareciam apenas desenhados na paisagem, mas não havia dúvida de que também eram ferozes.

Durante longos minutos os dois grupos se observaram mutuamente em silêncio, estando de um lado os indígenas transparentes e do outro os atordoados forasteiros. Por fim, Mauro Carías despertou do transe e entrou em ação, ordenando aos soldados que servissem comida e repartissem os presentes. Alex e Nádia viram com pesar as mulheres e os meninos receberem as bugigangas com que pretendiam atraí-los. Sabiam que era assim, com aqueles presentes de aparência inocente, que começava o fim das tribos. Tahama e seus guerreiros se mantiveram de pé, alertas, sem soltar as armas. O mais perigoso eram suas grossas bordunas, com as quais podiam atacar em um segundo; apontar uma flecha demorava mais, dando tempo aos soldados para atirar.

— Explique a eles sobre as vacinas, minha linda — ordenou Mauro Carías à garota.

— Nádia, eu me chamo Nádia Santos — repetiu ela.

— É para o bem deles, Nádia, para protegê-los — acrescentou a Dra. Omayra Torres. — Poderão sentir medo das agulhas, mas na realidade dói menos que a picada de um mosquito. Talvez os homens queiram ser os primeiros, para dar exemplo às mulheres e aos meninos...

— Por que você não dá o exemplo? — perguntou Nádia a Mauro Carías.

O sorriso perfeito e sempre presente no rosto bronzeado do empresário sumiu ante o desafio da garota, e uma expressão de absoluto terror passou brevemente pelos seus olhos. Alex, que observava a cena, achou que era uma reação exagerada. Conhecia pessoas que tinham medo de injeção, mas o rosto de Carías era o de quem tinha visto o próprio Drácula.

Nádia traduziu, e depois de longas discussões, nas quais o nome do Rahakanariwa apareceu muitas vezes, Iyomi aceitou pensar no assunto e consultar a tribo. Estavam no meio da conversa sobre as vacinas quando de repente Iyomi murmurou uma ordem imperceptível aos ouvidos dos forasteiros, e num instante o povo da neblina esfumou-se tão depressa como havia aparecido. Retiraram-se para a floresta como sombras, sem que se ouvisse um passo, uma palavra ou o choro de um bebê. Os soldados de Ariosto passaram o resto da noite de guarda, esperando um ataque a qualquer momento.

Nádia acordou por volta da meia-noite ao sentir que a Dra. Omayra Torres saía da tenda. Supôs que ia fazer suas necessidades entre os arbustos, mas teve uma intuição e decidiu segui-la. Kate Cold roncava no sono profundo que lhe era peculiar e não tomou conhecimento das manobras das companheiras. Silenciosa como um gato, Nádia avançou, fazendo uso da recém-aprendida habilidade de se tornar invisível. Escondida atrás de uma moita, viu a silhueta da doutora sob a tênue luz da lua. Um minuto mais tarde uma segunda figura se aproximou e, para surpresa de Nádia, abraçou a doutora e a beijou.

— Estou com medo — disse ela.

— Não há nada a temer, meu amor. Vai dar tudo certo. Em dois dias teremos terminado aqui e poderemos voltar à civilização. Já sabe que preciso de você...

— É verdade que me ama?

— Claro que sim. Eu adoro você e a farei muito feliz; terá tudo que desejar.

Nádia voltou furtivamente para a tenda, deitou-se em sua esteira e fingiu que dormia.

O homem que estava com a Dra. Omayra Torres era Mauro Carías.

Pela manhã o povo da neblina regressou. As mulheres traziam cestas de frutas e uma grande anta morta para retribuir os presentes recebidos no dia anterior. A atitude dos guerreiros parecia mais relaxada e, embora não soltassem suas lanças, demonstravam curiosidade igual à das mulheres e dos meninos. Olhavam de longe e, sem se aproximar dos extraordinários pássaros de barulho e de vento, tocavam as roupas e as armas dos *nahab*, remexiam em seus pertences, entravam nas tendas, posavam para as câmeras, penduravam no pescoço os colares de plástico e experimentavam, maravilhados, as facas e facões.

A Dra. Omayra Torres considerou que o clima já era adequado para iniciar seu trabalho. Pediu a Nádia que explicasse mais uma vez aos indígenas a imperiosa necessidade de protegê-los contra as epidemias, mas eles não estavam convencidos. A única razão pela qual o capitão Ariosto não os obrigou, sob a mira de uma arma, a vacinar-se foi a presença de Kate Cold e Timothy Bruce. Não podia recorrer à força bruta diante da imprensa, tinha de guardar as aparências. Não teve saída a não ser esperar com paciência as eternas discussões entre Nádia Santos e a tribo. A incongruência de matá-los a tiros para impedir que morressem de sarampo não passou pela mente do militar.

Nádia lembrou aos indígenas que Iyomi a nomeara chefe para aplacar Rahakanariwa, que costumava castigar os humanos com terríveis epidemias, e por isso deveriam obedecer-lhe. Ofereceu-se para ser a primeira a submeter-se à aplicação da vacina, mas isso soou ofensivo para Tahama e seus guerreiros. Eles seriam os primeiros, disseram finalmente. Com um sorriso de satisfação, ela traduziu a decisão do povo da neblina.

A Dra. Omayra Torres instalou sua mesa à sombra de uma árvore e sobre ela dispôs as seringas e os frascos, enquanto Mauro Carías procurava organizar a tribo em uma fila, para ter certeza de que ninguém ficaria sem se vacinar.

Enquanto isso, Nádia chamou Alex à parte a fim de lhe contar o que havia presenciado na noite anterior. Nenhum dos dois soube interpretar aquela cena, mas ambos se sentiram vagamente traídos. Como era possível que a doce Omayra Torres mantivesse uma relação com Mauro Carías, o homem que levava o próprio coração em uma maleta?

Deduziram que, sem dúvida, Mauro Carías havia seduzido a boa doutora: não diziam que ele sempre se saía bem com as mulheres? Nádia e Alex não viam o menor atrativo naquele homem, mas imaginavam que seus modos e seu dinheiro podiam enganar outras pessoas. A notícia cairia como uma bomba entre os admiradores da doutora: César Santos, Timothy Bruce e até o professor Ludovic Leblanc.

— Não estou gostando nada disso – disse Alex.

— Você também está com ciúme? — brincou Nádia.

— Não! — exclamou ele, indignado. — Mas sinto um peso terrível aqui dentro do peito.

— É por causa da visão que compartilhamos na cidade de ouro, lembra? Quando bebemos a poção dos sonhos coletivos de Walimai, todos sonhamos a mesma coisa, até as Feras.

— É verdade. Aquele sonho parecia um que tive antes de começar esta viagem: um enorme abutre raptava minha mãe e a carregava pelos ares. Na ocasião eu o interpretei como a doença que ameaça sua vida, pensando que o abutre representasse a morte. No *tepui* sonhamos que o Rahakanariwa quebrava a cela em que estava aprisionado e que os indígenas eram amarrados aos troncos das árvores, lembra?

— Sim, e os *nahab* usavam máscaras. O que significam as máscaras, Jaguar?

— Segredo, mentira, traição.

— Por que Mauro Carías mostra tanto interesse em vacinar os indígenas?

A pergunta ficou no ar como uma flecha detida em pleno voo. Os dois se olharam, horrorizados. Em um instante de lucidez, compreenderam a terrível armadilha em que todos haviam caído: o Rahakanariwa era a epidemia. A morte que ameaçava a tribo não era um pássaro mitológico, mas alguma coisa muito mais concreta e imediata. Correram para o centro da aldeia, onde a Dra. Omayra Torres apontava a agulha de sua seringa para o braço de Tahama. Sem pensar, Alex se lançou como um meteoro contra o guerreiro, atirando-o de costas no chão. Tahama levantou-se de um salto e ergueu sua borduna para esmagar o garoto como uma barata, mas os gritos de Nádia detiveram a arma no ar.

— Não! Não! É aí que está o Rahakanariwa! — gritou a garota, apontando para os frascos de vacina.

César Santos pensou que a filha havia enlouquecido e tratou de segurá-la, mas Nádia desprendeu-se de seus braços e voltou a se reunir com Alex, gritando e esmurrando Mauro Carías, que tentava detê-la. Afobada, Nádia procurava explicar aos indígenas que havia se enganado, as vacinas não os salvariam, ao contrário, elas os matariam, porque o Rahakanariwa estava na seringa.

MANCHAS DE SANGUE

A Dra. Omayra Torres não perdeu a calma. Disse que tudo aquilo era uma fantasia dos meninos, o calor os havia transtornado, e ordenou ao capitão Ariosto que os levasse. Dispunha-se agora a continuar o trabalho interrompido, embora o ânimo da tribo houvesse mudado por inteiro. Naquele momento, quando o capitão Ariosto estava pronto para impor a ordem a tiros, enquanto os soldados tentavam dominar Nádia e Alex, quem deu um passo à frente foi o indígena Karakawe.

— Um momento! — exclamou.

Ante a surpresa geral, aquele homem, que não havia pronunciado mais de meia dúzia de palavras durante a viagem inteira, anunciou-se como funcionário do Departamento de Proteção aos Indígenas e explicou, detalhadamente, que sua missão consistia em averiguar por que tribos amazônicas morriam em massa, sobretudo aquelas que viviam perto das jazidas de ouro e diamantes. Fazia tempo que suspeitava de Mauro Carías, o homem que mais se havia beneficiado com a exploração mineral da região.

— Capitão Ariosto, apreenda as vacinas! — ordenou Karakawe. — Vou mandar examiná-las em um laboratório. Ou muito me engano ou esses frascos não contêm vacinas, mas doses mortais do vírus do sarampo.

A única resposta do capitão Ariosto foi apontar a arma e atirar contra o peito de Karakawe. O indígena caiu morto instantaneamente. Mauro Carías deu um empurrão na Dra. Omayra Torres, sacou de sua arma e, no instante em que César Santos corria a fim de proteger a mulher com o próprio corpo, esvaziou sua pistola contra os frascos alinhados na mesa, reduzindo-os a cacos, com o líquido se esparramando pelo chão.

Os acontecimentos se precipitaram com tal violência que depois ninguém foi capaz de narrá-los com precisão, cada um contando uma versão diferente. A filmadora de Timothy Bruce registrou parte dos fatos e o resto ficou na câmera operada por Kate Cold.

Vendo os frascos destruídos, os indígenas acreditaram que Rahakanariwa havia escapado de sua prisão e voltaria à sua forma de pássaro canibal a fim de devorá-los. Antes que alguém pudesse impedi-lo, Tahama soltou um grito apavorante e deu uma formidável paulada na cabeça de Mauro Carías, que desabou no chão como um saco. O capitão Ariosto voltou sua arma contra Tahama, mas Alex se lançou contra suas pernas, enquanto Borobá, o macaco de Nádia, saltava-lhe na cara. As balas do capitão perderam-se no ar, dando tempo a Tahama para recuar, protegido por seus guerreiros, que empunhavam os arcos.

Nos poucos segundos que os soldados levaram para se organizar e sacar suas pistolas, a tribo se dispersou. Mulheres e crianças escaparam como esquilos, desaparecendo na vegetação, enquanto os homens conseguiram lançar várias flechas antes de também fugir. Os soldados atiravam às cegas, enquanto Alex lutava com Ariosto no chão, ajudado por Nádia e Borobá. Com o cabo da pistola o capitão deu um golpe na mandíbula do garoto, deixando-o meio aturdido, e em seguida voltou-se contra Nádia e o macaco. Kate Cold correu para socorrer o neto, retirando-o do centro do tiroteio. Com a gritaria e a confusão, ninguém ouvia as ordens de Ariosto.

Em poucos minutos a aldeia estava manchada de sangue: havia três soldados feridos por flechas e vários indígenas mortos, além do cadáver de Karakawe e do corpo inerte de Mauro Carías. Uma indígena estava caída, crivada de balas, e o menino que levava nos braços agora jazia no chão, ao seu lado. Ludovic Leblanc, que desde o aparecimento da tribo se mantivera a prudente distância, protegido atrás de um tronco, teve uma reação inesperada. Até então havia se comportado como um feixe de nervos, mas ao ver o menino exposto à violência encontrou coragem em algum lugar dentro de si, cruzou correndo o campo de batalha e ergueu nos braços a pobre criatura. Era um bebê de poucos meses, estava salpicado com o sangue da mãe e chorava, desesperado. Leblanc permaneceu ali, no meio do caos, apertando-o contra o peito e tremendo de fúria e desorientação. Seus piores pesadelos tinham se invertido: os selvagens não eram os indígenas e sim eles. Por fim, aproximou-se de Kate Cold, que tentava limpar com um pouco d'água a boca ensanguentada do neto, e lhe entregou a criança.

— Vamos, Cold, você é mulher, saberá o que fazer com isto.

Surpresa, a escritora recebeu a criança, segurando-a nos braços estendidos, como se fosse um buquê. Fazia tantos anos não tinha um bebê nos braços, que não sabia o que fazer com aquele.

A essa altura, Nádia conseguira levantar-se e observava o campo semeado de corpos. Aproximou-se dos indígenas, a fim de reconhecê-los, mas o pai a obrigou a voltar, abraçando-a, chamando-a pelo nome, murmurando palavras tranquilizadoras. Nádia conseguiu ver que Iyomi e Tahama não estavam entre os cadáveres e pensou que pelo menos o povo da neblina ainda tinha dois dos seus chefes, porque os outros dois, Águia e Jaguar, haviam falhado.

— Ponham-se todos diante daquela árvore! — ordenou o capitão Ariosto aos expedicionários. Estava lívido, e a arma tremia em sua mão. As coisas tinham tomado um rumo muito ruim.

Kate Cold, Timothy Bruce, o professor Leblanc e os dois adolescentes obedeceram. Alex tinha um dente quebrado, a boca cheia de sangue e ainda estava tonto pelo golpe com o cabo da pistola na mandíbula. Nádia parecia em estado de choque, tinha um grito preso no peito e os olhos fixos nos indígenas mortos e nos soldados que gemiam atirados ao chão. A Dra. Omayra Torres, alheia a tudo que a cercava e banhada em lágrimas, sustinha em suas pernas a cabeça de Mauro Carías. Beijava seu rosto, pedindo-lhe que não morresse, que não a deixasse, enquanto sua roupa se empapava de sangue.

— Nós íamos nos casar — repetia, como em uma ladainha.

— A doutora é cúmplice de Mauro Carías. Era à médica que ele se referia ao dizer que alguém de sua confiança viajaria com a expedição, você lembra? E nós acusando Karakawe! — sussurrou Alex para Nádia. A garota, porém, estava dominada pelo terror e não podia ouvi-lo.

Alex acabava de compreender que o plano do empresário — exterminar os indígenas com uma epidemia de sarampo — tornava indispensável a colaboração da Dra. Omayra Torres. Fazia anos que indígenas morriam em massa, vítimas daquela e de outras doenças, apesar dos esforços das autoridades para protegê-los. Cada vez que uma epidemia se instalava, não havia nada a fazer, pois faltavam aos indígenas defesas orgânicas; tinham vivido milhares de anos no isolamento e seu sistema imunológico não resistia aos vírus dos brancos. Se um simples resfriado era capaz de matá-los em poucos dias, imagine o que podia acontecer com doenças mais sérias. Os médicos que estudavam o problema não conseguiam entender por que nenhuma das medidas preventivas dava resultado. Ninguém podia imaginar que Omayra Torres, escolhida para vacinar os indígenas, era a pessoa que injetava a morte em seus corpos, para que o amante pudesse apropriar-se de suas terras.

Ela já havia eliminado várias tribos sem levantar suspeitas e tinha pretendido fazer o mesmo com o povo da neblina. O que lhe havia prometido Carías para que ela cometesse um crime de tal magnitude? Talvez não o tivesse feito por dinheiro, mas apenas por amor àquele homem. Porém, fosse por amor ou cobiça, o resultado era o mesmo: centenas de homens, mulheres e crianças assassinadas. Se Nádia Santos não tivesse visto Omayra Torres e Mauro Carías se beijando, os desígnios daquela dupla não teriam sido descobertos. E, graças à oportuna intervenção de Karakawe — que havia lhe custado a vida — o plano fracassara.

Agora, Alexander Cold entendia o papel que Mauro Carías havia atribuído aos membros da expedição da *International Geographic*. Duas semanas depois da inoculação do vírus do sarampo, teria início uma epidemia na tribo e o contágio se estenderia a outras aldeias com grande rapidez. Então, o tresloucado professor Ludovic Leblanc garantiria à imprensa mundial que estivera presente por ocasião do primeiro contato com o povo da neblina. Ninguém poderia ser acusado: todas as precauções necessárias à proteção da aldeia tinham sido tomadas.

Respaldado pela reportagem de Kate Cold e as fotografias de Timothy Bruce, o antropólogo poderia provar que todos os membros da tribo tinham sido vacinados. Aos olhos do mundo, a epidemia não passaria de uma desgraça inevitável, pois ninguém suspeitaria de outra coisa, e dessa maneira Mauro Carías se assegurava de que não haveria uma investigação do governo. Era um método de extermínio limpo e eficaz, que não deixava rastros de sangue, como as balas e as bombas que durante anos tinham sido empregadas para "limpar" o território da Amazônia, abrindo caminho para mineradores, traficantes, colonos e aventureiros.

Ao ouvir a denúncia de Karakawe, o capitão Ariosto havia perdido a cabeça e, num impulso, matara o indígena para proteger Carías e a si mesmo. Agia com a segurança que lhe proporcionava o uniforme. Naquela região remota e quase despovoada, não alcançada pelo longo braço da lei, ninguém questionava sua palavra. Isso lhe dava um poder perigoso. Era um homem rude e sem escrúpulos que havia passado anos em postos fronteiriços e estava habituado à violência.

Como se a arma que levava no cinto e sua condição de oficial não bastassem, contava ainda com a proteção de Mauro Carías. O empresário, por sua vez, beneficiava-se de conexões nas esferas mais altas do governo, pertencia à classe dominante, tinha muito dinheiro, muito prestígio e não prestava contas a ninguém. A associação de Ariosto e Carías havia beneficiado os dois. O capitão calculava que em menos de dois anos poderia dar baixa e se mudar para Miami, onde viveria como milionário. Mas agora Mauro Carías estava caído no chão, com a cabeça quebrada, e não poderia mais protegê-lo. Isso também significava o fim de sua impunidade. Teria que justificar, perante o governo, o assassinato de Karakawe e daqueles indígenas que jaziam no meio do acampamento.

Ainda com o bebê nos braços, Kate Cold deduziu que sua vida e a dos demais expedicionários, inclusive a dos dois jovens, corriam grave perigo, pois certamente Ariosto desejaria evitar, a qualquer preço, que os acontecimentos de Tapirawa-teri fossem divulgados. Não se tratava apenas de lançar gasolina sobre os corpos, atear fogo neles e dar as pessoas por desaparecidas. O tiro de Ariosto saíra pela culatra: a presença da expedição da *International Geographic* havia deixado de ser uma vantagem para tornar-se um problema. Tinha de desfazer-se das testemunhas, mas isso devia ser feito com muita prudência: não podia executá-las a tiros sem meter-se em uma encrenca maior. Infelizmente, para os estrangeiros eles se encontravam muito longe da civilização, e ali era fácil para o capitão apagar suas pegadas.

Kate Cold estava certa de que, caso o militar decidisse assassiná-los, os soldados não moveriam um dedo para evitar que isso fosse feito e tampouco se atreveriam a denunciar seu superior. A selva destruiria as pistas do crime. Não podiam ficar de braços cruzados, esperando o tiro de misericórdia. Algo havia de ser feito. Não tinham nada a perder, a situação não podia ser pior. Além de ser um desalmado, Ariosto estava nervoso, e podia fazer com eles o mesmo que fizera a Karakawe. Kate não tinha um plano, mas pensou que a primeira coisa a fazer era distrair as fileiras inimigas.

— Capitão, creio que o mais urgente é mandar esses homens para um hospital — sugeriu Kate, apontando Carías e os soldados feridos.

— Cale-se, velha! — berrou o militar de volta.

Poucos minutos depois, contudo, Ariosto mandou que embarcassem Mauro Carías e os três soldados em um dos helicópteros. Ordenou a Omayra Torres que tentasse arrancar as flechas dos feridos antes de embarcá-los, mas a doutora o ignorou por completo: tinha olhos apenas para seu amante moribundo. Kate Cold e César Santos deram-se ao trabalho de improvisar curativos para evitar que os infelizes soldados continuassem a sangrar.

Enquanto os militares tratavam de acomodar os feridos no helicóptero e tentavam inutilmente comunicar-se pelo rádio com Santa Maria da Chuva, Kate explicou em voz baixa ao professor Leblanc seus temores sobre a situação em que se achavam. O antropólogo havia chegado às mesmas conclusões: corriam mais perigo nas mãos de Ariosto do que nas dos indígenas e da Fera.

— Se pudéssemos fugir pela selva... — sussurrou Kate.

Pela primeira vez o homem a surpreendeu com uma reação razoável. Ela estava tão habituada aos chiliques e explosões do professor que, ao vê-lo calmo, cedeu-lhe a autoridade de modo quase automático.

— Isso seria uma loucura — replicou Leblanc com firmeza.

— A única maneira de sair daqui é de helicóptero. E a chave é Ariosto. Felizmente ele é ignorante e vaidoso, e isso funciona a nosso favor. Devemos fingir que não suspeitamos dele e vencê-lo pela astúcia.

— Como? — perguntou Kate, incrédula.

— Manipulando-o — disse Leblanc. — Como ele está assustado, podemos oferecer-lhe a oportunidade de salvar a pele e sair daqui convertido em herói.

— Isso nunca! — exclamou Kate.

— Não seja tola, Cold. Isso é o que lhe ofereceremos, mas não significa que vamos cumprir a promessa. Uma vez a salvo, fora deste país, Ludovic Leblanc será o primeiro a denunciar as atrocidades que são cometidas contra estes pobres indígenas.

— Vejo que sua opinião sobre os indígenas mudou um pouco — murmurou Kate Cold.

O professor não se dignou a responder. Aprumou-se em toda sua reduzida estatura, ajeitou a camisa salpicada de barro e sangue e foi ao encontro do capitão Ariosto.

— Como voltaremos a Santa Maria da Chuva, meu estimado capitão? Não cabemos todos em um segundo helicóptero

— disse, apontando para os soldados e o grupo que aguardava junto à árvore.

— Não meta seu nariz nesta história! Aqui quem dá as ordens sou eu! — rugiu Ariosto.

— Mas é claro! E é uma sorte que esta operação esteja sob seu comando, capitão, pois de outro modo estaríamos em uma situação muito difícil — disse Leblanc, calmamente.

Surpreso, Ariosto passou a dar atenção ao professor.

— Se não fosse pelo seu heroísmo — acrescentou Leblanc —, todos nós teríamos morrido nas mãos dos indígenas.

Um pouco mais tranquilo, Ariosto contou as pessoas e, vendo que Leblanc tinha razão, decidiu enviar a metade dos soldados no primeiro voo. Isso o deixou com apenas cinco homens e os expedicionários, mas, como estes não tinham armas, não representavam perigo. O helicóptero desprendeu-se do solo, levantando nuvens de pó avermelhado. Então se afastou por cima da cúpula verde da selva, perdendo-se no céu.

Nádia Santos havia seguido o desenrolar dos acontecimentos abraçada a seu pai e a Borobá. Estava arrependida por ter deixado o talismã de Walimai no ninho dos ovos de cristal, pois sem a proteção do amuleto sentia-se perdida. De repente começou a gritar como uma coruja. Surpreso, César Santos pensou que a filha havia passado por emoções em excesso e estava sofrendo um ataque de nervos. A batalha travada na aldeia fora muito violenta, os gemidos dos militares feridos e o rastro de sangue que vertia de Mauro Carías tinham resultado em um espetáculo medonho; os corpos dos indígenas, porém, continuavam onde haviam caído, sem que ninguém se propusesse a recolhê-los. O guia concluiu que Nádia estava transtornada pela brutalidade dos acontecimentos; não havia outra explicação para os grasnidos da garota. Alexander Cold, no entanto, teve de disfarçar um sorriso de orgulho ao ouvir a amiga: Nádia recorria à última tábua de salvação possível.

— Entregue-me os rolos de filme! — exigiu o capitão Ariosto, dirigindo-se a Timothy Bruce.

Para o fotógrafo, isso equivalia a entregar a vida. Era um fanático no que se referia aos seus negativos e jamais se desfizera sequer de um, guardando-os todos cuidadosamente classificados em seu estúdio londrino.

— Parece-me excelente que sejam tomadas precauções para que esses valiosos negativos não se percam, capitão Ariosto — interveio Leblanc. — São a prova do que aconteceu aqui, de como aquele indígena atacou o Sr. Carías, de como seus valentes soldados caíram sob as flechas e de como o senhor mesmo se viu obrigado a disparar contra Karakawe.

— Aquele homem se meteu onde não devia! — exclamou o capitão.

— Claro! Era um louco. Quis impedir que a Dra. Torres cumprisse seu dever. Suas acusações eram dementes! Lamento que os frascos de vacina tenham sido destruídos no fragor da luta. Agora nunca saberemos o que continham e não se poderá provar que Karakawe mentia — disse astutamente Leblanc.

Ariosto fez uma careta, que em outras circunstâncias poderia ter sido um sorriso. Pôs a arma no cinto, adiou a questão dos negativos e pela primeira vez deixou de responder aos gritos. Talvez aqueles estrangeiros de nada suspeitassem, talvez fossem muito mais idiotas do que imaginava, pensou o capitão com seus botões.

Kate Cold acompanhava de boca aberta o diálogo do antropólogo com o militar. Nunca imaginara que Leblanc, aquele zero à esquerda, fosse capaz de tanto sangue-frio.

— Cale a boca, Nádia, por favor — pediu César Santos, quando Nádia repetiu pela décima vez o grito da coruja.

— Suponho que passaremos a noite aqui. Deseja que preparemos algo para o jantar, capitão? — perguntou Leblanc amavelmente.

O capitão autorizou que fizessem a comida e circulassem pelo acampamento, mas deu ordem para que se mantivessem dentro de um raio de trinta metros, de modo que sempre pudesse vê-los. Mandou que os soldados recolhessem os indígenas mortos e pusessem todos juntos em um mesmo lugar; no dia seguinte poderiam enterrá-los ou queimá-los. A noite lhe daria tempo para tomar uma decisão sobre os estrangeiros. Santos e sua filha podiam desaparecer sem que ninguém perguntasse por eles, mas com os outros era necessário tomar precauções. Ludovic Leblanc era uma celebridade, e a velha e o garoto eram americanos. Dizia-lhe a experiência que, quando algo acontecia a um americano, sempre havia uma investigação; aqueles gringos arrogantes se consideravam os donos do mundo.

Embora a ideia houvesse partido do professor Leblanc, foram César Santos e Timothy Bruce que prepararam o jantar, porque o antropólogo era incapaz de fritar um ovo. Kate Cold desculpou-se, dizendo que só sabia fazer almôndegas e ali não tinha os ingredientes necessários; além do mais, estava muito ocupada com o bebê, tratando de alimentá-lo, a pequenas colheradas, com um pouco de leite condensado diluído em água.

Enquanto isso, Nádia sentou-se e ficou a observar a selva, repetindo de vez em quando o grito da coruja. Atendendo a uma discreta ordem sua, Borobá soltou-se de seus braços e correu para dentro da floresta. Meia hora mais tarde o capitão Ariosto lembrou-se dos rolos de filme e obrigou Timothy Bruce a entregá-los, valendo-se do pretexto que lhe fora sugerido por Leblanc: em suas mãos estariam seguros. Foram inúteis os argumentos e mesmo a tentativa de suborno do fotógrafo: o capitão manteve-se irredutível.

Comeram em turnos, enquanto os soldados vigiavam, e em seguida Ariosto mandou os expedicionários dormirem nas tendas, onde, segundo disse, estariam mais protegidos em caso de ataque, embora o verdadeiro motivo fosse que assim podia controlá-los melhor. Nádia e Kate Cold com o bebê ocuparam uma das tendas, Ludovic Leblanc, César Santos e Timothy Bruce a outra.

O capitão não esquecia o modo como Alex se lançara contra ele e alimentava um ódio cego pelo garoto. Por culpa daqueles fedelhos, especialmente o maldito adolescente americano, estava metido em uma tremenda encrenca, Mauro Carías tinha o cérebro reduzido a mingau, os indígenas haviam escapado e seus planos de viver como milionário em Miami corriam sério perigo. Alexander representava um risco para ele e devia ser castigado. Resolveu separá-lo dos outros e ordenou que o atassem a uma árvore numa das extremidades do acampamento, longe das tendas dos outros membros de seu grupo e longe das lâmpadas a querosene. Kate Cold reclamou furiosa do tratamento dado ao seu neto, mas o capitão obrigou-a a calar-se.

— Talvez seja melhor assim, Kate — sussurrou Nádia. — Jaguar é muito esperto, não tenho dúvida de que encontrará um meio de escapar.

— E eu estou certa de que Ariosto planeja matá-lo durante a noite — replicou Kate, tremendo de raiva.

— Borobá foi buscar ajuda — disse Nádia.

— Você acredita que aquele macaquinho nos salvará?

— Borobá é muito inteligente.

— Você está ruim da cabeça, menina! — exclamou a avó.

Passaram-se várias horas sem que ninguém dormisse no acampamento, exceto o bebê, cansado de tanto chorar. Kate

Cold o havia acomodado sobre umas peças de roupa, perguntando-se o que faria com aquela infortunada criatura: a última coisa que queria na vida era cuidar de um órfão. A escritora mantinha-se vigilante, convencida de que a qualquer momento Ariosto podia assassinar seu neto e em seguida os demais, ou talvez o contrário, primeiro eles e depois Alex, de quem se vingaria com algum tipo de morte lenta e horrível. Aquele homem era muito perigoso.

Timothy Bruce e César Santos também mantinham os ouvidos colados na lona da barraca, tentando adivinhar os movimentos dos soldados lá fora. A certa altura o professor Ludovic Leblanc deixou a barraca, a pretexto de fazer suas necessidades, e foi conversar com o capitão Ariosto. Convencido de que a cada hora transcorrida aumentava o risco a que todos estavam sujeitos e que convinha distrair o capitão, o antropólogo o convidou a jogar cartas e a dividir com ele uma garrafa de vodca cedida por Kate Cold.

— Não tente me embriagar, professor! — advertiu o capitão Ariosto, sem, contudo, deixar de encher seu copo.

— Como pode pensar tal coisa, capitão! — replicou Leblanc. — Um trago de vodca não faz o menor efeito em um homem como o senhor. A noite é longa, podemos nos divertir um pouco.

19
PROTEÇÃO

Como costuma ocorrer com frequência no planalto, a temperatura caíra abruptamente logo após o pôr do sol. Habituados ao calor das terras baixas, os soldados tiritavam em suas roupas ainda molhadas pela chuva da tarde. Nenhum deles dormia; por ordem do capitão, todos deviam montar guarda em torno do acampamento. Mantinham-se de olhos bem abertos, com as armas engatilhadas. Não temiam apenas os demônios da selva ou o aparecimento da Fera, mas também os indígenas, que podiam voltar a qualquer momento, a fim de vingar seus mortos.

Eles tinham a vantagem das armas de fogo, mas os outros conheciam o terreno e possuíam aquela apavorante faculdade de surgir do nada, como almas do outro mundo. Não fossem os corpos empilhados junto de uma árvore, pensariam que não eram humanos e que as balas nada podiam contra eles. Os soldados esperavam ansiosos o amanhecer para sair dali voando o mais cedo possível; na escuridão da noite o tempo passava com muita lentidão, e os ruídos da selva circundante tornavam-se aterradores.

Sentada de pernas cruzadas junto ao menino adormecido na tenda das mulheres, Kate Cold pensava em como ajudar seu neto a sair com vida do Olho do Mundo. Através da lona da barraca filtrava-se um pouco da claridade da fogueira, e assim a escritora podia ver a silhueta de Nádia agasalhada no paletó do pai.

— Vou sair agora... — sussurrou a garota.

— Não pode sair! — interrompeu-a Kate.

— Ninguém me verá, posso me tornar invisível.

Kate Cold agarrou a garota pelos braços, certa de que ela delirava.

— Nádia, me escute... Você não é invisível. Ninguém é invisível, você está fantasiando. Não pode sair daqui.

— Posso. Não faça nenhum ruído, Sra. Cold. Cuide do menino até eu voltar, pois logo o entregaremos à sua tribo — murmurou Nádia. Havia tanta certeza e calma em sua voz que Kate não se atreveu mais a retê-la.

Primeiro, Nádia Santos entrou no estado mental da invisibilidade, como havia aprendido com os indígenas, e assim se reduziu a nada, a puro espírito transparente. Em seguida abriu silenciosamente o fecho da barraca e deslizou para fora, ajudada pelas sombras. Passou como uma doninha silenciosa a poucos metros da mesa na qual o professor Leblanc e o capitão Ariosto jogavam cartas; passou pelos guardas armados que rondavam o acampamento; passou diante da árvore em cujo tronco Alex estava amarrado, e ninguém a viu. Afastou-se do vacilante círculo de luz das lamparinas e desapareceu entre as árvores. Em seguida o grito de uma coruja interrompeu o coaxar dos sapos.

Alex, como os soldados, tiritava de frio. Tinha as pernas adormecidas e as mãos inchadas pelas cordas que apertavam seus pulsos. A mandíbula doía-lhe e podia sentir a pele retesada: devia ter ali uma enorme contusão. Sua língua tocava no dente partido e sentia a gengiva intumescida no local onde o capitão lhe batera com o cabo da pistola. Tentava não pensar nas muitas horas de escuridão que tinha pela frente ou na possibilidade de ser assassinado.

Por que Ariosto o havia separado dos demais? Que planejava fazer com ele? Desejou ser o jaguar negro, possuir a força, a ferocidade e a agilidade do grande felino, transformar-se em músculos, garras e dentes para enfrentar Ariosto. Lembrou-se do frasco de água da saúde que continuava em seu bolso e pensou que precisava sair vivo do Olho do Mundo para levá-la à mãe. A lembrança de sua família parecia borrada, como a imagem difusa de uma fotografia fora de foco, na qual o rosto da mãe era apenas uma pálida mancha.

Começava a cabecear, vencido pelo esgotamento, quando de repente sentiu-se tocado por mãos pequeninas. Aprumou-se, sobressaltado. Na escuridão pôde identificar Borobá agarrado em seu pescoço, abraçando-o, gemendo de vez em quando em seu ouvido. Borobá, Borobá, murmurou Alex, tão comovido que seus olhos se encheram de lágrimas. Era apenas um macaco do tamanho de um esquilo, mas a sua presença despertou nele uma onda de esperança. Deixou-se acariciar pelo animal, sentindo-se profundamente reconfortado.

Então percebeu que ao seu lado havia outra presença, uma presença invisível e silenciosa, escondida entre as sombras das árvores. Primeiro pensou que era Nádia, mas em seguida se deu conta de que se tratava de Walimai. O pequeno ancião estava agachado ao seu lado; podia perceber seu cheiro de fumo, mas, por muito que apurasse a vista, não o via.

O xamã pôs uma das mãos sobre o peito de Alex, como se procurasse captar o ritmo de seu coração. O peso e o calor daquela mão amiga transmitiram-lhe coragem; sentiu-se mais tranquilo, deixou de tremer e pôde pensar com clareza.

— O canivete, o canivete — murmurou.

Ouviu o clique da mola se abrindo e, em seguida, o fio da lâmina deslizava sobre as cordas que o prendiam. Não se moveu. Estava escuro e Walimai jamais tinha usado uma faca, podia lhe ferir os pulsos; em um minuto, porém, o velho acabou de cortar as cordas e o tomou pelo braço para guiá-lo pela floresta.

No acampamento, o capitão Ariosto dera por terminado o jogo de cartas e nada restava da garrafa de vodca. Ludovic não conseguia imaginar nenhum outro meio de mantê-lo distraído e ainda restavam muitas horas para o amanhecer. O álcool não havia afetado o capitão, como havia esperado; o homem possuía tripas de aço. Sugeriu-lhe que usassem o radiotransmissor, em uma tentativa de comunicar-se com o quartel de Santa Maria da Chuva. Durante bom tempo manipularam o aparelho, em meio a um ensurdecedor ruído de estática, mas foi impossível fazer contato com o operador.

Ariosto estava preocupado; não lhe convinha ausentar-se do quartel, devia regressar o quanto antes, pois necessitava verificar as versões dos soldados sobre o que havia ocorrido em Tapirawa-teri. O que seus homens contariam? Devia mandar um informe aos seus superiores do Exército e enfrentar a imprensa antes que os boatos começassem a ser divulgados. Omayra Torres fora embora murmurando algo sobre o vírus do sarampo. Se ela se pusesse a falar, estaria frito. Que mulher mais tola!, balbuciou o capitão.

Ariosto ordenou ao antropólogo que regressasse à sua tenda, deu uma volta pelo acampamento para certificar-se de que seus homens montavam guarda como deviam e em seguida dirigiu-se para a árvore onde havia amarrado o adolescente americano, disposto a se divertir um pouco à sua custa.

Naquele exato momento o cheiro o atingiu como um soco. O impacto o atirou de costas no chão. Tentou levar a mão ao cinto para sacar sua arma, mas não pôde se mover. Sentiu uma onda de náusea, o coração ameaçou rebentar-lhe o peito e em seguida... nada. Afundou na inconsciência. Não conseguiu ver a Fera, de pé a três passos de distância, envolvendo-o com o mortífero fedor de suas glândulas.

O cheiro asfixiante e fétido da Fera invadiu o resto do acampamento, derrubando primeiro os soldados e depois os que estavam protegidos pela lona das barracas. Em menos de dois minutos não restava ninguém de pé. E durante duas horas reinou uma aterradora quietude em Tapirawa-teri e na floresta que cercava o acampamento, da qual até os pássaros e os animais fugiram, espantados pelo fedor.

As duas Feras que haviam atacado simultaneamente retiraram-se com sua habitual lentidão, mas o cheiro persistiu durante grande parte da noite. Ninguém no acampamento soube o que sucedeu no decorrer dessas horas, pois só na manhã seguinte recobraram a consciência. Mais tarde viram as pegadas e puderam tirar algumas conclusões.

Alex, com Borobá montado em seus ombros e seguindo os passos de Walimai, andava sob as sombras, desviando-se de árvores e moitas, até que as oscilantes luzes do acampamento desapareceram de todo. O xamã avançava como se fosse dia claro, talvez guiado pela mulher-anjo, que Alex não podia ver. Durante bom tempo colearam por entre as árvores, até que finalmente o velho encontrou o lugar onde havia deixado Nádia à sua espera. Nádia Santos e o xamã haviam se comunicado por meio dos gritos de coruja durante boa parte da tarde e da noite, até que ela pôde sair do acampamento para reunir-se com ele. Os dois amigos se abraçaram, enquanto Borobá se pendurava em sua dona, dando guinchos de felicidade.

Walimai confirmou o que já sabiam: a tribo vigiava o acampamento, mas os indígenas haviam aprendido a temer a magia dos *nahab* e não se atreviam a enfrentá-los. Os guerreiros estavam tão próximos que tinham ouvido o choro do bebê, assim como o chamado dos mortos, ainda à espera de um funeral digno.

Os espíritos dos homens e da mulher assassinados permaneciam presos aos seus corpos, disse Walimai. Não podiam desprender-se sem uma cerimônia apropriada e sem serem vingados. Alex lhe explicou que a única esperança para os indígenas seria atacarem à noite, porque durante o dia os *nahab* utilizariam o pássaro de barulho e vento para esquadrinhar o Olho do Mundo até encontrá-los.

— Se atacarem agora, alguns deles morrerão; do contrário, a tribo inteira será exterminada — disse Alex. E acrescentou que estava disposto a conduzi-los e lutar por eles, pois para isso fora iniciado: ele também era um guerreiro.

— Chefe para a guerra: Tahama. Chefe para negociar com os *nahab:* você — replicou Walimai.

— É tarde para negociar. Ariosto é um assassino.

— Você disse que uns *nahab* são malvados e outros *nahab* são amigos. Onde estão os amigos? — insistiu o bruxo.

— Minha avó e alguns homens do acampamento são amigos. O capitão Ariosto e seus soldados são inimigos. Não podemos negociar com eles.

— Sua avó e os amigos dela devem negociar com os *nahab* inimigos.

— Os amigos não têm armas.

— Não têm magia?

— No Olho do Mundo não têm muita magia. Mas longe daqui, nas cidades, em várias partes do mundo, há outros amigos com muita magia — argumentou Alexander Cold, desesperado com as limitações da linguagem.

— Então você deve ir aonde estão esses amigos — concluiu o ancião.

— Como? Estamos presos aqui!

Walimai não respondeu a mais perguntas. Permaneceu de cócoras, olhando a noite em companhia de sua mulher-anjo, que havia adotado sua forma de maior transparência, de modo que nem Alex nem Nádia podiam vê-la. Os dois adolescentes também não dormiram; mantiveram-se muito juntos para se aquecer, sem falar, porque havia pouquíssimo para dizer. Pensavam na sorte que aguardava Kate Cold, César Santos e os outros membros do grupo; pensavam no condenado povo da neblina, pensavam nas preguiças centenárias e na cidade de ouro; pensavam na água da saúde e nos ovos de cristal. O que seria deles dois isolados na selva?

Um sopro do insuportável odor atingiu-os repentinamente, atenuado pela distância, mas perfeitamente reconhecível. De um salto puseram-se de pé, mas Walimai não se moveu, como se estivesse à espera daquilo.

— São as Feras! — exclamou Nádia.

— Pode ser que sim, pode ser que não — disse o xamã, impassível.

O resto da noite foi ainda mais longo. Pouco antes do amanhecer o frio era intenso, e os jovens, encolhidos com Borobá entre eles, batiam os dentes, enquanto o velho bruxo, imóvel, com a vista perdida nas sombras, esperava. Com os primeiros sinais do amanhecer, macacos e pássaros despertaram, e então Walimai deu o sinal de partida. Durante bom tempo seguiram-no por entre as árvores, até que, quando a luz do sol já atravessava a folhagem, chegaram ao acampamento. A fogueira e as lamparinas estavam apagadas, não havia sinais de vida e o fedor ainda impregnava o ar, como se uma centena de gambás tivesse espargido ao mesmo tempo o líquido de suas glândulas no local.

Tapando o nariz e a boca com as mãos, eles entraram no perímetro daquilo que até bem pouco tinha sido a aprazível aldeia de Tapirawa-teri. As tendas, a mesa, a cozinha e tudo mais estavam espalhados no chão; havia restos de comida por toda parte, mas nenhum macaco ou pássaro catava farelos entre os escombros e o lixo, pois não se atreviam a desafiar o terrível fedor das Feras. Até Borobá manteve-se longe, gritando e saltando a vários metros de distância. Walimai demonstrou a mesma indiferença pelo fedor que demonstrara pelo frio na noite anterior. Os jovens não tiveram escolha senão segui-lo.

Não havia ninguém, nem rastro dos membros da expedição, nem do capitão Ariosto, e tampouco dos corpos dos indígenas assassinados. As armas, a bagagem e até as câmeras de Timothy Bruce estavam ali; viram também uma grande mancha de sangue que escurecia a terra perto da árvore em cujo tronco Alex estivera amarrado.

Depois de uma breve inspeção, que pareceu deixá-lo muito satisfeito, o velho Walimai tratou de retirar-se. Os dois adolescentes foram atrás dele sem fazer perguntas, tão enjoados pelo cheiro que mal conseguiam manter-se de pé. À medida que se afastavam e enchiam os pulmões com o ar fresco da manhã, foram recuperando o ânimo, mas suas têmporas continuavam a latejar e a náusea permanecia. Borobá alcançou-os e o pequeno grupo embrenhou-se na selva.

Vários dias antes, ao verem os pássaros de barulho e vento rondando no céu, os habitantes de Tapirawa-teri haviam deixado a aldeia, abandonando suas poucas posses e seus animais domésticos que lhes dificultariam a capacidade de se ocultar.

Encobertos pela vegetação, andaram até um lugar seguro e armaram suas moradias provisórias nas copas das árvores. Soldados fazendo o reconhecimento da área por ordem do capitão Ariosto passaram bem perto deles sem vê-los; em compensação, todos os movimentos dos forasteiros foram observados pelos guerreiros de Tahama, disfarçados pela natureza.

Iyomi e Tahama discutiram longamente sobre os *nahab* e a conveniência de se aproximarem deles, conforme o conselho do Jaguar e da Águia. Iyomi opinava que seu povo não poderia esconder-se para sempre nas árvores, como os macacos; já era hora de visitar os *nahab*, receber seus agrados e suas vacinas; era inevitável. Tahama considerava que melhor seria morrer lutando, mas Iyomi era o chefe dos chefes e sua opinião terminou por prevalecer.

Ela decidira ser a primeira a aproximar-se, e por isso chegara sozinha ao acampamento, adornada com o imponente cocar de penas amarelas, para demonstrar aos forasteiros quem era a autoridade. Sentira-se tranquilizada pela presença de Jaguar e Águia entre os forasteiros. Ambos acabavam de regressar da montanha sagrada. Eram amigos e podiam traduzir o que ela dissesse; assim, aquelas pobres criaturas vestidas com trapos hediondos não se sentiriam tão perdidas diante dela. Os *nahab* a receberam bem e certamente ficaram impressionados com seu porte majestoso e o número de suas rugas, prova do muito que vivera e da grande quantidade de conhecimentos que já adquirira. Apesar da comida que os estranhos lhe haviam oferecido, ela se vira obrigada a exigir que se fossem do Olho do Mundo, porque estavam importunando os seus habitantes. Aquela era sua última palavra; não estava disposta a negociar. Retirara-se altivamente, levando seu alguidar de carne com milho, certa de ter atemorizado os *nahab* com o peso de sua enorme dignidade.

Diante do êxito da visita de Iyomi, o resto da tribo se enchera de coragem e tratara de seguir seu exemplo. Tinham assim regressado ao local onde estava sua aldeia, agora pisoteado pelos forasteiros, que evidentemente não conheciam a regra mais elementar da prudência e da cortesia: não se deve visitar um *shabono* sem ser convidado. Ali os indígenas tinham visto os grandes pássaros reluzentes, as barracas e os estranhos *nahab*, sobre os quais tinham ouvido as mais medonhas histórias. Aqueles estrangeiros de modos vulgares mereciam umas boas pauladas na cabeça, mas, por ordem de Iyomi, os indígenas tiveram de ser pacientes com eles. Para não os ofender, tinham aceitado sua comida, seus presentes, haviam saído para caçar, colher mel e apanhar frutas, de modo a retribuir, como era correto, os presentes recebidos.

No dia seguinte, quando Iyomi já se certificara de que Águia e Jaguar ainda estavam lá, autorizou a tribo a apresentar-se novamente aos *nahab* a fim de se vacinar. Nem ela nem ninguém pudera explicar o que acontecera então. Não souberam por que os jovens forasteiros, que tanto haviam insistido na necessidade da vacinação, tinham repentinamente tratado de impedi-los de receber o remédio. Tinham ouvido sons estranhos para eles, algo parecido com trovões muito curtos. Tinham visto que, uma vez quebrados os frascos, Rahakanariwa havia se libertado e, em sua forma invisível, atacara os indígenas, que tinham caído mortos sem que fossem atingidos por flechas ou lanças. Na violência da batalha os restantes haviam escapado como fora possível, surpresos e confusos. Já não sabiam quem eram seus amigos e seus inimigos.

Por fim, Walimai lhes deu algumas explicações. Esclareceu que os jovens Águia e Jaguar eram amigos e deviam ser ajudados, mas todos os outros podiam ser inimigos. Disse que o Rahakanariwa andava solto e podia assumir qualquer forma: necessitariam de esconjuros muito poderosos para mandá-lo de volta ao reino dos espíritos. Disse que teriam de recorrer aos deuses. Então as duas gigantescas preguiças que ainda vagavam pelo Olho do Mundo, demorando a voltar ao *tepui* sagrado, foram chamadas e conduzidas durante a noite à aldeia em ruínas.

Nunca, por iniciativa própria, em milhares e milhares de anos, haviam se aproximado de uma aldeia indígena. Walimai teve de fazer com que as duas entendessem que aquela não era mais a aldeia do povo da neblina, pois fora profanada pela presença dos *nahab* e por assassinatos cometidos em seu solo. Tapirawa-teri teria de ser reconstruída em outro local do Olho do Mundo, longe dali, onde as almas dos humanos e os espíritos dos antepassados se sentissem bem, onde a maldade não houvesse contaminado a nobre terra. As Feras encarregaram-se de espargir seu cheiro no acampamento dos *nahab*, paralisando ao mesmo tempo amigos e inimigos.

Os guerreiros de Tahama tiveram de esperar muitas horas até que o cheiro se atenuasse o suficiente para se aproximarem do acampamento. Primeiro recolheram os corpos dos indígenas e os levaram a fim de prepará-los para um funeral apropriado; depois vieram apanhar os outros corpos, inclusive o do capitão Ariosto, destroçado pelas formidáveis garras de um dos deuses.

Os *nahab* foram despertando um depois do outro. Encontravam-se em uma clareira, cercados de selva, caídos no chão e tão desorientados que não se lembravam nem dos próprios nomes. Tampouco podiam saber como tinham chegado até ali. Kate Cold foi a primeira a reagir. Não tinha ideia de onde se encontrava, nem do que havia acontecido com o acampamento, o helicóptero, o capitão e sobretudo com seu neto. Lembrou-se do bebê e o procurou pelos arredores, mas não conseguiu encontrá-lo. Sacudiu os outros, que foram acordando aos poucos. Todos sentiam dores terríveis na cabeça e nas articulações, vomitavam, tossiam e choravam, sentindo-se como se tivessem levado uma surra, mas não havia neles qualquer marca de violência.

O último a abrir os olhos foi o professor Leblanc; mas a experiência o havia afetado de tal modo que não conseguia se pôr de pé. Kate Cold pensou que uma xícara de café ou um trago de vodca seria bom para todos, mas não tinham nada para levar à boca. O fedor das Feras ainda lhes impregnava as roupas, os cabelos e a pele; tiveram de arrastar-se até um riacho que corria nas proximidades e permanecer muito tempo na água.

Os cinco soldados sentiam-se perdidos sem suas armas e seu capitão, de modo que, quando César Santos assumiu o comando, obedeceram sem pestanejar. Timothy Bruce, aborrecido por ter estado tão perto da Fera e não a ter fotografado, queria voltar ao acampamento para apanhar suas câmeras, mas não sabia que direção devia tomar e ninguém parecia disposto a acompanhá-lo. O fleumático inglês, que havia acompanhado Kate Cold em guerras, cataclismos e muitas aventuras, raramente perdia seu ar de tédio, mas os últimos acontecimentos tinham conseguido deixá-lo de mau humor. Kate Cold e César Santos só pensavam no neto e na filha, respectivamente. Onde estariam eles?

O guia examinou o terreno com grande atenção e encontrou ramos quebrados, penas, sementes e outras pistas do povo da neblina. Concluiu que os indígenas os haviam levado para aquele lugar com o intuito de salvar-lhes a vida, pois de outro modo teriam morrido asfixiados ou destroçados pela Fera. Se assim não fosse, por que os indígenas não tinham aproveitado a ocasião para matá-los, vingando os seus mortos? Se estivesse em condições de pensar, o professor Leblanc mais uma vez seria obrigado a revisar sua teoria sobre a ferocidade dos indígenas; mas o pobre antropólogo gemia de bruços no chão, quase morrendo de náusea e dor de cabeça.

Todos estavam certos de que o povo da neblina voltaria, e foi exatamente isso que aconteceu: de repente a tribo surgiu inteira do interior da floresta. Sua incrível capacidade de mover-se em silêncio e materializar-se em questão de segundos serviu para que cercassem os forasteiros antes que estes percebessem sua presença. Os soldados responsáveis pela morte dos indígenas tremiam como varas verdes. Tahama se aproximou, olhou-os nos olhos, mas não tocou neles; talvez pensasse que tais vermes não mereciam as pauladas de um guerreiro tão nobre quanto ele.

Iyomi deu um passo à frente e pôs-se a fazer, em sua língua, um longo discurso que ninguém compreendeu. Em seguida agarrou Kate Cold pela blusa e começou a gritar a dois centímetros de sua cara. A única reação de Kate foi agarrar pelos ombros a anciã do cocar de penas amarelas e retribuir os gritos em inglês. Assim, durante algum tempo, as duas avós ficaram trocando impropérios incompreensíveis, até que Iyomi se cansou e foi sentar-se embaixo de uma árvore. Os outros indígenas também se sentaram, falando entre si, comendo frutas, nozes e cogumelos que encontravam entre as raízes, passando-os de mão em mão, enquanto Tahama e vários de seus guerreiros permaneciam vigilantes, mas sem agredir ninguém. Kate Cold viu nos braços de uma jovem o bebê de quem havia cuidado e alegrou-se pelo fato de a criança ter sobrevivido ao fatal fedor da Fera e estar de novo nas mãos de sua gente.

Pelo meio da tarde apareceram Walimai e os dois adolescentes. Kate Cold e César Santos correram a abraçá-los, aliviados, pois tinham achado que nunca mais os veriam. A presença de Nádia facilitou a comunicação; ela pôde traduzir o que os indígenas diziam e, assim, alguns pontos se esclareceram. Os forasteiros ficaram sabendo que os indígenas ainda não relacionavam a morte de seus companheiros com as armas de fogo, porque jamais as tinham visto. Tudo que queriam era reconstruir a aldeia em outro lugar, comer as cinzas dos mortos e recuperar a paz que sempre tiveram. Pretendiam restituir o Rahakanariwa a seu lugar entre os demônios e expulsar os *nahab* do Olho do Mundo.

O professor Leblanc, meio recuperado, mas ainda aturdido pelo mal-estar, tomou a palavra. Havia perdido o chapéu italiano enfeitado com pequeninas penas e estava imundo e fedido como todos os outros, a roupa impregnada pelo cheiro das Feras. Nádia traduziu o que ele disse, modificando as frases, para que os indígenas não pensassem que todos os *nahab* eram tão arrogantes quanto aquele homenzinho.

— Podem ficar tranquilos. Prometo que me encarregarei pessoalmente de proteger o povo da neblina. Quando o professor Ludovic Leblanc fala, o mundo escuta — garantiu o antropólogo.

Acrescentou que publicaria suas impressões sobre o que tinha visto, não apenas no artigo do *International Geographic,* mas também em novo livro que escreveria. Graças a ele, assegurou, o Olho do Mundo seria declarado reserva indígena e protegido de qualquer forma de exploração. Eles veriam quem era Ludovic Leblanc!

O povo da neblina não entendeu uma só palavra daquele discurso, mas Nádia o resumiu dizendo que aquele era um *nahab* amigo. Kate Cold acrescentou que ela e Timothy Bruce ajudariam Leblanc em seus propósitos, com o que também entraram para a categoria dos *nahab* amigos. Finalmente, depois de intermináveis negociações para ver quem eram os amigos e quem eram os inimigos, os indígenas aceitaram conduzir todos, no dia seguinte, de volta ao helicóptero. Esperava-se que até lá o fedor das Feras tivesse se atenuado em Tapirawa-teri.

Iyomi, sempre prática, ordenou aos guerreiros que fossem caçar, enquanto as mulheres acendiam o fogo e preparavam redes para passar a noite.

— Vou repetir uma pergunta que já fiz antes, Alexander — disse Kate Cold. — O que você sabe sobre a Fera?

— Não é uma, Kate, são várias. Parecem preguiças gigantescas, animais muito antigos, talvez da Idade da Pedra ou anteriores.

— Você as viu?

— Se não as tivesse visto, não poderia descrevê-las, não é mesmo? Vi onze delas, mas creio que ainda há uma ou duas rondando por estas bandas. Parecem ser de metabolismo muito lento, vivem por muitos anos, talvez séculos. Aprendem, têm boa memória e, não sei se vai acreditar, mas elas falam — explicou Alex.

— Está brincando comigo! — exclamou a avó.

— Estou falando sério. Digamos que não são muito eloquentes, mas falam a mesma língua do povo da neblina.

Alexander Cold informou, a seguir, que, em troca da proteção dos indígenas, aquelas criaturas preservavam a história deles.

— Uma vez a senhora me disse que os indígenas não necessitavam da escrita pelo fato de terem boa memória. As preguiças são a memória viva da tribo — acrescentou o garoto.

— Onde você as viu, Alexander?

— Não posso dizer, é um segredo.

— Suponho que vivam no mesmo lugar onde você encontrou a água da saúde... — arriscou a avó.

— Pode ser que sim, pode ser que não — replicou o neto em tom irônico.

— Preciso ver essas Feras e fotografá-las, Alexander.

— Para quê? Para um artigo na revista? Isso seria o fim daquelas pobres criaturas, Kate. Viriam caçá-las para encarcerá-las em zoológicos ou estudá-las em laboratórios.

— Tenho de escrever alguma coisa, para isso me contrataram...

— Então escreva que a Fera é uma lenda, pura superstição. Garanto que por muitos e muitos anos ninguém voltará a vê-las. Serão esquecidas. Mais interessante é escrever sobre o povo da neblina, esse povo que permanece imutável há milhares de anos e pode desaparecer a qualquer momento. Conte que iam injetar neles o vírus do sarampo, como já fizeram com várias outras tribos. Você pode torná-los famosos e assim salvá-los do extermínio, Kate. Pode se tornar protetora do povo da neblina e, com um pouco de astúcia, conseguir que Leblanc seja seu aliado. Sua compaixão poderá trazer um pouco de justiça até estes lados, denunciando os malvados como Carías e Ariosto, questionando o papel dos militares e levando Omayra Torres ao tribunal. Você precisa fazer alguma coisa, ou então logo outros canalhas chegarão por aqui para cometer novos crimes com a impunidade de sempre.

— Vejo que você cresceu muito no decorrer destas poucas semanas, Alexander — disse Kate Cold, admirada.

— Pode me chamar de Jaguar, avó?

— Como a marca daquele automóvel?

— Sim.

— Gosto não se discute. Posso chamá-lo como quiser, desde que não me chame de avó.

— Combinado, Kate.

— Combinado, Jaguar.

Naquela noite os *nahab* partilharam com os indígenas um sóbrio jantar de macaco assado. Com a chegada dos pássaros de barulho e vento em Tapirawa-teri, a tribo havia perdido sua horta, suas bananeiras e seu mandiocal, e como os indígenas não podiam acender fogo, para não atrair seus inimigos, fazia vários dias que estavam com fome.

Enquanto Kate Cold procurava trocar informações com Iyomi e as outras mulheres, o professor Leblanc, fascinado, interrogava Tahama sobre seus costumes e a arte da guerra. Nádia, que fazia a tradução, percebeu que Tahama possuía um ferino senso de humor e estava contando ao professor uma série de histórias fantásticas. Tinha dito, entre outras coisas, que era o terceiro marido de Iyomi e que nunca tivera filhos, o que pôs por terra a teoria de Leblanc sobre a superioridade genética dos "machos alfa". Em um futuro próximo aquelas histórias de Tahama seriam a base de outro livro do famoso professor Ludovic Leblanc.

No dia seguinte, com Iyomi e Walimai à frente e Tahama com seus guerreiros na retaguarda, o povo da neblina levou os *nahab* de volta a Tapirawa-teri. A cem metros da aldeia viram o corpo do capitão Ariosto, que os indígenas tinham posto entre dois grossos galhos de uma árvore para servir de alimento aos pássaros e aos animais, como faziam com aqueles que não mereciam uma cerimônia funerária. Estava tão destroçado pelas garras da Fera que os soldados não tiveram estômago para desatá-lo e levá-lo de volta a Santa Maria da Chuva. Decidiram que mais tarde voltariam para recolher seus ossos e sepultá-los de modo cristão.

— A Fera fez justiça — murmurou Kate.

César Santos ordenou a Timothy Bruce e Alexander Cold que reunissem todas as armas de fogo espalhadas pelo acampamento para evitar uma nova explosão de violência caso alguém ficasse nervoso. Não era provável que isso acontecesse, pois o fedor das Feras, que ainda os impregnava, mantinha todos indispostos e mansos.

Santos mandou embarcar os equipamentos no helicóptero, menos as barracas, que foram enterradas, pois calculou que seria impossível livrá-las do mau cheiro. Entre as barracas desarmadas Timothy Bruce encontrou suas câmeras e vários rolos de filme, embora os que o capitão Ariosto houvesse requisitado estivessem perdidos, pois ele os expusera à luz. Alex encontrou sua bolsa e, dentro dela, intacto, o frasco com a água da saúde.

Os expedicionários se aprontavam para voltar a Santa Maria da Chuva. Não contavam com um piloto especializado, pois o helicóptero chegara conduzido pelo capitão Ariosto, e o outro piloto havia partido com o primeiro. Santos nunca havia manejado um aparelho daqueles, mas estava certo de que, se era capaz de voar em seu maltratado aviãozinho, também seria capaz de fazê-lo em um helicóptero.

Chegara o momento de despedir-se do povo da neblina. Fizeram-no trocando presentes, como era costume entre os indígenas. Os forasteiros se desfaziam de seus cintos, facões, facas e utensílios de cozinha; os indígenas, de suas penas, sementes, orquídeas e colares feitos de dentes. Alex deu sua bússola a Tahama, que a pendurou no pescoço como um adorno, e em troca presenteou o garoto com um feixe de dardos envenenados com *curare* e uma zarabatana de três metros de comprimento, que foi difícil acomodar no reduzido espaço do helicóptero. Iyomi voltou a agarrar a blusa de Kate Cold para gritar um discurso a todo volume, que a jornalista respondeu com a mesma paixão, em inglês.

No último instante, quando os *nahab* se preparavam para subir ao pássaro de barulho e vento, Walimai entregou a Nádia uma pequena cesta.

CAMINHOS SEPARADOS

A viagem de regresso a Santa Maria da Chuva foi um pesadelo, porque César Santos gastou mais de uma hora para dominar completamente os controles e estabilizar a máquina. Durante aquela primeira hora ninguém acreditava que chegaria com vida à civilização, e até Kate Cold, que tinha o sangue-frio de um peixe das profundezas do mar, despediu-se do neto com um firme aperto de mão.

— Adeus, Jaguar. Temo que não chegaremos lá. Lamento que sua vida tenha sido tão curta — disse a avó.

Os soldados rezavam em voz alta e bebiam aguardente para acalmar os nervos, enquanto Timothy Bruce manifestava seu profundo desagrado erguendo a sobrancelha esquerda, coisa que sempre fazia quando estava a ponto de explodir. Os únicos verdadeiramente calmos eram Nádia, que havia perdido o medo da altura e confiava na mão firme do pai, e o professor Ludovic Leblanc, que, de tão enjoado, não chegou a tomar consciência do perigo.

Horas mais tarde, depois de uma aterrissagem tão difícil quanto a decolagem, os membros da expedição puderam finalmente instalar-se no mísero hotel de Santa Maria da Chuva. No dia seguinte voltariam para Manaus, onde embarcariam de volta a seus países. Fariam de barco a primeira etapa da viagem, pois, apesar do novo motor, o teco-teco de César Santos recusou-se a sair do chão. Com eles iria Joel González, o ajudante de Timothy Bruce, que estava bem melhor de saúde. As freiras tinham improvisado para ele um colete de gesso, com o qual o imobilizaram da cintura ao pescoço e prognosticavam que suas costelas iam sarar sem deixar sequelas. Era provável, no entanto, que o coitado nunca se curasse de seus pesadelos. Todas as noites sonhava que era abraçado por uma sucuri.

As freiras também garantiram que os soldados feridos se recuperariam, pois, para sorte deles, as flechas não estavam envenenadas. Em compensação, o futuro de Mauro Carías parecia péssimo. A paulada de Tahama havia danificado seu cérebro e, na melhor das hipóteses, ele viveria em estado vegetativo e passaria o resto da vida com a mente nas nuvens, alimentando-se por meio de uma sonda.

Carías já fora transferido para Caracas, em avião próprio, na companhia de Omayra Torres, que não se separava dele um só instante. A mulher não sabia que Ariosto morrera e não podia mais protegê-la; tampouco suspeitava que assim que os estrangeiros contassem o que acontecera com as falsas vacinas ela teria de enfrentar a Justiça. Estava com os nervos arrasados, a toda hora repetindo que a culpa era sua e que Deus havia castigado tanto ela quanto Mauro por causa do vírus do sarampo.

Ninguém compreendia suas estranhas declarações, mas o padre Valdomero, que fora levar amparo espiritual ao moribundo, prestou atenção e tomou nota de suas palavras. Tal como Karakawe, fazia muito tempo que o padre suspeitava da existência de um plano de Mauro Carías para explorar as terras dos indígenas, mas não conseguira descobrir em que consistia. As aparentes divagações da doutora lhe deram a chave.

Enquanto o capitão Ariosto estivera no comando da guarnição, o empresário tinha mandado e desmandado naquele território. O missionário não tinha poder para desmascarar os dois homens, embora durante anos houvesse mantido a Igreja informada de suas suspeitas. No entanto, as suas advertências tinham sido ignoradas por falta de provas e também porque o consideravam meio louco; Mauro Carías havia se encarregado de divulgar o boato de que o pároco delirava desde seu rapto pelos indígenas. O padre Valdomero chegara a ir ao Vaticano para denunciar os abusos contra os indígenas, mas os superiores eclesiásticos o lembraram de que sua missão era levar a palavra de Cristo à Amazônia e não se envolver com política. O padre voltara derrotado, perguntando-se por que pretendiam que salvasse as almas para o céu sem primeiro salvar suas vidas na terra. Por outro lado, não estava certo da conveniência de cristianizar os indígenas, que possuíam sua própria forma de espiritualidade. Tinham vivido milhares de anos em harmonia com a natureza, como Adão e Eva no paraíso. Que necessidade havia de inculcar-lhes a ideia de pecado?, pensava o padre Valdomero.

Ao saber que o grupo da *International Geographic* estava de regresso a Santa Maria da Chuva e que o capitão Ariosto morrera de forma inexplicável, o missionário apresentou-se aos estrangeiros no hotel. As versões dos soldados acerca do que se passara no planalto eram contraditórias, já que uns punham a culpa nos indígenas, outros na Fera, e um chegou mesmo a acusar os membros da expedição. O fato era que, com a ausência de Ariosto, havia afinal uma pequena oportunidade de se fazer justiça. Logo outro militar estaria no comando e não havia certeza de que fosse mais honrado que Ariosto; talvez também sucumbisse ao suborno e ao crime, como ocorria com tanta frequência na Amazônia.

O padre Valdomero entregou a Kate Cold e ao professor Ludovic Leblanc as informações que havia reunido. O fato de Mauro Carías espalhar epidemias com a cumplicidade da Dra. Omayra Torres e a proteção de um oficial do Exército era um crime tão atroz que ninguém acreditaria nele sem provas.

— A notícia de que estão massacrando os indígenas dessa maneira comoveria o mundo. É uma lástima que não possamos prová-lo — disse Kate Cold.

— Creio que podemos — interveio César Santos, tirando do bolso do casaco um dos frascos da suposta vacina.

Explicou que Karakawe conseguira retirá-lo da bagagem da doutora pouco antes de ser assassinado por Ariosto.

— Alexander e Nádia surpreenderam Karakawe mexendo nas caixas de vacina e, embora ele ameaçasse os dois jovens caso o delatassem, os meninos me contaram. Pensávamos que Karakawe era um homem de Mauro Carías, mas nunca imaginamos que fosse agente do governo — disse Kate Cold.

— Eu sabia que Karakawe trabalhava para o Departamento de Proteção aos Indígenas e por isso sugeri ao professor Leblanc que o contratasse como seu ajudante pessoal. Assim, poderia acompanhar a expedição sem levantar suspeitas — explicou César Santos.

— Quer dizer que você me usou — disse o professor.

— O senhor queria que alguém o abanasse com uma folha de bananeira e Karakawe queria acompanhar a expedição. Ninguém saiu perdendo, professor — disse o guia, sorrindo, e acrescentou que, havia meses, Karakawe vinha investigando Mauro Carías, tendo reunido um grosso dossiê com os escusos negócios daquele homem, em especial a maneira como explorava as terras dos indígenas. Certamente suspeitava da relação entre Mauro Carías e a Dra. Omayra Torres, e por isso decidira seguir a pista da mulher.

— Karakawe era meu amigo, mas se tratava de um homem fechado, que falava apenas o indispensável. Nunca me contou que suspeitava de Omayra — disse Santos. — Imagino que andava procurando a chave para explicar as mortes em massa de indígenas, e por isso se apoderou de um dos frascos de vacina e me entregou para que eu o guardasse em lugar seguro.

— Com isso poderemos provar a maneira sinistra como espalhavam as epidemias — disse Kate Cold, examinando o vidrinho contra a luz.

— Eu também tenho uma coisa para você, Kate — disse Timothy Bruce, sorrindo e mostrando-lhe alguns rolos de filme na palma da mão.

— O que é isto? — perguntou Kate, intrigada.

— São as imagens de Ariosto assassinando Karakawe com um tiro disparado à queima-roupa, de Mauro Carías destruindo os frascos e dos soldados atirando contra os indígenas. Graças ao professor Leblanc, que conseguiu distrair o capitão durante meia hora, tive tempo de trocar os filmes antes que ele os destruísse. Entreguei-lhe os rolos da primeira parte da viagem e salvei estes — esclareceu Timothy Bruce.

Kate Cold teve uma reação inesperada para uma pessoa como ela: pendurou-se no pescoço de Santos e de Bruce, dando um beijo no rosto de cada um.

— Benditos sejam, meninos! — exclamou, feliz.

— Se este vidro contiver o vírus, como acreditamos, Mauro Carías e aquela mulher levaram a cabo um genocídio e terão de pagar por isso... — murmurou o padre Valdomero, sustentando o pequeno frasco entre os dedos, o braço estirado, como se temesse que o veneno saltasse em seu rosto.

Foi o padre quem sugeriu criar uma fundação destinada a proteger o Olho do Mundo e, em especial, o povo da neblina. Com a pena eloquente de Kate Cold e o prestígio internacional de Ludovic Leblanc, estava certo de que isso seria possível, disse, entusiasmado. Faltava financiamento, era verdade, mas, se todos se empenhassem, descobririam como conseguir o dinheiro: recorreriam a igrejas, partidos políticos, organismos internacionais, governos; bateriam em todas as portas até conseguir os fundos necessários. Era imperioso salvar as tribos, disse o missionário, e os outros concordaram com ele.

— O senhor será o presidente da fundação, professor — sugeriu Kate Cold.

— Eu? — perguntou Leblanc, encantado e genuinamente surpreso.

— Quem melhor do que o senhor? Quando Ludovic Leblanc fala, o mundo escuta... — disse Kate Cold, imitando o tom pretensioso do antropólogo, e todos se puseram a rir, menos Leblanc, é claro.

Alexander Cold e Nádia Santos estavam sentados no atracadouro de Santa Maria da Chuva, onde, algumas semanas antes, tinham conversado pela primeira vez e assim iniciado sua amizade. Como naquela ocasião, a noite acabava de cair, com seu coaxar de sapos e sua gritaria de macacos, mas desta vez não estavam sendo iluminados pela lua. O firmamento estava escuro e salpicado de estrelas. Alexander nunca tinha visto um céu como aquele, com tantos e tantos astros.

Os dois adolescentes sentiam que muita vida se passara desde que tinham se conhecido; ambos haviam crescido e mudado naquelas poucas semanas. Permaneceram calados, observando o céu durante um bom tempo, pensando que logo iriam se separar, até que Nádia se lembrou da pequena cesta que pretendia dar ao amigo, a mesma que Walimai lhe dera ao se despedir. Alex a recebeu com reverência e abriu: dentro brilhavam os três ovos da montanha sagrada.

— Guarde-os, Jaguar. Têm muito valor, são os maiores diamantes do mundo — disse Nádia num sussurro.

— São diamantes? — perguntou Alex, espantado, sem se atrever a tocar neles.

— Sim. Pertencem ao povo da neblina. Segundo a visão que tive, eles poderão salvar aquele povo e a floresta onde sempre viveram.

— Então por que está entregando isso a mim?

— Porque você foi nomeado chefe para negociar com os *nahab*. Os diamantes servirão como moeda de troca — explicou ela.

— Ah, Nádia! Sou apenas um garoto de quinze anos, não tenho poder nenhum neste mundo, não posso negociar com ninguém e muito menos me responsabilizar por esta fortuna.

— Quando chegar a Nova York, entregue-os à sua avó. Com certeza ela saberá o que fazer com eles. Kate Cold me parece uma senhora muito poderosa, que pode ajudar os indígenas — disse Nádia.

— Parecem pedaços de vidro — disse ele. — Como sabe que são diamantes?

— Mostrei ao meu pai e ele os reconheceu imediatamente. Mas nenhuma outra pessoa deve saber, até que estejam em lugar seguro, pois, se souberem, serão roubados. Entendeu, Jaguar?

— Entendi. O professor Leblanc também viu?

— Não. Só você, meu pai e eu. Se o professor soubesse, sairia contando a meio mundo.

— Seu pai é um homem muito honesto; qualquer outro teria se apoderado dos diamantes.

— Você faria isso?

— Não! — respondeu Alex.

— Meu pai também não. Não quis tocar neles, disse que trazem desgraça, que as pessoas se matam por causa dessas pedras.

— E como vou passar pela alfândega nos Estados Unidos? — perguntou o garoto, sopesando as magníficas pedras.

— Ponha no bolso. Se forem vistos, pensarão que se trata de artesanato para turistas. Ninguém suspeita de que existam diamantes deste tamanho e muito menos em poder de um garoto com a cabeça raspada — disse Nádia, rindo e passando os dedos pelo cocuruto ainda meio pelado de Alex.

Durante bom tempo ficaram olhando a água a seus pés e a sombria vegetação que os cercava, tristes porque dentro em pouco teriam de se despedir. Pensavam que nunca mais ocorreria nada tão extraordinário em suas vidas como a aventura que haviam compartilhado. O que podia comparar-se às Feras, à cidade de ouro, à descida de Alex ao fundo da terra e à subida de Nádia ao local onde estava o ninho com os ovos maravilhosos?

— A *International Geographic* encomendou outra reportagem à minha avó. Desta vez ela terá de ir ao Reino do Dragão de Ouro — comentou Alex.

— Isso parece tão interessante quanto o Olho do Mundo. Onde fica? — perguntou ela.

— Na cordilheira do Himalaia. Gostaria de ir com ela, mas...

Alex compreendia que uma segunda viagem seria quase impossível. Tinha de retomar sua existência normal. Estivera ausente durante semanas, e era hora de voltar aos estudos ou perderia o ano escolar. Também queria ver a família, dar um abraço no cão Poncho. Mais que tudo, necessitava entregar à mãe a água da saúde e a planta de Walimai; tinha certeza de que com isso, mais a quimioterapia, ela ficaria curada.

No entanto, deixar Nádia era o mais doloroso; desejava que nunca amanhecesse, queria ficar eternamente vendo estrelas em companhia da amiga. Ninguém o conhecia tanto, ninguém estava tão perto de seu coração quanto aquela menina cor de mel com quem havia se encontrado milagrosamente no fim do mundo. O que seria dela no futuro? Cresceria sábia e selvagem ali, muito longe dele.

— Voltarei a ver você? — suspirou Alex.

— Claro que sim! — disse ela, abraçada a Borobá, com fingida alegria, para que ele não lhe adivinhasse as lágrimas.

— Trocaremos cartas, certo?

— Por estas bandas o correio não é muito bom...

— Não importa. Embora as cartas demorem, vou escrever para você. O mais importante desta viagem foi termos nos conhecido. Nunca, nunca esquecerei você, sempre será minha melhor amiga — prometeu Alexander Cold, com a voz embargada.

— E você, meu melhor amigo, enquanto pudermos nos ver com o coração.

— Até logo, Águia...

— Até logo, Jaguar...

DA AUTORA

Afrodite: Contos, Receitas e Outros Afrodisíacos
O amante japonês
Amor
O caderno de Maya
Cartas a Paula
A casa dos espíritos
Contos de Eva Luna
De amor e de sombra
Eva Luna
Filha da fortuna
A ilha sob o mar
Inés da minha alma
O jogo de ripper
Longa pétala de mar
Meu país inventado
Muito além do inverno
Mulheres de minha alma
Paula
O plano infinito
Retrato em sépia
A soma dos dias
Zorro

AS AVENTURAS DA ÁGUIA E DO JAGUAR
A cidade das feras (Vol. 1)
O reino do dragão de ouro (Vol. 2)
A floresta dos pigmeus (Vol. 3)

Esta edição foi composta em
Century Gothic, Norwolk e Palatino Linotype,
e impresso em papel offwhite no Sistema Cameron da
Divisão Gráfica da Distribuidora Record.